Gin
Akagami Ryo

ぎん
闇

赤神諒

Gin

ぎんGin 誾

赤神 諒

Akagami Ryo

光文社

Gin
Akagami Ryo

第III部 茶《だ》枳《き》尼《に》天《てん》

主な登場人物

立花誾千代《たちばなぎんちよ》：戸次道雪のひとり娘。立花城主。

立花統虎《たちばなむねとら》（高橋千熊丸《せんくままる》）：高橋紹運《じょううん》の嫡男。後の立花宗茂《むねしげ》。

戸次道雪《べつきどうせつ》：誾千代の父。大友家の宿将。

仁志《にし》：誾千代の母。道雪の継室。

真里《まり》：誾千代の侍女で、幼馴染み。

城戸知正《きどともまさ》：誾千代の傅役《もりやく》。筥崎宮《はこざきぐう》の神官で、立花家臣。

薦野増時《こものますとき》：立花家の軍師。

世戸口十兵衛《せとぐちじゅうべえ》：千熊丸の傅役。高橋家臣。

誠応上人《せいおうしょうにん》：瀬高《せたか》来迎寺《らいこうじ》の住職で、薬師《くすし》。

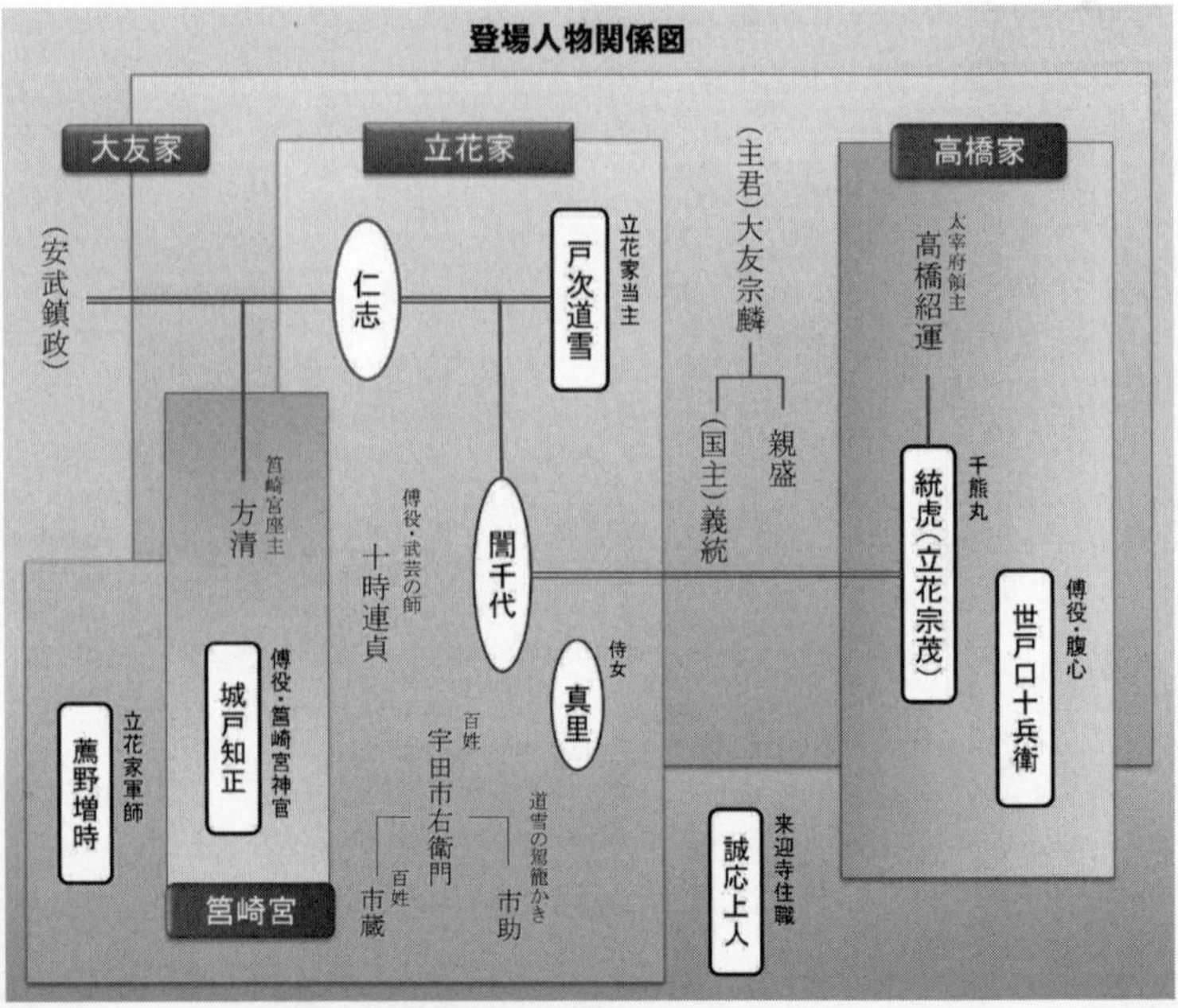

戦国時代後期の九州中心部

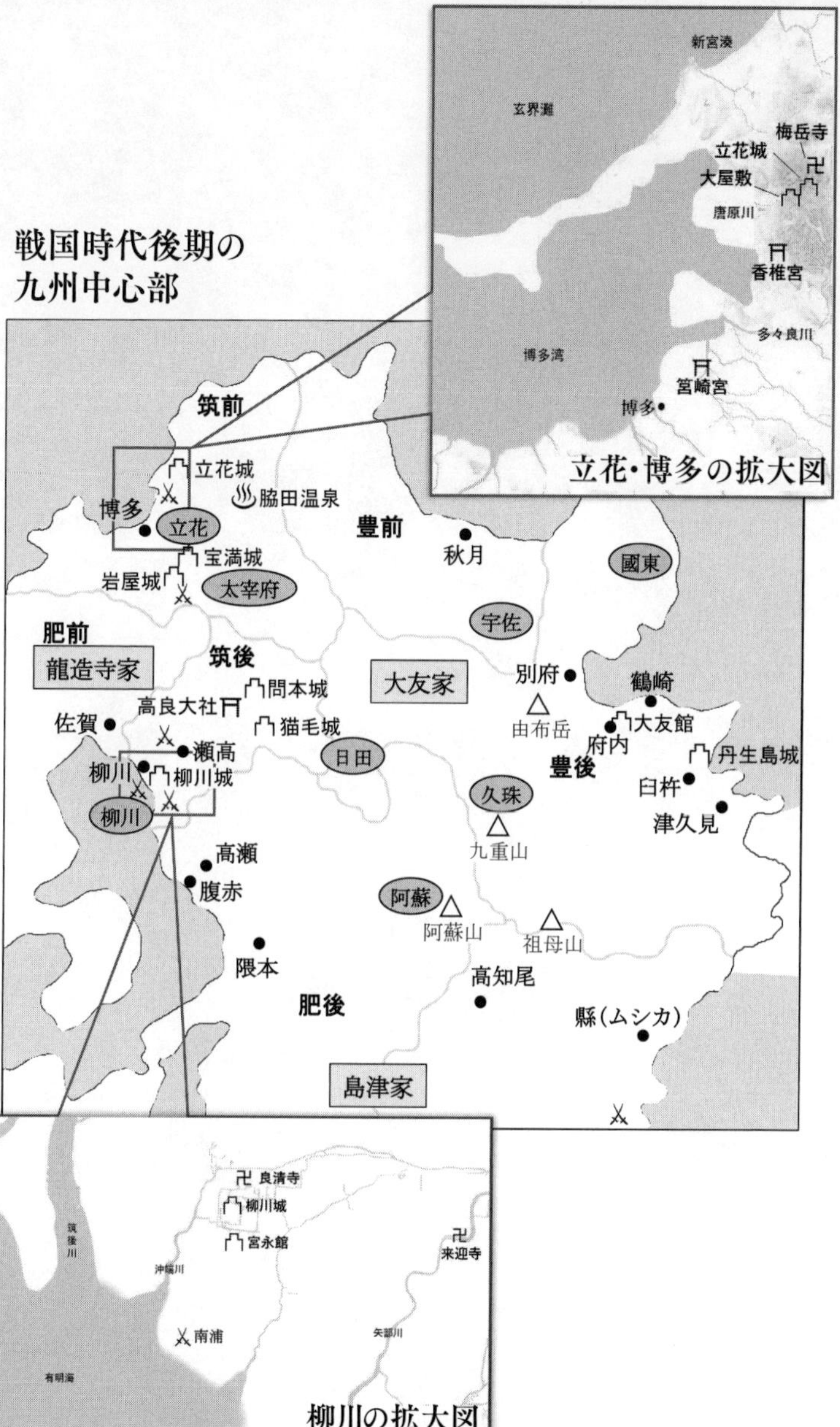

Gin
Akagami Ryo

誾《ぎん》

赤神 諒

装幀 芦澤泰偉
装画 橋本愛梛（大分県立芸術緑丘高等学校美術科）
別丁扉 井上晴空（大分県立芸術緑丘高等学校美術科）
本文イラスト 大分県立芸術緑丘高等学校美術科のみなさん

序　良清寺《りようせいじ》

――元和《げんな》七年（一六二一）三月、筑後国《ちくごのくに》・柳川《やながわ》

太平《たいへい》を迎えた海辺の城下町に、真白な春雪が荒れ風で吹き迷う。

城戸知正《きどともまさ》は柳川の湊《みなと》で船を下りると、沖端川《おきのはたがわ》沿いに歩を進めた。

この川辺を歩くのは、かれこれ二十年ぶりか。

酷薄な天は、からかい交じりに雪を舞わせているだけで、今日は積もらせる気もなさそうだが、老いさらばえた身には少しくこたえた。城戸は紙子《かみこ》羽織《ばおり》を着た小太りの体を縮こまらせる。

行く手に、建立されたばかりの新寺が見えてきた。

あれが良清寺か。期待通りの立派な門構えだ。

一礼して山門をくぐる時、削りたての檜《ひのき》のいい香りがした。

肥後国《ひごのくに》は腹赤《はらか》にある城戸の草庵《そうあん》へ使者が遣《つか》わされ、旧主の立花宗茂《たちばなむねしげ》から呼び出されたのは、三日前だった。隠居して久しい老体でも、幸い足はまだ達者だ。

寺の小坊主に用向きを告げると、誠応《せいおう》上人が穏やかな笑《え》みを浮かべながら現れた。互いに人生の玄《げん》

冬《とう》へ入ったが、思えば今日この時のために、生きながらえていたのやも知れぬ。

「城戸殿、ようこそ遠方からお越しくだされた」

「十七回忌以来でございますな、和尚様」

誠応は節目の法要を執《と》り行う都度、腹赤にある誾千代《ぎんちよ》の供養塔《くようとう》へ足を運んでくれた。他の僧侶には決して任せられぬ事情がある。

ひんやりとする廊下を渡り、本坊の隣に建つ方丈《ほうじょう》へ通された。

二十一年前、立花宗茂は関ヶ原《せきがはら》の戦いで西軍に与《くみ》し、自らは大津《おおつ》の戦《いくさ》で勝利を収めたものの、改易《かいえき》されて素浪人《すろうにん》になった。だが、それから長年の紆余曲折《うよきょくせつ》を経て、ついに旧領へ返り咲いた。

柳川入りした宗茂が真っ先に命じたのは、二十年近くも前に世を去っていた正室《せいしつ》・誾千代の菩提《ぼだい》を弔《とむら》う寺の建立だった。

「立花家中《かちゅう》の面々は驚いておられましたな」

さもあろう、誠応の言葉に城戸も頷《うなず》く。

宗茂と生前の誾千代は、かねて不仲が囁《ささや》かれていた。

奔放《ほんぽう》で男勝り、わがままな妻を宗茂が持て余し、ついには愛想を尽かしたのだと、多くが思い込んでいた。秀吉《ひでよし》の命《めい》で立花から柳川へ移封《いほう》されて後には別居し、関ヶ原の後、改易されてからも、誾千代は肥後、宗茂は上方《かみがた》にあって、そのまま死別した。

ふたりが家臣たちの前で激しく口論した時もある。だが誾千代が離縁するよう迫っても、宗茂は頑《かたく》ななまでに拒絶し、側室《そくしつ》も置かなかった。

亡《な》き妻の秘密につき、宗茂は沈黙を貫き通した。事情を知る城戸と誠応のほか数人も固く口を閉ざしたから、世間の誰も、ふたりの本当の間柄を知るはずがなかった。

「拙者《せっしゃ》も、己《おのれ》の不明に恥じ入るばかりでござる。殿は今もなお、誾千代様を深く想《おも》うておられるのじゃ……」

あの戦国の世、西国一《さいごくいち》の英雄に愛されなかった正室として、誾千代はほとんど忘れ去られていた。城戸にはそれが悔しくてたまらなかった。

真実はだが、まるで正反対だ。宗茂は誾千代を深く愛した。愛し抜いたのだ。最愛の正室が眠る菩提寺の開山《かいざん》として、故人の悲しき秘密を知る誠応を選んだのは、当然であったろう。

「宗茂公は十時《とどき》殿と真里《まり》殿にも、声をかけておわしますぞ。筑前《ちくぜん》から立花賢賀《けんが》殿もお越しとか」

お転婆《てんば》姫に武芸を教えた十時連貞《つれさだ》も、柳川再封《さいほう》を機に隠居する旨、文《ふみ》を貰《もら》った。誾千代に長らく侍女として仕えた真里は女主《おんなあるじ》の逝去《せいきょ》後、落飾《らくしょく》して仏門に深く帰依《きえ》していた。立花賢賀と改名した薦野増時《こものますとき》は、誾千代にとって腐れ縁の兵学の師だった。

「今宵《こよい》は昔話に花が咲きそうじゃ。して和尚様、この寺は何ゆえ良清寺と？」

誾千代の法名《ほうみょう》〈光照院殿泉良清大禅定尼《こうしょういんでんせんりょうせいだいぜんじょうに》〉から取った名とわかるが、それならたとえば「光照寺」もありえたろう。

「光照院様は海のそばに住まわれ、青き浪《なみ》をこよなく愛《め》でておわしました。『良清』の字も、あのまっすぐなお人柄に通じ申そう。ただの他愛《たわい》もない言葉遊びでござる」

城戸は今ごろ気付いた。

なるほど、「浪」のさんずいを「青」の隣へ動かしたわけか。玄界灘《げんかいなだ》に面する筑前の立花で育った闇千代は、移り住んだ筑後の柳川でも、亡くなった肥後の腹赤でも、海辺を選んで住んだ。そうだ、とにかく貝をよく食べていた。

長廊下に元気な足音が聞こえ始めた。主君の立花宗茂だ。足音が昔と変わらない。

「息災《そくさい》にしておったか、城戸！」

朗らかでよく通る声もまた、昔のままだ。城戸は慌《あわ》てて両手を突き、旧主に深々と平伏した。

「お久しゅうございまする、殿。こたびの柳川返り咲き――」

口下手《べた》な城戸のたどたどしい言上《ごんじょう》を遮《さえぎ》るように、宗茂が間近に腰を落とした。

親しげに城戸の両肩へ手を置き、顔を上げさせる。

「赦《ゆる》せ、城戸。俺としたことが、闇《ぎん》との約束を果たすのに、二十年もかかってしもうたわ」

五十五歳となり、髪に白いものが交じり始めても、宗茂は往時と変わらぬ精悍《せいかん》な顔つきをしていた。

懐かしさに、心ノ臓《しんぞう》が切なく締め付けられる。

城戸のごとき惰弱《だじゃく》な家臣だけではない。猛者揃《もさぞろ》いの立花家臣団はもちろん、天下人《てんかびと》の豊臣《とよとみ》秀吉も、島津義弘《しまづよしひろ》、加藤清正《かとうきよまさ》といった錚々《そうそう》たる勇将たちも、立花宗茂を「男の中の男」と認め、惚《ほ》れた。敵であった徳川家康《とくがわいえやす》も、現将軍の秀忠《ひでただ》までも、惚れ込んだ。

そしてもちろん、誰よりも宗茂をよく知る、あの闇千代も……。

「まこと、この日が来ようとは……」

不覚にも、城戸は声を詰《つ》まらせた。齢《とし》を重ねると涙もろくなるという話は、本当だ。

腹赤で逝去した闇千代を同地で弔って以来、城戸は百姓の市蔵《いちぞう》と共に墓守《はかもり》を務めてきた。

時ばかりがいたずらに過ぎゆくうち、宗茂の復活など夢のまた夢で、きっと昔の約束など覚えていまいと諦《あきら》めかけていた。だが、宗茂は誰に対するどんな約束でも、愚直に守る男だった。最愛の妻との約束を破るはずがなかった。

「泣くな、城戸。誾に叱《しか》られるぞ」

「おお、左様でございますな」

いつも何事にも懸命で、熱情を迸《ほとばし》らせる宗茂は時に涙を見せたが、誾千代は何があってもまず泣かなかった。

城戸が目頭を拭《ぬぐ》うと、宗茂が誠応に向かって座り直した。

「和尚、くれぐれも懇《ねんご》ろな供養を頼む。手数をかけるが、毎日、誾に茶をやってほしいのだ」

いくぶん照れながら、宗茂が付け足す。

「江戸におる頃からずっと、俺は馬鹿げた儀式をしておってな。毎朝必ず一服の茶を立てて、誾の亡くなった西の方角へ置くのだ。八女《やめ》の美味《うま》い茶を届けさせるゆえ、すまぬが頼み入る」

異様に思えるほど必死に頼み込む様子は、つい数日前に妻を失った夫のような熱心さだ。

「しかと承りました。まこと光照院様は、この世で最高の夫を持たれましたな」

誠応の言う通りだ。

誾千代は立花宗茂以外、誰の妻にもなれなかったろう。夫として相応《ふさわ》しい人間は他にいなかったと、城戸も断言できる。

宗茂はまだ誠応に頭を下げたままだ。涙を隠しているのか。

「殿、誾千代様よりお預かりした品をお持ちいたしました」

城戸が傍《かたわ》らに置いていた風呂敷包みを差し出すと、ようやく宗茂が身を起こした。

そっと結び目を解《ほど》く。

中から現れたのは、闇千代の寿像《じゅぞう》である。

「亡くなる少し前、死を悟られた姫が、腹赤で絵師に描かせられた絵でございます。殿が柳川へ戻られし暁《あかつき》に、もし時宜《じぎ》を得たならお渡しせよと、仰《おお》せつかっておりました」

闇千代は深紅の間着《あいぎ》に、よく似合う純白の打掛《うちかけ》を羽織り、色白の顔を澄ませている。

在りし日の思い出が胸に去来したのか、じっと見つめていた宗茂が肩を震わせ始めた。

「そうであった。闇はこのように美しく、そして、強かった……」

乱世に咲こうとした宗茂と闇千代の恋は徒花《あだばな》で、決して実を結びえぬ宿命にあった。だがそれゆえにこそ、永遠に輝きを失わぬ強烈な光芒《こうぼう》を放ちえたのだと、城戸は思っている。

「当寺の山号《さんごう》は、寂しき性《さが》と書き、『寂性山《じゃくしょうざん》』といたしとう存じまする」

誠応の言葉を咀嚼《そしゃく》するように頷いた後、宗茂は再び頭を下げた。

「和尚。わが妻闇千代を、なにとぞくれぐれも頼み入る」

若くして先立った闇千代の生前を思い、ついに〈約束の時〉まで辿《たど》り着いた宗茂の心中を慮《おもんぱか》ると、城戸も涙を禁じえなかった。

いかに宗茂が真摯《しんし》な愛を捧《ささ》げようとも、闇千代には受け入れられぬ理由があった。それでもなお、宗茂は妻を愛そうとし、闇千代も懸命に夫に応えようとしたのだ。

思えば、あれからもう、五十年近くになるか……。

幼いふたりが初めて出会ったのは、元服前の宗茂がまだ「千熊丸《せんくままる》」と名乗っていた頃、六カ国の守《しゅ》護《ご》として九州探題《きゅうしゅうたんだい》に補任《ぶにん》され、九州の過半を制した全盛期の大友《おおとも》家が、爛熟《らんじゅく》する平和を貪《むさぼ》っている最中《さなか》だった――。

第Ⅰ部　烈姫《れつき》

第一章　女城主

――天正《てんしょう》三年（一五七五）一月、豊後国《ぶんごのくに》・府内《ふない》

1

酒臭漂《しゅしゅうただよ》う大友館の渡り廊下を、冬の黎明《れいめい》が照らそうとしている。

戦いを前に、立花誾千代は心地よい胸の高鳴りを覚えていた。口から漏《も》れる息が白い。

冷たい板の間を、素足《すあし》でしっかりと摑《つか》むように踏んで歩く。

「他家の御曹司《おんぞうし》との果たし合いだ。胸が躍《おど》るぞ、真里」

新年の宴《うたげ》に集《つど》った大人たちは、夜通し酒なんぞを飲み、大騒ぎして疲れ果てたらしく、今は館ごと泥のように眠っている。

九州最大の大友家は豊後の国都・府内に巨大な居館《きょかん》を築き直した。

毎年一月には、大家臣団の主立《おもだ》った将たちが、主君に年賀の挨拶《あいさつ》をすべく広大な所領の各地から集う。大友宗家《そうけ》の一族〈同紋衆《どうもんしゅう》〉のなかには、自慢の後継《あとつぎ》を連れて来府《らいふ》する家臣たちもいた。闇千代も昨日、父の戸次道雪《べつきどうせつ》に連れられ、大友宗麟《そうりん》・義統《よしむね》父子に目通りした。

「姫さま、わたくしは心配でなりません」

闇千代は突然立ち止まると、すぐ後ろに従うおかっぱ頭をポンと叩《たた》いた。

「ばか。このおれが、喧嘩《けんか》で負けるとでも思うのか?」

上は当主の道雪から、下は軒下《のきした》の野良猫に至るまで、武を誇る立花家の気風《きふう》は荒いが、闇千代は同年代の家臣の子弟たちに負けた覚えがない。子供にしては大柄だし、物心が付く前から武芸を叩き込まれてきた。傅役《もりやく》の豪傑《ごうけつ》、十時連貞から一本取ったことさえある。

「いえ、案じているのは、お相手のほうです」

浅黒い丸顔が心配そうに見上げている。ひとつ年下の真里は、亡くなった乳母《めのと》の娘で、妹分の乳《ち》姉妹《きょうだい》だ。昔から、だいたい一緒にいた。

闇千代は腹の底から声を出して笑った。

「確かにな。だが、しょせんは子供の喧嘩だ。死にはせん」

武だけではない。立花家中では、誰もが幼い姫の聡明《そうめい》に舌を巻く。

あと二年もすれば、家臣たちに兵学を講じられると断言する重臣もいた。師匠の手本を見て少し教わるだけで、闇千代は努力なしにおおよそのことができた。母の好む和歌に管絃《かんげん》、舞曲《ぶきょく》も、苦労する者たちの気持ちがわからない。何かやって見せるたび、大人たちは驚く。その顔を見るのが痛快でならなかった。天賦《てんぷ》の才に恵まれた誾千代は何でもできる。目の前には、前途洋々《ぜんとようよう》たる未来が開けていた。

「この館で騒ぎを起こしたら、大ごとになります」

「ふん、大人たちもさんざん乱痴気騒《らんちきさわ》ぎをしておったではないか。あやつは骨のありそうな顔つきをしていた。負けて悔しいなぞと、親に告げ口はすまい。とにかくお前は黙って見ていろ」

言い捨てるや、誾千代は肩で風を切り、再び闊歩《かっぽ》し始めた。

姿形《なり》は戦いやすいように、面倒くさい直垂《ひたたれ》を脱いで、筒袖《つつそで》に括袴《くくりばかま》だ。母の仁志《にし》は女らしい恰好《かっこう》をすると喜ぶから、母の前では言われるままに着飾るが、今は本来の誾千代でかまわない。

（女だからと申して、それが何だ？　女も男もさして変わらぬ。負けてなるものか）

誾千代は常勝不敗と謳《うた》われる西国最強の将、戸次道雪の血を引くこの世でただひとりの人間だ。この体には、鬼道雪の血が流れている。ゆえに敗北は似合わぬし、許されぬ。

道雪は五年前の戦で腰に重傷を負い、下半身が不随《ふずい》となったが、馬に乗れなくなっても、得物《えもの》を槍《やり》から鉄砲に代え、輿《こし》に乗って出陣していた。だが道雪はもう子を作れない。ゆえに女でも、誾千代が当主となって、立花家を継ぐのだ。男なんぞに負けていられるものか。

大股《おおまた》で歩く後ろから、真里が小走りに従《つ》いてくる。

「姫さまは、あの藍色《あいいろ》の小袖の童《わらべ》が誰か、ご存じなのですか？」

むろん知っていた。傅役の城戸に尋ね、わざわざ見つけ出して喧嘩を売ったからだ。

大友家の大黒柱《だいこくばしら》たる道雪は、自らの死後に大友軍を率いる将として大友第二の将、高橋紹運《たかはしじょううん》を名指ししていた。昨年の暮れ、紹運の領する太宰府《だざいふ》で歓待されて戻ってきた道雪は、高橋家の嫡男《ちゃくなん》千熊丸には見所があると手放しで褒《ほ》めていた。

　闇千代は悔しかった。すぐそばに文武に優れたわが子がいるのに、女だから後を継げぬというのか。だが、もし千熊丸を叩きのめせば、道雪も闇千代を認めざるをえまい。

「大友家の最強は立花じゃと教えてやる」

　道雪は立花家の当主ながら、実家の戸次家に誇りと愛着を持ち、度々叛《はん》した旧立花家に対する宗麟のわだかまりもあって、自身は戸次姓を通してきたが、次代の闇千代は立花姓を名乗っている。

　背丈《せたけ》こそ低いが腕白《わんぱく》そうな千熊丸は、一昨日から物色していた中で、最も根性がありそうな童に見えた。

（おれが勝てば、父上も内心は喜ばれよう）

　道雪は闇千代を可愛《かわい》がってくれた。

　敵味方から「鬼」と恐れられる豪傑も、ひとり娘には巨眼を細めながら、大きな口でにんまり歯を見せて微笑《ほほえ》む。

　闇千代は父の肩車が一番好きだった。逞《たくま》しい肩に乗り、ツルリと禿《は》げ上がった大きな頭にしがみつく。道雪の行く先々で、民が笑顔で挨拶してきた。だが道雪は戦傷のせいで、肩車もできなくなった。

「父上には、隠居《いんきょ》していただく」

　闇千代が女当主となれば、道雪もゆったりと余生《よせい》を送れる。そのために一刻も早く強くなり、道雪の後を継ぐ。人の真似《まね》をするのは大嫌いだ。だから、わが道を行く。目指すは最強の女武将だ。

　足早に廊下を左へ折れ、能舞台へ至る橋掛《はしがか》りへ向かう。

　大友館に、朝の気配が立ち上ろうとしていた。

2

朝鳥《あさどり》はまだ鳴き始めていないが、東の空はほのかに明るみ始めていた。

高橋千熊丸は、誰もいない能舞台の真ん中に立ち、両の拳《こぶし》をぎゅっと握《にぎ》り締《し》める。約束より早く、まだ真っ暗なうちに来た。

「俺は、必ず勝つ」と、口に出してみた。

日々の鍛錬《たんれん》のおかげで武芸に自信はあっても、同じ年頃の子弟と比べて、背が低いのが悩みの種だった。

傅役の世戸口十兵衛《せとぐちじゅうべえ》は「心配召《め》さるな。若はまだ九歳。御父君《おちちぎみ》のごとき偉丈夫《いじょうぶ》になられましょう」と気休めを言うが、小柄な母に似たら、どうするのだ。

父の高橋紹運は武名轟《ぶめいとどろ》く名将で、西国に知らぬ者はいまい。

偉大な父の嫡男が小粒では、申し訳が立たぬ。ゆえに千熊丸は、学問と武芸の道で血も滲《にじ》むような努力を積み重ねてきた。世には生まれつき才能があり、何でも器用にこなす人間もいるが、残念ながら千熊丸は違う。それでも、膨大《ぼうだい》な努力を山より高く積み上げればいい。実際、千熊丸の弓の腕前は、武で鳴る高橋家中でも十指に入るまでになった。不屈《ふくつ》の努力だけは、西国一だとの自負がある。

「高橋家の名にかけて、負けられぬ」

夕刻、千熊丸は大友館の厩《うまや》近くで、一人の童から高飛車《たかびしゃ》に喧嘩をふっかけられた。相手は気の強そうな白面《はくめん》の美童《びどう》だった。肩までの変わった髪型をしており、大きな瞳が挑むように爛《らん》と輝いていた。

きっかけは単純だった。庭へ放たれた孔雀《くじゃく》が羽を広げる様子に見とれながら歩いていたら、肩と肩がぶつかったのだ。詫《わ》びようとしたら、出し抜けに「どこを見て歩いておる？」と一喝《いっかつ》され、腹が立った。互いに珍しい白孔雀を見ていたからぶつかったはずで、悪いのは千熊丸だけではあるまい。

色白の童は名乗りもせず、道を譲ろうともしなかった。

千熊丸は名門の御曹司で、大友宗麟の甥《おい》の嫡男に当たる。相手も相応の家柄だろうが、父の威《い》を借りて相手を黙らせるのは卑怯《ひきょう》だ。

目で合図されて喧騒《けんそう》を離れ、馬立所《うまたてしょ》の裏へ行った。

美童が連れている困り顔の小娘以外に誰もいなかったが、場所が大手門《おおてもん》に近く、建物を挟んで人通りもあったため、そのまま喧嘩に及ぶには具合が悪かった。ゆえに二人は果たし合いの時と場所を決めた。

新年の祝いには、大友家重臣が嫡男を同行できる。どこの誰かは知らぬが、子供の喧嘩に親は関わりない。傅役の十兵衛にも気付かれず、うまく仮宿所《かりやどしょ》を抜け出せたはずだ。

やがてひたひたと、右手から足音が聞こえてきた。

振り返ると、能舞台へ至る長い橋掛りに子供の影が大小二つあった。こちらへ向かって歩いてくる。

肩で風を切る白面子は自信たっぷりの顔つきだ。

3

「ほう、ちゃんと来たんじゃな。感心だ」

闇千代は未明の能舞台に立つ小さな影に向かって声を投げた。

正面から向き直った童は、切れ長の目に闘志を漲《みなぎ》らせ、すでに全身で戦意をむき出しにしている。

「男なら、約束を守るのが当たり前だ。俺は生涯、誰との約束も破らぬ」

のっけから腹の立つ言い草だ。男だから、約束を守るのか。女なら、約束を破るとでも言う気か。

約束を守らぬ男など掃《は》いて捨てるほどいよう。たとえば母の前夫《ぜんぷ》は約を違《たが》え、大友家を裏切った。

「ふん、騙《だま》し合いの乱世で早死にしそうな童じゃな。先が思いやられるわ」

「お前も童のくせに、生意気な口を利《き》くな！」

毒を吐く闇千代に、千熊丸が怒って噛《か》み付いてきた。女のように甲高《かんだか》い声だ。小さい体にか細い腕で、身構えている。

鼻歌を歌いながら能舞台に入ると、闇千代は数歩の間を置いて腰にためを作った。

「口だけは達者《たつしゃ》だな。誰ぞに気づかれんうちに始めようぞ」

闇千代が言い終わるなり、千熊丸が勢いよく床を蹴《け》った。

ぐんと右の拳を突き出してくる。力みすぎだ。

左手で軽く受け流しつつ、前へ出た。

腹へ会心《かいしん》の膝《ひざ》蹴りを入れると、軽い体が後ろへ吹っ飛んだ。

千熊丸は鈍く呻《うめ》きながら腹を押さえ、片膝を突いている。

「おのれ！」叫びながら立ち上がり、殴《なぐ》りかかってきた。また右か。

今度は半身で踏み込んだ。闇千代は童の右腕を両手で摑むや、身を捻《ひね》り、背負い投げに入る。

派手に投げ飛ばしたつもりが、千熊丸は肩からくるりと受け身をして、向き直った。

「なるほど。多少は心得があるか」

せっかく褒めてやったのに、千熊丸はしゃにむに飛びかかってくる。

闇千代は突然相手に背を向けた。

すかさず左足を軸にして、右足を大きく振り上げる。この回し蹴りで、終わりだ。

意表を突かれた千熊丸は、とっさに前腕で受け止めようとした。が、間に合わぬ。

かかとを顔面へまともに喰《く》らわせた。やはり相手にならなかった。勝負ありだ。

千熊丸は横倒しになって呻いていた。もう立ち上がれはすまい。弱すぎる。

動けぬ敗者を見下ろしながら、闇千代は促《うなが》した。

「泣かぬのは偉いぞ。だが、おれには勝てぬとわかったろう。降参せよ」

闇千代は思うがまま体が動く。相手の動きも読める。およそ戦いは、生まれつきの才能で決まるのだ。男とか女とかは関わりない。

「……降参など、せぬ、できぬ」

千熊丸は床に両手を突き、勢いよく起き上がった。

が、ふらついて、また膝を突いた。それでも、立ち上がる。

鼻血を垂《た》らしながら、楽しそうな笑みさえ浮かべていた。

「哀れな。ならば本気で参るぞ」

降《くだ》ろうとせぬ敵に、闇千代は苛立《いらだ》った。今度はこちらから、攻める。

踏み込むや、右、左の拳で突きを見舞う。防戦一方の相手の胸と腹に五、六発打ち込んでから、最後に頰《ほお》へ、思い切り平手を喰らわせた。

千熊丸は仰向《あおむ》けに倒れた。呻き声を上げながら、動けないままでいる。

「話にならぬな。そなたでは、おれに触れることもできん」

のそりと小柄な体が動き、千熊丸がよろめきながら立ち上がった。

切れた唇の血を袖口《そでぐち》で拭っている。

「恐ろしく強いな、お前。自分より弱い奴《やつ》と戦っても、強くはなれん。ありがたい」

口元に笑みさえ浮かべる童に、闇千代は驚きを覚えた。こんな相手は初めてだ。たいていの童は圧倒的な差を見せつけると、勝負を諦めて降参するか、あるいは泣き出す。

千熊丸が雄叫《おたけ》びを上げながら、前蹴りを入れてきた。

闇千代は蹴りを軽く躱《かわ》しながら、肘《ひじ》で千熊丸の顔面を打った。顔を押さえる小さな背に、突きと蹴りを次々と見舞う。

うつぶせに倒れた頭を素足で踏みつける。

「そろそろ降参しろ」

小さな体が荒い息をしていた。

「……始めた、ばかりではないか」

両手を突いてなおも立ち上がろうとする童に、恐れさえ感じて、闇千代は後ずさった。

「まだやるつもりか？　死ぬぞ」

すでに千熊丸の頬は腫《は》れ始め、鼻血が垂れている。が、それでも笑った。

「俺はいつもこんな調子だ。師匠《ししょう》が厳しゅうてな。この程度で音《ね》を上げておっては、乱世は渡れぬ」

いったい千熊丸は、日頃どのような鍛錬をしているのだ。なるほど、道雪がこの童を認めた理由がわかった。心の強さだ。

いきなり足首をがしりと摑まれた。油断していた。そのまま引きずり倒された。

襲《おそ》いかかる千熊丸を、すかさず蹴り飛ばす。

すぐさま立ち上がった。が、もう千熊丸が摑みかかっている。

白みかけた朝の光で、幼いながら精悍な表情が間近に見えた。鼻と口から血を流し、青痣《あおあざ》もできている。だが、世にはこれほど気骨《きこつ》のある童もいたのか。

「勝てぬとわかっておるのに、なぜ戦う？」

闇千代はかすり傷ひとつ負っていないが、千熊丸は一方的にやられ続けて、足元もふらふらだ。

「俺はあの鬼道雪からじきじきに教わった。諦めるまで、負けではないと」

何を。諦めぬからといって、勝てるわけではない。

ふと気づくと、真里の姿がなかった。このまま続けさせては千熊丸が危ないと見て、城戸でも呼びに行ったのだろう。織り込み済みの展開だが、「勝負なし」では立花闇千代の名がすたる。

「面倒だ。二度と立ち上がれぬように、次の一撃でけりを付けてやる」

闇千代は甲高い雄叫びを上げた。

4

「卑怯では、ないか……」

千熊丸は蹴り上げられた股間《こかん》を押さえながら、うずくまった。

世にこれほどの激痛があろうか。悶《もだ》えながら文句をぶつけた。

「戦いには勝たねばならん。卑怯も何もあるものか」

ふだんの稽古《けいこ》では、それぞれ急所を守りはしても、実際には攻めぬのが暗黙の了解だった気がする。

その甘えか、油断があった。

「往生際《おうじょうぎわ》が悪いぞ。降参して、名乗れ」

千熊丸は激痛に体を丸めたまま、歯を食い縛《しば》って答える。

「降参はせぬが、お前が俺より強いのは認める。稽古を付けてもらった礼に、俺から名乗ろう」

痛みを堪《こら》えながら、やっと半身を起こした。

「太宰府は宝満城《ほうまんじょう》の城督《じょうとく》、高橋紹運が一子、千熊丸」

名乗る時、千熊丸は父を誇りに思い、胸を張る。強くて優しい父は身内からも、家臣領民からも慕われていた。紹運の子と知ると、皆が顔色を変え、尊敬の眼差《まなざ》しで自分を見るのだ。

だが白面子は高慢《こうまん》そうな表情のまま、千熊丸を見下ろしている。

「さようか。喧嘩は弱いが、あの父上が認めただけのことはある」

「偉そうに何を。お前の父親は誰だ？」

美童は大きな目を見開き、腕組みをしたまま誇らしげに応じた。

「おれは西国最強の将、戸次道雪が一子、立花闇千代」

千熊丸は驚いて、闇千代を見た。

鬼道雪こそは、千熊丸の憧《あこが》れの将だった。偉大な父も敬《うやま》う大友家最高の将だ。道雪が率いる桃形兜《ももなりかぶと》の軍勢は、別格の精強を誇るとされた。噂《うわさ》通り目も鼻も口も耳も大きい鬼瓦《おにがわら》で、初めて会った時は怖くて口も利けなかった。道雪は戦場で紹運の命を救ったことがあり、紹運の幼い頃に実家を救った大恩人だとも聞いていた。

昨年の暮れ、道雪が太宰府を訪れた時は、千熊丸が稽古する様子を黙って眺めていた。稽古と言っても、自分より強い相手としか立ち合いが許されぬから、一方的にやられていいただけだ。その道雪が千熊丸を認めたと聞き、嬉《うれ》しくもあったが意外だった。だが、立花家に後継はいたろうか。養子を取ったのか……。

「虎の子に犬は出ぬようだな。おれも、そなたを認めてやろう」

闇千代が気持ちよく笑いかけてきた。

満面の笑みがいい。腹の底から笑うと、頬にえくぼができた。

千熊丸も笑う。友になりたいと思った。

強いくせに白くてほっそりした手が、目の前へ差し出されてきた。がしりと摑む。

ふぐりがギンギンと痛むが、千熊丸は助けられながら何とか起き上がった。

バタバタと音がし、小太りの侍が橋掛りを駆けてくる。城戸と言ったろうか、以前、道雪に従って太宰府にも来た侍だ。いつの間にか姿を消していた童女《どうじょ》が後ろから従いてくる。

「姫！　またお転婆をなさっておられまするか？」

千熊丸は啞然《あぜん》として闇千代を見た。

「お前、女子《おなご》だったのか……」

確かに男にしては色白で、きれいな瓜実顔《うりざねがお》だった。

「そなたも、女は男より弱いと思い込んでおるようだな。だが、この立花闇千代が世を変えてみせようぞ。おれは父上の後を継ぎ、西国一の女武将となって、女も男と何も変わらぬことを、世の皆に教えてやる」

闇千代は得意げに声を立てて笑いながら、勢いよく踵《きびす》を返そうとした。

「千熊丸様、大事ありませぬか？」

青い顔で尋ねる城戸に、千熊丸は苦笑で答えた。

「見ての通り怪我《けが》だらけだが、死にはせぬ」

十兵衛もそうだが、本当に強い者は、稽古で相手を死なせたりせぬよう手加減するものだ。

「用事は済んだ。行くぞ、城戸、真里」

闇千代が二人を橋掛りへ押し返す。その少女の背に向かって、叫んだ。

「俺は今日、太宰府へ戻る。続きはいつできる？」

振り返った闇千代は、愉快そうに笑っていた。

「立花と高橋は大友軍の双璧《そうへき》だ。いずれ戦場で会えればよいな」

天真爛漫《てんしんらんまん》な笑顔は太陽のように輝いている。女だと知って改めて見ると、驚くほど美しい顔立ちをしていた。道雪の鬼瓦とは、似ても似つかない。

「闇千代、俺も必ずお前みたいに強くなる。まだ勝負はついておらぬぞ」

「せいぜい気張れ。山だらけの太宰府と違って、立花には海がある。くさくさした時は、新宮《しんぐう》から玄界灘の青浪《あおなみ》を見れば元気をもらえる。そなたが来たら、連れて行ってやろう」

朗らかで自信たっぷりの笑みを返し、颯爽《さっそう》と去ってゆく闇千代の姿は凜《りん》としていた。

体中が痛い。ふぐりもまだ、じんじんと痛む。

改めて股《また》を押さえて蹲《うずくま》ると、裏楽屋《うらがくや》でカタリと音がし、逞しい体つきの中背《ちゅうぜい》の武士が姿を見せた。

「ずいぶんやられなすったな、若」

「十兵衛、さような所に！」

千熊丸を西国一の武将とすべく鍛え上げてくれる股肱《ここう》の臣だ。

「殿より若をお預かりしておる身ですからな」

みっともない姿は見せられぬ。痩《や》せ我慢《がまん》しながら立ち上がる。

「立花の家臣領民たちは、鬼道雪の男勝りのひとり娘を誇って、烈姫《れつき》と呼んで讃《たた》えているとか。立花城の女城主になるとの噂までござる」

道雪は大友軍団に並びなき第一の将として君臨してきたが、下半身不随となった上に、すでに六十三歳だ。男子がいないため、大友最強の立花家を誰が継ぐのかは、家中でも関心が高かった。

こたび道雪は誾千代を城主とすべく、宗麟と直談判《じかだんぱん》するために来府したとの噂もあるらしい。そのために大友館へひとり娘を同行し、予《あらかじ》め嫡男として扱わせたわけだ。女城主なぞ聞いた覚えもないが、あの誾千代なら、わからぬ話ではない。

「今日は、まるで歯が立たなかった」

「十時殿が武芸の傅役でござったゆえ。されど、誾千代姫が強くなりすぎたために、母君《ははぎみ》のたっての願いで傅役を外れたとか」

強者《つわもの》揃いの立花家臣団でも、十時は豪勇で鳴る道雪自慢の将だった。

「次は、勝ちたい」

必死に言うと、十兵衛が珍しく笑い出した。

「何が可笑《おか》しいのだ？　俺は女子に負けたのだぞ」

「気になされますな。いかにあの姫が強かろうと、いずれ若には勝てぬようになりまする」

あの誾千代に勝てる日がいつか来るのか。いや、千熊丸はまだまだ強くなれる。体のあちこちが痛むが、さして悔しく感じないのは、よき出会いに恵まれたせいだろう。

辺りはすっかり明るくなって、大友館のあちこちから朝の物音が聞こえ始めていた。

5

立花家の府内屋敷は大友館の西北、海に近い長池町《ながいけまち》にあった。武芸の稽古場を持つ広い敷地だが、家風を映してまるで砦《とりで》のように堅固な作りで、愛想のかけらもない。

「その後、高橋家から当家に対し、別段の申し入れはございませぬ」

城戸知正は全身に冷や汗を掻《か》きながら、主君に向かって平伏した。

幼時から誾千代はじゃじゃ馬で、詩歌《しいか》管絃よりも刀槍鉄砲《とうそうてっぽう》を好んだ。お転婆は今に始まった話ではないが、子供同士の喧嘩とはいえ、今回の騒ぎは、傅役たる城戸の落ち度に違いなかった。

道雪は漆黒《しっこく》の鉄扇《てっせん》を握り締めながら、でんと構えている。全身が溶岩で造られているかのような豪傑は、真冬でも扇子《せんす》を手放さなかった。体は小柄でも、岩塊《がんかい》のごとき筋骨隆々《きんこつりゅうりゅう》の体から放たれる覇気《はき》のせいで、相対《あいたい》しただけで熱風を浴び続けているかのようだ。

「誾と千熊がのう。偶然にしては出来すぎじゃな」

城戸も今ごろ気付いた。まんまと引っかかった。

誾千代は、道雪の認める童を完膚《かんぷ》なきまでに叩きのめし、城戸を通じて父に伝えさせたのだ。

しばしば道雪は、落雷を思わせる大音声《だいおんじょう》で些事《さじ》を笑い飛ばす。この日もそうではと、城戸は内心期待していたが、鬼瓦のような巨顔《きょがん》は曇《くも》ったままだった。

「男より強き女子、か……」

闇千代は道雪が筑後国問本城《といもとじょう》にある時に生まれた。

城の近くには、九州総社《そうじゃ》にして「鎮西《ちんぜい》十一ヶ国の宗廟《そうびょう》」と讃えられる高良大社《こうらたいしゃ》があった。室の仁志が身籠《みごも》ったと聞いた道雪は、高良大社に参詣《さんけい》して祈ったらしい。

——わが後を継ぎ、大友家を守るに相応《ふさわ》しき英雄を授けたまえ、と。

仁志も、前夫との子を養子に迎えてくれた筥崎座主《はこざきざす》の麟清《りんせい》に懇願《こんがん》し、問本城に小さな社を勧請《かんじょう》して、祭神である八幡大神《はちまんおおかみ》の力を与えたまえと、毎日祈りを捧《ささ》げた。腹の中で子が暴れて蹴るため、立花を継ぐに相応しい男児だと確信していた。八幡大神の化身《けしん》と期待されて生まれた赤ん坊はだが、女子だった。

「姫はまた西国一の女武将になると仰せでございました」

城戸が付け加えると、道雪は苦い顔をした。

「女子とわかった時は、わしのごとき血塗《ちまみ》れの生涯でのうて、誰ひとり殺《あや》めず、幸せに暮らして欲しいと願《ねご》うた。乱世でこれほど血を流し続けた分際で、虫の良すぎる願いじゃったがな」

道雪は闇千代を男として育てる気など、さらさらなかった。城戸を傅役としたのがその最たる証《あかし》だ。もともと城戸は筥崎宮の神官で、立花家とは仁志と道雪の再婚を取り持っただけの縁だった。武芸はからきし駄目《だめ》で、戦でもさして役に立たぬが、教養を買われて闇千代の傅役とされた。

闇千代が四歳になると、城戸はいったん筥崎宮へ戻り、武名高い十時連貞と代わった。闇千代が水を得た魚のごとく武芸に励《はげ》み、才能が花開くと、男勝りな娘の将来を案じた仁志の懇願で、また十時と交替になった。城戸の娘が十時に嫁ぎ、婿舅《むこしゅうと》の親しい間柄でもあったから、ちょうどよかった。

「闇千代が男に生まれておればのう……」

道雪の生母と義母、さらには亡き前妻も、道雪さえ頭の上がらぬほど強い女子だったそうだが、男に求められる強さとは違うと、道雪は低い割れ声で付け足した。

敵を震え上がらせる鬼瓦も、見慣れると愛嬌《あいきょう》があって、道雪が苦虫を嚙み潰《つぶ》したような顔をすると、鬼が泣いているようにも見えるから不思議だった。

「千熊丸様はお気の毒でしたが、別れ際には、姫にまた相見《あいまみ》えようと元気に仰《おつしや》っておりました」

昨年、太宰府に招かれた道雪は、高橋家の武芸稽古場を見物した。どれだけ叩きのめされても音を上げず、腕に覚えのある大人たちに立ち向かい続ける小さな童の姿に、城戸も目が釘《くぎ》付けになった。

道雪は千熊丸を大いに気に入った様子で、その夜の宴でそばへ呼び、親しく話した。礼儀正しく真《しん》摯《し》に受け答えをする童を相手に、道雪は上機嫌で杯《さかずき》を重ねていたものだ。

「決めたぞ。立花城の城督を誾千代とする」

不覚にも、城戸はひっくり返りそうになった。道雪は陣中にある時のように真剣な表情だ。

城督とは大友家特有の役職で、他家の守護代に相当する。大友館でも噂になってはいたが、まさか女が筑前国守護代を務めるなどありえぬと思っていた。

「されど、御館《おやかた》様は……」

宗麟からは、高齢の道雪に男子がないため、将来に備えて道雪の甥の子息から誰かを選び、後継として定めるよう直々《じきじき》に申し入れがあった。立花は〈西の大友〉と言われる名門だが、その跡目《あとめ》争いで内紛が起こるのを恐れたためだ。

「わしからじかに言上《ごんじよう》すれば、聞き届けられよう」

九州全土に大友領を広げた立役者《たてやくしや》は、他ならぬ戦神の戸次道雪だった。いかに宗麟とて、道雪に強くは言えない。

「左様でございましょうが、女城主など聞いた覚えがございませぬ」

たとえ聡明で武芸に秀でていようと、闇千代は女だ。

「立花は筑前の要衝《ようしょう》じゃ。すべては大友のためよ」

道雪はついに闇千代を女武将として育てると決めたらしい。これから城戸もますます忙しくなろう。身の引き締まる思いだ。

「巴御前《ともえごぜん》の例もございますれば、必ずやよき将となられましょう」

闇千代は大喜びするに違いない。「おれが女当主となれば、もう父上が戦に出ずともよい」と言っていた。女武将たらんとするのは、道雪のためだった。

「されば、十時殿を傅役へ戻されまするか？」

案に相違して、道雪はそっけなく頭《かぶり》を振った。

「否。北九州を守るのは闇ではない。わが死後に立花を託《たく》せる男を見つけた。闇はうぬに見せつけようと、とことん千熊を痛めつけたはずじゃ。それだけやられても音を上げぬとは、あの小僧、ますます気に入ったわ。千熊を闇と娶《めあわ》せ、当家に婿入りさせる」

城戸はまた仰《の》け反《ぞ》った。

「千熊丸様は、高橋家を継ぐご長子であられますが」

「わしから紹運に頼めば、否《いな》も応《おう》もなかろうて」

紹運は若い頃こそ道雪と激しく対立したが、戦場で何度も道雪に命を救われ、今では道雪に心酔していた。頼まれれば断るまいが、次子でなく、あえて長子を養子《ようし》に所望《しょもう》するとは……。

「城戸よ。頃合いを見て、千熊を立花に呼べ。誾千代と馬が合えばよいのじゃがな」

道雪は庭にうっすらと積もり始めた白い雪へ視線を移した。敵を喰らうはずの鬼瓦には、娘を案ずる父親の曇り顔があった。

第二章　男勝り

——天正六年（一五七八）十一月、筑前国・立花

1

気の早い木枯《こが》らしが立花城下に吹き始めた。頬へ食い込ませた銃床《じゅうしょう》が硬く、冷たい。

誾千代は膝台を作り、右肘を高く上げながら狙《ねら》いを定める。

（これを外さねば、わたしは西国一の女武将になれる……）

指の引き金を迷いなく引く——。

炎と轟音《ごうおん》。

たちまち、三十間《けん》（約五十メートル）離れた的を銃弾が撃ち抜いた。

「十発目も！　全弾命中、お見事にございます！」

真里が歓声を上げた。

世にも麗《うるわ》しき姫よと、挨拶のように容姿を称賛されるより、鉄砲の腕前《うでまえ》を讃えられるほうが、はる

かに心地いい。

闇千代はまだ熱い小筒《こづつ》の銃口を下ろした。

ほっそりした漆黒の銃身だが、木製の部分は赤漆《せきしつ》で着色してある。闇千代の一番のお気に入りだ。

先だって、田畑を荒らす大猪《おおいのしし》が出没していると聞くや、闇千代は真里と城戸を引き連れ、退治に出かけた。民からの訴えに、「皆を苦しめる獣《けだもの》は、この立花闇千代が成敗《せいばい》する」と宣言した。現れたと報《しら》せがあるたび、鉄砲を担《かつ》いで駆《か》けつけたが、すでに去った後だった。

半月ほど前、ついに対決の時が来た。

子連れの大猪の姿に、闇千代は一瞬ためらったが、猛然と襲い掛かってくる大猪の後ろ足を、落ち着いて撃ち抜いた。倒れた獣にとどめを刺そうとする村人を、「子を守らんとする親を討つは、人の道にあらず」と闇千代は止めた。足を引きずりながら山へ戻ってゆく大猪に向かい、「痛みに懲《こ》りて、二度と人里を荒らすでないぞ」と諭《さと》した。

この話が城下に広まり、〈立花の烈姫〉は武も仁も兼ね備えた女城主よと評判になった。闇千代も得意になって、千熊丸への文の中で書いたものだ。

「闇千代、火薬の臭いが母屋《おもや》まで流れてきました。次の香席《こうせき》では恥を掻いたりしないでしょうね」

棘《とげ》を含んだ声に振り返ると、呆《あき》れ顔の仁志が立っていた。香椎宮《かしいぐう》に参詣していたはずが、予定より早く戻ったらしい。

「ちょうど、小休止が終わったところです」

「休みにしては長すぎるのではありませんか」

香の稽古の途中で嫌《いや》になって、聞香炉《ききごうろ》をほったらかしにしてきた。

闇千代は女の嗜《たしな》みを身に付けるより、武芸のほうがずっと好きだ。奥床《おくゆか》しい白檀《びゃくだん》よりも、火薬の香ばしい匂いのほうが、自分に合う。一緒に教わる真里は奥の深さに感心していたが、闇千代は「香道《こうどう》は辛気《しんき》くさい臭いがする」と腐《くさ》していた。

「真里、お前がいながら、どういうことですか」

仁志は、闇千代の男勝りを直そうと大人の侍女を何人も付けたが、わがままで手に負えぬのか、あれこれ理由をつけては辞めてしまい、結局長続きしなかった。今もいない。

縮《ちぢ》こまって頭を下げる真里を庇《かば》い、前へ出た。

「真里は何も悪くありませぬ。わたしを何度も止めておりました」

「止められなかったのなら、同じ話です」

「母上、乱世では、鉄砲も女子の嗜みと心得ております」

闇千代は決められた道を歩くのが嫌いだ。

山道でも野原でも、わざわざ道なき道を行く。人生でも自分の道を切り開きたいが、立花家の姫という生まれが、行く手を阻《はば》もうとしていた。

「こたびの決戦で大友が勝てば、九州の乱世は終わるのです。そもわが立花家には、殿を慕って勇将、猛将が集《つど》い、鍛《きた》え上げられた精兵もおり、知恵は軍師殿が出してくれます。お前が鉄砲を手にする必要などありません」

仁志の後ろに、申し訳なさそうな顔をした傅役が縮こまっていた。城戸が告げ口したらしい。

「今日のお稽古はもう結構です。大事な話がありますゆえ、わたくしの部屋へ来なさい。真里は後片付けを」

身を翻《ひるがえ》す仁志の後ろに従い、闇千代は城戸を睨《にら》みつけながら小筒と胴乱《どうらん》を乱暴に手渡した。

前を歩く母の凛とした背筋を見習わねばと思う。

闇千代は幼い頃から、「武家の姫らしくあれ」と仁志に躾《しつ》けられてきた。城戸が言うには、政略結婚ながら、仁志は亡き前夫の安武鎮則《やすたけしげのり》と仲睦《むつ》まじかったらしい。ゆえに鎮則は龍造寺《りゅうぞうじ》家へ寝返るに際し、仁志と二人の子を妻の実家へ送り返したが、道雪に敗れて死んだ。愛する夫を破った勝者に嫁ぎ、その保護にすがる身の上を、仁志はどう思っているのだろう。自分が味わった悲劇のゆえか、仁志は闇千代を必ず幸せにすると繰り返す。それだけが生きがいのようにさえ思えた。

母屋の広縁《ひろえん》にできた日だまりでは、道雪が子猫を膝に乗せて戯《たわむ》れていた。夏から屋敷に居ついた三《み》毛猫《けねこ》で、道雪によく懐《なつ》いている。

「闇、参ったか。また屋敷じゅうに鉄砲の音が鳴り響いておったぞ」

面白くもないのに、道雪は大口を開けて豪放磊落《ごうほうらいらく》に笑う。

母と違い、父は闇千代が何をやっても叱らず、武芸に上達すると褒めてくれた。もともと鉄砲の手ほどきをしてくれたのも道雪だった。だがそれでも父は、娘を女武将として育てようとはしなかった。

「父上も鍛錬をなさらぬと、わたしに追い越されまするぞ」

道雪が縁側に立てかけた樫杖《かしづえ》の把手《とって》を握ると、闇千代は仁志を追い越して駆け寄った。父の極太の腕を摑み、支えながら立ち上がる。

「おお、すまんのう」

道雪の体は筋肉でゴツゴツしている。普通の人間よりも体温が高く、いつも熱かった。

道雪は毎朝必ず杖を突き、時間をかけて広縁を歩いた。最初はほとんど歩けなかったが、努力を積み重ねるうち、杖を使えば亀の歩みができるようになった。薬師《くすし》も驚いたが、それでも元のようにはもう歩けまい。

近年、大友が北九州で大掛かりな軍事行動を控えてきたのは、宗麟の戦嫌いに加え、キリシタンを巡《めぐ》る内部の抜き差しならない対立もあるが、道雪の戦傷が大きかった。もしも大友の戦神が下半身不随にさえならなければ、大友はとっくに九州全土を制圧していたはずだ。

奥座敷の上座《かみざ》に父を座らせると、母がその脇に控え、誾千代と向かい合った。

「誾よ。近々、太宰府から千熊が来おる」

道雪が切り出すと、傍らの仁志が頷いた。

敵味方から「鬼」と恐れられる道雪も、女子供や弱い者たちには驚くほど優しかった。幼い頃に一度きり、鉄砲の火薬で遊んでいてこっぴどく叱られた以外、誾千代は雷を落とされた覚えがない。親子水入らずの時の道雪は、大きな熊の置物のように座っているだけで、あまり口を挟まなかった。

「ついては、お前に話しておきたいことがあります」

お気に入りの濃紫《こむらさき》の舞扇《まいおうぎ》を手に、仁志は紅《べに》を丁寧に塗《ぬ》った真っ赤な唇を開いた。

「早晩、お前も勘違いに気づくでしょうが、女は強さの代わりに、美しさを武器として与えられているのです。立花家は名門中の名門にして、幸いそなたは筑前一の器量《きりよう》良し。縁組の話は引きも切りません」

仁志が前夫との間に作った二人の異父兄姉《きょうだい》は、誾千代と齢も離れ、すでに実家を出ており、親しくもなかった。しょせんは裏切り者の血を引く身であり、厚遇など見込めなかったはずが、道雪の計らいで兄は神官となり、姉は立花家の重臣に嫁いでいる。

「女の幸せは夫次第です。わたくしのような辛《つら》い思いを、お前には決してさせません」

道雪の存命中はよい。仁志はその死後を考えていた。

最悪の場合、誾千代はどこぞの力なき家臣へ嫁にやられた挙句《あげく》、男勝りに愛想を尽かされて離縁の憂き目に遭《あ》う。すでに他人の物となった立花家へ戻されても、世を捨てて落飾《らくしょく》するのがせいぜいだろう。だから仁志は、乱世を生き延びられる男、勝てる男、強い男を夫にすべしと説いた。

仁志は女というより、母として生きていた。大友家中で誾千代に力を持たせ、他の二子も守りたいのだ。ゆえに、誾千代にすべての命運を託していた。

「お前の婿殿を決めねばなりませぬ。この婿取りに、お前はもちろん、皆の行く末が懸《か》かっているのです」

2

山ばかりの太宰府の住人にとって、海の匂いがする博多津《はかたのつ》は別天地だ。冷たい潮風を頬に受けても、昼前の暖かい日差しのおかげで、寒さは感じなかった。

「誾千代に手土産《てみやげ》を買っていきたい」

馬上の高橋千熊丸が後ろへ声を投げると、世戸口十兵衛が黙って頷き返してきた。

九州最大の商都博多は東西に分けられ、大友宗家《そうけ》の代官である博多諸司代《しょしだい》が置かれてきたが、町の守りは立花家に委《ゆだ》ねられている。歴史ある港町には舶来の品も豊富で、太宰府よりもはるかに品揃えがよかった。

二人は湊に立つ賑《にぎ》やかな市《いち》の前で下馬《げば》した。

多くの客でごった返す人いきれの中には、髪も瞳の色も違う南蛮人《なんばんじん》が少なからず交じっていた。

「博多はよい。道行く人々が生き生きしている」

「強き領主を持てば、町が栄え申す」

道雪が立花城へ入る前、博多は何度も戦に巻き込まれ、焼き払われていた。その都度町を蘇《よみがえ》らせた民の逞しさは偉大だが、武により守られねば、商いは栄えない。道雪が至近の立花で睨みを利かせているおかげで、博多は泰平の世でも来たかのようだった。豊後の府内にも五千軒の家が建ち並び、南蛮商人や宣教師たちが当たり前のように行き交うが、博多は昨年、総氏神様である櫛田《くしだ》神社に民が梵《ぼん》鐘《しょう》を寄進するなど、府内を超えるほどに復興していた。

「若、あそこに並べてある柘植《つげ》の櫛など、いかがでござる?」

十兵衛のごとき無骨《ぶこつ》な武芸者が、美々《びび》しい女物の櫛を指差す姿はどこか滑稽《こっけい》だった。

「女子好みの品を誾千代は喜ばぬようだ。櫛など贈れば、投げ返されよう」

昨夏来た時は奮発して、高価な朱《しゅ》塗りの簪《かんざし》を土産に渡した。近ごろは髪を結《ゆ》う女性《にょしょう》も増えており、誾千代のぬばたまの髪に朱が映《は》えると考えたのだが、毫《ごう》も喜ぶ様子はなく、結局その場で侍女の真里が貰い受け、嬉しそうに着けていた。

「道雪公は酒さえお持ちすれば喜ばれますゆえ、簡単でござるがな」

千熊丸は道雪に気に入られたらしく、年に幾度か立花へ招かれるようになった。道雪は親しげにあれこれ話しかけ、「鮎《あゆ》は頭から丸ごと食え。命を貰《もろ》うておるのに、口に入れず捨てるは申し訳なかろう」と、鮎を頭から骨ごとバリバリ食べてみせもした。そんな時の道雪は、まるで人喰い鬼のように見える。立花には長ければひと月余り逗留《とうりゅう》するが、その間はたいてい誾千代と一緒にいた。

闇千代とは、出会いこそ喧嘩で始まったが、かえって気心が知れて仲良くなり、今では親しき友だった。相変わらず闇千代には、女子らしい淑《しと》やかさが感じられない。道雪が「好きにさせよ」と気ままを許すため、聡明で多才な女城主は、城下を出歩いて家臣たちから武芸や兵学を学び、勝手に強くなっていった。千熊丸とは様々な得物で手合わせをし、弓馬の腕前を競い合い、ひとかどの将にでもなった心地で兵馬を論じ合う仲だった。いずれ代替わりすれば、闇千代が博多を、千熊丸が太宰府を守るのだろう。

今や九州過半の小大名や国人《こくじん》たちは大友家に服属しており、平安を謳歌《おうか》する大国にあって、千熊丸は闇千代と楽しく過ごしてきた。

「虎を象《かたど》った櫛なんぞあればよいのだがな」

「さように奇怪《きっかい》な代物《しろもの》は、商《あきな》っておりますまい」

三年前の夏には、大きな唐船《からふね》がやって来ると聞き、臼杵《うすき》の地を共に訪れた。家を踏《ふ》み潰さんばかりの象や、荒々《あらあら》しく吠《ほ》え猛《たけ》る虎、人の口真似をする不思議な鸚鵡《おうむ》、猫と犬を合わせたような麝香猫《じゃこうねこ》にも会った。千熊丸は巨象に憧《あこが》れたが、闇千代は牙を剝《む》く猛虎に心を惹《ひ》かれ、親しげに話しかけていた。

六月の府内では祇園会《ぎおんえ》で山鉾《やまぼこ》や獅子舞《ししまい》、八撥《やつばち》の舞曲を楽しみ、七月には大風流《おおふりゅう》を共に踊りもした。

千熊丸は弟妹とも仲が良く、従兄《いとこ》の吉弘統幸《よしひろむねゆき》や志賀親次《しがちかつぐ》など広く同年代の若者たちと親しく交わっていたが、闇千代は男子に対して負けん気の強すぎるところがあり、千熊丸にしか心を許していない様子だった。

「されば、若。あの金平糖《こんぺいとう》など、いかがでござる？」

十兵衛が指差す先には、南蛮渡来の砂糖菓子を並べる商人が店を出し、人だかりができていた。女子なら目を輝かせて喜びそうな品々だが、誾千代は食べ物にもさして関心がなかった。好き嫌いが激しく、中でも貝は、見た目が気味悪いと言って嫌悪し、すまし汁に入った貝も殻ごと箸で摘《つ》まみ出すほどだった。

「誾千代が一番喜ぶのは、やはり武具だな」

千熊丸は父紹運や道雪のような戦上手《いくさじょうず》になり、西国一の将として名を残したい。女ながら誾千代もそう公言していたから、おおよそ好みがわかる。

二人は武具の小物を商う店の前で立ち止まった。

目貫《めぬき》なら、きっと喜ぶはずだ。誾千代は女城主となる際、道雪から一振りの短刀を賜《たまわ》った。立花家の先祖が足利尊氏《あしかがたかうじ》に従って上京した折に武勲《ぶくん》を立てて拝領《はいりょう》した吉光《よしみつ》で、黒漆塗りの拵《こしら》えだ。だが名刀の柄《え》に虎や鬼の目貫ではありきたりで、芸がなかろう。

「荼枳尼天《だきにてん》の目貫はないか？　白がよいのだ」

実は太宰府でも探したが、ないと即答された。

ふだん飾り気に乏しい誾千代の部屋には、剣を手に白狐《びゃっこ》に乗る美しい女神の白木像《しらきぞう》が置かれていた。荼枳尼天はあらゆる願いを叶《かな》えてくれる。その昔、平安貴族の藤原忠実《ふじわらのただざね》は、祈り始めて七日目に夢で白狐の使いに会い、願いが成就《じょうじゅ》したと聞く。

昨夏は、誾千代が「白狐を捕まえに行く」と言い出し、こっそり屋敷を抜け出した。夜明け前から山へ入ったものの、崖下《がけした》の洞穴《ほらあな》を覗《のぞ》き込もうと無理をし、二人して転落した。足をひどく挫《くじ》いた千熊丸を誾千代が背負って半刻《はんとき》（約一時間）近く歩いてくれたが、突然倒れ込んだ。誾千代も足を怪我したのに、痩せ我慢をしていたのだった。肩を貸し合い、お互いの足を気遣《きづか》いながら麓《ふもと》まで戻ると、捜しに出た十兵衛が怒った顔で、城戸は真里と共に半泣きで待っていたものだ。

二重顎《にじゅうあご》の肥《こ》えた商人は煙草《たばこ》をふかしながら、頭《かぶり》を振った。

「さように珍しいものは生憎《あいにく》と。宗室《そうしつ》さんなら、扱っておられるやも知れませんな」

博多の豪商島井《しまい》宗室は、大友家の御用商人《ごようしょうにん》で高橋家とも繋《つな》がりがあるから、便宜《べんぎ》を図ってくれるはずだ。

早速、大通りに面した大店《おおだな》を訪ねてみると、宗室は不在だったが、道雪の名も出して「茶杓尼天の目貫が欲しい」と伝言した。なければ作らせて立花へ届けに上がると、番頭《ばんとう》が請《う》け合ってくれた。

「女子《おなご》に目貫とは、難しい姫でござるな」

「何かと誤解されやすいが、俺は誾千代をよく知っている」

誾千代はとにかく強くありたいのだ。自慢の父のように。

宗室の店を出て馬を東へ進めるうち、筥崎宮の鳥居が見えてきた。

馬を預け、十兵衛と二人、長い参道を歩き出す。

八幡大神を主祭神とする筥崎宮は、かの元寇《げんこう》の際に神風を吹かせ、勝利へ導きたもうた由来から、厄除《やくよけ》・勝運《しょううん》の神として、つとに名高い。足利尊氏も参拝した由緒《ゆいしょ》ある古社であり、博多まで出ると、千熊丸は必ず参詣した。

切妻《きりづま》の拝殿《はいでん》で心を込めて手を合わせる。祈るのは大友家の勝利だ。近く、日向国《ひゅうがのくに》で島津《しまづ》との決戦が行なわれる。

高橋と立花は北九州を守って参陣しないが、宗麟自らも大軍を率いて日向へ出陣していた。

伯父の吉弘鎮信《よしひろしげのぶ》をはじめ、大友家の主だった家臣たちが勢《せい》揃いして、薩摩《さつま》の島津家との大戦《おおいくさ》に臨む。

兵数では勝るが、紹運は大友方の統率の乱れを強く懸念していた。

南で急速に膨張《ぼうちょう》を始めた島津さえ叩けば、かねて道雪が企図する大友家による九州統一は目前だった。九州に平安が訪れるのだ。

爽風《そうふう》に白布《しらぬの》の御幌《みとばり》がはためいている。小気味いい音に導かれて、千熊丸は目を開いた。

拝殿の奥、回廊《かいろう》を本殿へ向かう一行がある。

正式な参拝らしく全員正装で、列の後方に紫の唐衣《からぎぬ》を羽織《はお》った少女の姿が見えた。落ち着いた藤色の五衣《いつつぎぬ》に純白の裳《も》をまとい、檜扇《ひおうぎ》を手にゆっくりと進んでゆく。艶《つや》のあるぬばたまの長い大垂髪《おすべらかし》、念入りに化粧《けわい》を施した白面《はくめん》、赤い紅を塗った唇を見たとたん、千熊丸の胸が激しく鼓動《こどう》を打ち始めた。

(何と、美しき少女か……)

言葉を忘れて見惚《みと》れているうち、少女は参拝者たちに視線も寄越《よこ》さぬまま、澄まし顔で本殿へ消えていった。すっかり心を奪われて立ち尽くしていると、肩に置かれた十兵衛の手で、われに返った。

「そろそろ参りましょうぞ、若。刻限に遅れれば、道雪公に雷を落とされまする」

平時でさえ約束事を守れぬ者が、非常の戦で軍規を守れはせぬと、道雪は戒《いまし》めていた。大友が誇る歴戦の名将は、孫のように千熊丸を可愛がり、叱ってくれる。

「手土産選びで、時を食ってしもうたな」

少女の消えた本殿に一礼してから、素早く踵を返した。

馬に飛び乗ると、立花目指して風を切る。

馬上にあっても、千熊丸の心中には、ずっと筥崎宮の少女がいた。

十二歳の千熊丸には、嫁取りの話が出ていた。元服《げんぷく》も初陣《ういじん》もまだだが、他家からの打診や申し入れが引きも切らない。もちろん政略結婚で、信頼する両親が選ぶ女性を妻とするのだ。否も応もない。高橋家の跡取りとして、当然至極《しごく》の務めだった。

名も素性《すじょう》も知れぬ紫の唐衣の少女とはもう二度と会えず、言葉も交わせまい。

（しょせんは成らぬ、恋だ……）

白波の立つ海を横目に見ながら、街道を北へ向かう。

道雪の屋敷は、立花山西麓《せいろく》に開けた城下町の下原《しもばる》にあるが、城下に入ると、どことなく硝煙《しょうえん》の匂いが漂い始める。武を貴《たっと》ぶ立花家では鉄砲の鍛錬を欠かさないから、町に染《し》みついているのかも知れなかった。

道雪の屋敷に着けば、今日も誾千代がお気に入りの赤と黒の小筒を片手に、千熊丸を迎えに出るだろう。仁志の躾のおかげで、多少は女子《おなご》らしくなっているだろうか。

天真爛漫な誾千代の笑顔を思い出すと、自然に笑みがこぼれてきた。

3

白雲で日が翳《かげ》り、香椎宮の境内《けいだい》を吹く澄み風がにわかに冷気を帯びても、華美な袿《うちき》を何枚も着込んでいるせいで、誾千代には心地いいくらいだった。

背の高い綾杉《あやすぎ》を見上げれば、人間の小ささを思い知る。誾千代はどこまで大きくなれるのか。

筥崎宮で神前の儀式を済ませた誾千代は、仁志や侍女たちと立花へ戻る途中、香椎宮で小休止を取っていた。今日は太宰府から千熊丸が来る。もう立花に着いた頃だろう。

三日前、誾千代は仁志に言われた。

——殿もわたくしも、千熊丸どのを婿に欲しいと考えています。高橋紹運公は、次代大友家の支柱となられるお方。誰しも娘を嫁がせたがっていますから、早めに話をつけます。よろしいですね？

千熊丸が立花へ通ってくる理由を、誾千代も察してはいた。

好むと好まざるとにかかわらず、人は決められた道を歩む。ことに女はそうだ。いかに足掻《あが》こうと、たとえ誾千代でも、乱世に生を享《う》けた女の宿命は免《まぬが》れがたい。「女城主」とは名ばかりで、道雪は誾千代を後継ぎとして認めていなかった。悔しいが、女だからだ。

——否も何も、父上と母上がお決めになったのなら、従うしかないのでしょう？

——その捨て鉢な言い草は何ですか。武家の長子を養子に貰うのは異例の話。立花家の跡取りとして迎え入れる以上、わたくしのようにやり直しはできませぬ。

千熊丸は親しき友だが、夫にしたいと思ったことはなかった。兄妹《きょうだい》のように近すぎるせいか、夫婦《めおと》になるのはどこか妙な気持ちだった。今日はどんな顔をして、千熊丸に会えばよいのだろう……。

「姫さま、こちらにおわしましたか」

傍らに来た真里の声でわれに返った。

「小娘なんぞを乗せてもろうて申し訳ないが、輿とは何とも辛気臭い乗り物じゃな。馬なら、すぐ戻れるのに」

「あと少しの辛抱です。この三日間は普通の姫として、大人しくお過ごしになるお約束のはず」

たしなめるような真里の口調も、近ごろ大人びてきた。利発で機転が利くため、仁志に時おり呼ばれ、色々入れ知恵されているらしい。

「退屈な儀式のために、あちこちへ駆り出されるくらいなら、女城主などにならねばよかった」

半身不随の道雪に代わり、闇千代は名代《みょうだい》として種々の儀式への出席を求められた。城戸を伴《ともな》い、その場では堂々と役割をこなしはしても、じっとしているのが大の苦手だ。おまけに、当然女として扱われるから、筑前一の姫に相応しき装いをと、仁志が念入りに化粧《けわい》を施して着飾らせる。出立《しゅったつ》前から疲れるわけだ。

「姫は大事なお役目を果たしておわします。大友家は今、大いなる岐路《きろ》に立たされておりますゆえ」

重々しく口を挟んできた城戸は、風でガタンと鎧戸《よろいど》が鳴っただけでビクリと体を震わせるほどの臆病者だ。低い声音を作ってみたとて迫力を欠くのだが、大友家における深刻な分断と内紛の体《てい》たらくを、道雪も相当気に病んでいた。

「わかっておる。ゆえに日向での勝利を、皆でたっぷり祈願したではないか」

広大な王国はこの数年、キリスト教を巡って真っ二つに割れ、いがみ合っている。内戦にまで至らぬものの、領国内のあちこちで騒擾《そうじょう》が頻発《ひんぱつ》した。宗麟が異教へのめり込むなか、キリシタンによる寺社焼き討ちを始め他宗門《たしゅうもん》への排撃《はいげき》も激化していた。

そこで道雪は昨年、香椎宮に神領を寄進して、荒廃する境内を再造営し、国主大友義統を招き、派手に遷御式《せんぎょしき》を執《と》り行った。あえて国主を巻き込み、大々的に神社を再興して反キリシタン勢力を宥《なだ》めつつ、主君を諫《いさ》めたわけだが、宗麟自身は参列を見送った。それどころか宗麟がついに受洗《じゅせん》、入信したため、家中の分裂と対立は、いよいよ頂点に達しようとしていた。大友家では、嫡男義統が国主となったものの器が小さく、なお宗麟が実権を握っている。

「必ずや神への祈りは通じ、大友が勝利いたしましょうぞ」

城戸は言葉に力を込めるが、決戦の見込みを尋ねる闇千代に、道雪は低く唸《うな》っただけで、結局答えなかった。間近と伝わる決戦で島津に勝利し、日向にキリスト教の王国を作る。その新しい国へ全キリシタンを移住させて、国内の対立を回避するわけだ。ゆえに宗麟は自ら大軍勢で南下したが、内部に激しい対立を抱えたままで大友が勝利できるのか、道雪は疑念を抱いていた。

「拙者は仁志ノ方のお指図で、先に戻って千熊丸様をお迎えいたしまする。されば、残りの道中でござるが――」

「任せよ。誰ぞが襲って参ったら、返り討ちにしてくれるわ」

「お頼み申しますぞ、姫」

一礼した城戸がそそくさと去ると、誾千代は真里と共に境内の菖蒲池《しょうぶいけ》へ行った。

冬空の青を映し出す池面は、澄み切っている。

誾千代は水鏡《みずかがみ》に自分の姿を映し出した。

（やっぱり、おれは女、か……）

周りの者たちは口を揃えて「容顔美麗《ようがんびれい》の姫よ」と褒めそやす。別に望んでもいないのに、誾千代は女へと確実に成長していた。もう、隠しようがない。

誾千代は池端《いけばた》の白い小石を拾った。自分が映る水面《みなも》めがけて、思い切り投げ込む。

「まあ、男子《おのこ》のように乱暴な真似を」

落ち着いた呆れ声が後ろから近づいてきた。

「千熊丸どのには、折を見つけて、わたくしから話をいたします。せめて将来の婿どのがいる間くらい、女らしくしていなされ」

仁志の強めの口調に、誾千代は黙って頷く。

(あいつも、変わったであろうな……)

千熊丸とは一年余り会っていなかった。背が伸びて声変わりもしているだろうか。

4

戸次主従《しゅじゅう》の居並ぶ大広間から出ると、千熊丸は蒼天《そうてん》を見上げて深呼吸した。

その空の下、立花城は急峻《きゅうしゅん》な山容を利用した巨大な要害である。

満足に歩けぬ道雪のため、西麓の下原に平時の政《まつりごと》を行う居館が建てられ「大屋敷《おおやしき》」と呼ばれていた。稽古場から馬場、弓鉄砲の的場《まとば》まで武芸修練の場があるために、敷地が広い。簡素ながら雄壮とも言える質実剛健な屋敷は、いかにも無骨な道雪らしい佇《たたず》まいで、逆茂木《さかもぎ》まで用意され、視界や音を遮《さえぎ》る植え込みには、籠城《ろうじょう》の際に役立つ松竹梅が多用されていた。

「道雪公の前に出ると、どうも冷や汗を掻いてならぬな」

千熊丸は袖口で顔の汗を拭う。

立花に着くと、誾千代は不在で、道雪は家臣たちと合議の最中だった。十兵衛と二人、八畳ばかりの書院で待っていると、ほどなく合議が終わり、城戸が大広間へ案内してくれた。呼ばれて挨拶しただけなのに、大友最強を誇る家臣団の視線もさることながら、正面に鎮座《ちんざ》する道雪を前にすると、身が竦《すく》んだ。

本来、千熊丸は物怖《ものお》じせぬたちで、宗麟や義統の御前でも堂々と振る舞うが、道雪が炯々《けいけい》とした巨眼を見開くと、緊張のあまり体が縮こまって、顔や手にびっしょりと汗を掻く。面会の後は、絞られた雑巾のように全身がくたくたになるのだ。

「拙者も長いお付き合いでございますが、未《いま》だに全身が汗だくになりまする」

案内役の城戸が紫色の麻《あさ》手ぬぐいで、肥えた首筋の汗を拭《ふ》いていた。

「道雪公の凄《すさ》まじい覇気には、並大抵《なみたいてい》の将では太刀打ちできませせぬな」

付き従った十兵衛まで、額の汗を手の甲《こう》でぬぐっていた。

「皆、同じか。お会いしただけで、へとへとだ。少し休ませてもらうとしようぞ」

井戸のある中庭を通り過ぎると、闇千代の住まう離れだ。道雪に配慮して、屋根付きの長い廊下で母屋と繋がっていた。立花にいる間、千熊丸は離れの脇に建つ来客用の別棟に逗留《とうりゅう》する。

これまでは立花を訪れると、闇千代が待ち構えており、まず手合わせをした。武芸の稽古はもちろん、早朝や夜は学問をし、日中はよく遊びもした。虫や魚や茸《きのこ》を採りに出かけ、新宮の海にもよく行ったものだ。

「姫はおっつけお戻りになりまする」

城戸によると、宗麟の従兄弟《いとこ》で筥崎座主《ざす》の麟清《りんせい》が今月没したため、養子となっていた闇千代の異父《いふ》兄《けい》・安武方清《やすたけほうせい》が、座主を継承する。そのための一連の儀式が今朝まで行われ、博多を守る立花城主として闇千代も参列したのだという。城戸も同行して裏方を務めたらしい。

闇千代は馬鹿にしがちだが、城戸は神官として意外に身分が高く、座主の留守居《るすい》を務めもした。もっとも、自慢の早熟な息子を早く一人前にして隠居《いんきょ》したいと、常々こぼしてはいるが。

山から吹く一陣の風に肌寒さを感じた。日が傾き始めている。

別棟の戸口に着くと、城戸がぺこりと頭を下げた。

「どうぞごゆるりと。拙者は今宵の宴に万全を期しまする」

小走りに台所へ向かう小太りの侍の姿が微笑ましかった。少し抜けているが、闇千代のためにいつも懸命で、忙しそうにあちこちを駆けずり回っていた。

「俺は今日、もう屋敷の外には出ぬゆえ、十兵衛は好きにせよ」

十兵衛は立花家中でも、同じ武芸者の十時連貞と肝胆相照《かんたんあいて》らす間柄で、立花を訪れるたび飲み明かしていた。傅役として千熊丸とは始終一緒にいるから、たまには解放してやりたかった。

六畳間で一人になると、千熊丸は大の字になって天井を見上げた。

思い浮かぶのは、筥崎宮の本殿で見た世にも麗しき少女だ。

城戸の話によれば、千熊丸が参拝した時、闇千代は筥崎宮にいたはずだ。千熊丸の背がぐんと伸びたように、闇千代も成長しただろう。もしやあの紫の唐衣の少女は……。

「毎度、失礼いたしまする！」

玄関に城戸の高めの声が聞こえると、千熊丸は急ぎ身を起こして座り直した。

「ときに千熊丸様は、牡蠣《かき》を召し上がられまするか。姫がお嫌いでしてな」

「むろん頂戴いたす。好き嫌いは何もござらぬ」

「おお、されば、三日ほど牡蠣尽くしで参りましょうぞ。うちの姫君は食わず嫌いで、貝は気味が悪いと口にされませぬ。つきましては千熊丸様が、姫の目の前でさも旨《うま》そうに食べてみてはくださいませぬか」

千熊丸は苦笑しながら承知した。そんな単純なたくらみに、あの闇千代が引っかかるとも思えぬが。

「つかぬことを尋ねるが、闇千代は筥崎宮で紫の唐衣を着ていたのではないか」

「何ゆえ、ご存じで？」城戸が素《す》っ頓狂《とんきょう》な声を上げて驚いた。少々大げさな男だ。

「姫はご自分では帯ひとつ求められませぬゆえ、母君がすべて揃えられます。勢い、仁志ノ方のお好きな紫のお召し物が多くなるわけでございますな」

ドクンと千熊丸の胸が鳴り、激しい鼓動を刻み出した。

「女子《おなご》の姿形《なり》をする時は……紅を塗ったりするのか」

いくぶん勇気を出して問うと、城戸はふんぞり返るように胸を張った。

「当たり前でございます。仁志ノ方と侍女たちが寄ってたかって姫の身繕《みづくろ》いを手伝いますから、それはもう、お美しゅうなられますぞ」

城戸が去った後、再び大の字になったが、千熊丸の心ノ臓は音を立てて激しく動悸《どうき》している。

やはりあの紫の唐衣の少女は、誾千代だったのだ。ふだんは男子《おのこ》が着るような地味な小袖に馬乗袴《うまのりばかま》で唇に紅も付けぬが、もともと誾千代は非の打ちどころもない綺麗《きれい》な顔立ちをしていた。

筥崎宮の誾千代はいつもと全く様子が違った。ずっと見つめていたいほどだった。まだ恋や装いに関心がなさそうだが、これからますます美しい女になってゆくだろう。

千熊丸はがばりと半身を起こした。誾千代を妻に欲しいと強く思った。

実は初めての気持ちではない。今までにも時々思っていた。容姿だけでなく、純粋でまっすぐな心の強さに惹かれた。幼馴染《おさななじみ》で気心も知れ、馬が合う。こうして立花へ招かれる以上は、縁組も念頭にあろうと考えてもいた。だが、長子が立花家の養子に入るのは難しかろう。誾千代は高橋家へ輿入れしてくれるだろうか。

ともかく、もうすぐ会えると思うと、心が浮き立ち、居ても立ってもいられなくなった。

気持ちを持て余した千熊丸は立ち上がって、野良犬のように部屋の中を回り始めた。

5

「姫さま、長の道中、お疲れでございましょう」

闇千代が道雪に帰参《きさん》の挨拶を終えて離れへ戻ると、真里が待ち構えており、紫の唐衣を脱がせてくれた。

「おれにとって一番辛いのは、疲れではない。退屈だ」

闇千代は輿に揺られていたが、歩き詰めだった真里のほうが、本当は疲れているはずだ。

「まあ、また殿方《とのがた》のような仰りよう。姫さま、お気をつけ遊ばしませ」

三年前に正式な女城主となって以来、仁志から厳しく戒められ、言葉遣いや態度物腰を直してきた。だが、持って生まれた性格が簡単に変わるわけもなし、身近な者を相手に少し油断すると、時々地が出てしまう。

「城戸さまから、別棟に千熊丸さまをご案内済みだと伺いました。また大きくなられたでしょうね」

女子《おなご》のほうが、男子《おのこ》より体の成長が先行する。幼い頃の千熊丸は二つ年上なのにちびだったが、これからますます背が伸びて、闇千代も追い抜かれるだろう。

たくさん着物を脱いで下衣姿《したごろも》になると、真里に頼んだ。

「いつもより強めに胸《ふく》を縛ってくれ」

近ごろ勝手に胸が膨らんできたせいで、動くと小袖の中で乳が揺れる。それだけの話なのに気が散って、薙刀《なぎなた》ひとつ振るにも、今までとは違う動きを体のあちこちで迫《せま》られる気がした。昨年、千熊丸と弓の勝負をした時は引き分けた。思い通りに的中しなかったのは、大きくなり始めた乳房《ちぶさ》が邪魔《じゃま》で、右手の動作が狂ってきたからだ。

真里が木綿《もめん》の晒《さらし》で、力いっぱい闇千代の胸を縛る。

「わたくしなど、ほとんど膨らみがありませんのに、姫さまはどこまで大きくなるのでしょうね」

悪気がないとわかってはいても、不愉快だった。真里のような平べったい胸のほうが戦いには有利なはずだ。

動きやすい馬乗袴を穿《は》き、紫の元結《もとゆい》で髪をくくり、額に白鉢巻をぎゅっと結ぶと、大股で別棟へ向かった。幼い頃は、長いと手入れが面倒だから髪を肩までにしていたが、「許しなく切ってはなりませぬ」と仁志に言われ、伸ばしている。

「待たせたな、千熊。支度《したく》はできているか？」

玄関から声をかけても、返事がなかった。中は静まり返っている。

ずかずか入って襖を開けると、千熊丸が半身を起こし、寝ぼけ眼《まなこ》をこすっていた。

「大の字になって考え事をしていたら、寝入っておった」

声変わりの済んだ声に、闇千代は戸惑いと不安を覚えた。去年までの童とは明らかに違う。

「日向の決戦のことでも考えておったのか？」

「いや、別のことだ」と、なぜか顔を赤らめながら、藍色の小袖の少年が立ち上がった。

「一年余り会わぬうちに、背が伸びたな」

あの千熊丸が、ちょうど同じ背丈だ。近ごろの闇千代は胸や尻ばかり大きくなって、背はほんの少ししか伸びない。

「父上の背が高いゆえな。夜寝ている間にボキボキ音がすると、十兵衛が言っている」

千熊丸は白い歯を見せて屈託《くったく》なく笑うが、闇千代は悔しさを覚えた。どんどん追いつかれてゆく。だがまだ武芸なら、勝てる。

「真里、先に稽古場へ行け。暗ければ灯《あか》りを点《つ》けよ」

「これから立合《たちあい》をやるのか？　長旅の後、道雪公とお会いして、何やら疲れ果てたのだがな」

千熊丸の顔は引き締まって、少し男らしくなっていた。

「眠りこけておったではないか。戦に出れば、疲れも何もあるまい。参るぞ」

闇千代は勢いよく踵を返し、千熊丸に背を向けた。

異様にむしゃくしゃした。叩きのめしてやる。

6

千熊丸のすぐ前を、闇千代が歩いている。

夕日を浴びながら闊歩《かっぽ》する少女の後ろ姿を、食い入るように見た。

動くのに邪魔だからと肩までだった髪も、今は長く伸ばして紫の元結でくくっていた。馬の尻尾《しっぽ》のように揺れる髪束《かんづか》と白いうなじ、濃紫の細帯できつく締め上げられた腰のくびれに目を奪われている。

息苦しいほどに動悸がした。

この胸の高鳴りの正体は、何か。

昨年までは強敵との立合を前に奮い立つ闘志だったが、それとはまるで異質だった。

何と狂おしい感情の迸《ほとばし》りか。これが、恋なのだ。闇千代は千熊丸をどう思っているのだろう。

真里の待つ板ノ間に上がると、闇千代の白い素足が踏んだ場所を選び、足を置いてゆく。

稽古場に差し込む最後の夕影《ゆうかげ》が、荒々しい波のような木目《もくめ》を照らし出していた。

「灯りなしでも立ち合えそうだな。得物は木刀でよいか？」

離れでは日を背にした暗がりだったが、振り返って尋ねる闇千代の表情が、今度はよく見えた。

千熊丸は完全に言葉を失って、少女に見惚れた。

もう、童女などではない。本人にその気がなかろうと、たとえ着飾らずとも、闇千代は絶世の美少女へと成長しつつあった。これまでは立ち居振る舞いも、言葉遣いも、やることなすこと男子《おのこ》同然だったが、顔と体つきは歴然と変わっている。

息ができなくなるほど心ノ臓が激しく打つ。瓜実顔に見入っていると、闇千代が柳眉《りゅうび》を逆立てた。

「そなた、何をじろじろ見ている？　わたしは長柄《ながえ》でもよいぞ」

怒っている顔さえ、綺麗だと思った。

「千熊丸さま、どうぞこちらを」

「おお、すまぬ」

真里が差し出してきた木刀を取る。丸顔に小粒な目をした可愛らしい侍女だが、闇千代に比べれば、日輪と月ほども違う。木刀を握って前を見ると、闇千代が真剣な表情で構えに入っていた。

試合は楽しいはずなのに、戦いたくないと思った。過って傷つけはせぬかと案じた。むしろ闇千代を守りたいと、強く願った。だが、闇千代はすでに闘志を全身に漲《みなぎ》らせている。

「俺も相当腕を上げた。高橋家中でも――」

「参るぞ！」

気合と共に闇千代が踏み込んでくる。電光石火だ。

ぶんと振り下ろされる木刀を、慌てて両手で十字に受け止めた。

押し返そうとする。が、すでに闇千代は次の攻めに移っていた。

右だ。間一髪、右手だけで流す。

闇千代はもう背後へ回り込んでいる。速い。

慌てて体を回転させる。今度は左からの攻撃を受け止めた。

後ずさりながら、矢継ぎ早の猛攻を躱《かわ》してゆく。

闇千代の持ち味は、華麗《かれい》な動きの連続技だ。

かろうじて、躱し切った。攻めが終わった瞬間、千熊丸は前へ出た。右から左へ斬る。

が、闇千代の姿はない。下だ。

すかさず跳んだ千熊丸の足の下を、ぶんと風音を立てて木刀が薙《な》ぎ払う。

千熊丸は着地してから、大きく後ろへ飛び去った。

「さすがだ、闇千代。少しでも気を抜けば、骨を二、三本折られていたろうな」

相変わらず見事な剣技だが、昨年まで遠かった背中が近くに見えてきた。千熊丸が強くなったのだ。

「楽しいな、闇千代」

千熊丸は改めて木刀を青眼《せいがん》に構えた。

7

対峙《たいじ》する藍色の小袖の少年に対し、闇千代は焦《あせ》りと同時に恐れを感じた。

今までと違い、視線の高さが同じで、どっしりと地に足の着いた構えだ。技の磨《みが》きだけではない。

筋肉が違う。千熊丸は闇千代の木刀を片手で受け止め、技の不足を力で補っている。これまでは簡単に倒せた立花家中の子弟たちと同じだった。

以前の闇千代は元気を持て余し、毎日のように十時連貞の教えを受けていたのに、今は大きな壁にぶつかっていた。ひと握りだが家中にも、闇千代に伍《ご》する才を持つ子弟がいた。技では明らかに上回る闇千代が簡単に勝てなくなったのは、腕力の差だ。いつのまにか、心のどこかに「持っている体が違うからだ」と苦戦に納得する自分さえいた。

取り残されてゆく焦りばかりが募《つの》って、何もかもが空回りし始めた。おまけに紅一点で稽古場にいると、ねっとりした視線を一身に浴びた。気のせいではない。少年たちは明らかに女として、闇千代を見ていた。

次第に、稽古場から足が遠のいた。簡単に勝てないのが嫌で、戦いそのものを避けるようになった。結局この一年、天賦《てんぷ》の才の上に胡坐《あぐら》を掻き、鍛錬がおろそかになっていた。その間も、ひたむきな千熊丸は日々、太宰府で十兵衛相手に鍛錬を積み重ねてきたに違いない。

(それでも技は、まだわたしのほうが上だ。負けるものか)

千熊丸が自分の顔をじっと見つめていた。

(こやつも、女として、わたしを見ている……)

悲鳴にも似た気勢を上げながら、闇千代は再び打って出た。

右、左、払い、突きと、十数連打をぶつけてゆく。

だが千熊丸は、ぎりぎりで応じていた。力で攻めを受け、流している。

(畜生、またか！)

躱し切った千熊丸が、反撃に転じてきた。

右、左、正面――

動きはすべて読めているのに、受け止める刀がいちいち重い。

攻めを終えた直後の隙《すき》を逃さず、闇千代が再反撃に出る。

渾身《こんしん》の一撃を、千熊丸が姿勢を崩しながら受け止めた。

木刀で押し合う。――だめだ、力比べでは勝てない。後ろへ飛ばされた。

前傾で着地しながら、すでに闇千代は攻めに変化している。

踏み込んでくる相手に向かって、素早く跳んだ。

真正面に振り下ろすと、千熊丸は膝を突き、両手で刀を受け止めた。

互いに刀を離す。千熊丸が白い歯を見せて笑うと、顔から切れ長の目がなくなった。

「見事だ。次は本気で来てくれ。多少怪我をしても、死にはすまい」

闇千代は内心悔しさで唇を噛んだ。

去年までは手加減してきたが、今のは本気だった。重い斬撃《ざんげき》を受け止めた手には、まだ少し痺《しび》れが残っている。

「稽古場が暗くなってきたゆえ、立合はこれくらいにしておこう。飛び道具も腕を上げたのか？」

「弓はあの十兵衛に褒められたが、鉄砲はまだまだだな」

昨年競った時は、闇千代の矢と隣合わせで的中した千熊丸の矢が、的を砕いて落とした。あれほどの威力は出せない。飛距離も及ばなくなった。

「今日は小筒にするか」

　闇千代が戸外の的場へ足を向けると、千熊丸と真里が続く。

　鉄砲だけは男女の差が出ない。じきに闇千代は鉄砲でしか、千熊丸に勝てなくなるのだろう。

　立花家では、家中の子弟なら弓鉄砲の鍛錬が好き放題にできた。真里にも手伝わせ、馴染みの百姓たちに作ってもらった藁《わら》人形を三体並べた。三十間《けん》ほど離れ、頭か心ノ臓を狙って撃ち抜く。

　鉄砲は真里にも教えてあり、射撃は下手くそだが、弾込めなどを手伝ってくれる。

「遠いな。どこかに当たればよいが」

　千熊丸の銃口が炎を噴き、轟音が響く。硝煙の香ばしい匂いが、闇千代はこの世で一番好きだ。

「お見事です、千熊丸さま！　真ん中の人形の右胸に当たりましたね」

　歓声を上げる真里に、千熊丸が頭を掻いた。

「実は左の人形を狙っておった」

「見ておれ。わたしは同じ人形の頭を吹き飛ばしてやる」

　闇千代は引き金に指を当て、藁縄で縛った細首に狙いを定める。

　橙《だいだい》の炎と耳を劈《つんざ》く轟音の後、人形の頭が弾《はじ》け飛んだ。

「お見事！」真里と千熊丸が同時に声を上げる。

　千熊丸は参ったという顔つきだ。なぜ悔しがらぬのだ。鉄砲では勝てぬと諦めているのか。

　残りの二体も、千熊丸は満足に当てられず、闇千代は宣言した通りに撃ち抜いた。途中、千熊丸の構え方を直してやった時、少しだけ安堵《あんど》を覚えた。鉄砲なら、男にも負けぬ。

「今日は戻るか。寒くなってきた」

　藁人形が跡形もなく倒れると、闇千代は小筒を肩に踵を返した。夕餉《ゆうげ》の前に手入れしておきたいが、硝煙の匂いを消さないと仁志が嫌がる。真里に香でも炷《た》かせるか。

「闇千代ほどの腕前があれば、戦場で大いに活躍できよう。明日から指南してくれ。俺はもっと強くなって、お前を守りたい」

肩越しに振り返ると、頰を赤らめた千熊丸がはにかんだ笑みを見せていた。

「なぜ、おれがそなたに守られねばならんのだ?」

闇千代は弱いと言う気か。腹が立って、うっかり「わたし」と言いそびれたと後で気づいた。

「姫さま、何もさような言い方を——」

「自分の身くらい、自分で守れる」

闇千代は荒々しく真里を遮った。

「すまぬ。男は女子供を守るものじゃと、道雪公と父上に教わっておるゆえ——」

言い訳を始めた千熊丸に構わず、闇千代は離れへすたすたと歩き出した。

8

「お互い、ずいぶん変わったな、闇千代」

千熊丸は足早に歩く闇千代に追いついた。

「何がだ?」

まっすぐ向いたまま答える口振りは、相変わらずつっけんどんだが、声は女の艶を帯び始めていた。

夕日を浴びる闇千代の端整《たんせい》な横顔に目が釘付けになった。今回はひと月ほど逗留する予定だが、あの紫の唐衣の少女と一緒にいられると思うと、胸がときめいて仕方なかった。

「お前は姿も、声も、何もかも変わった」

そばにいるだけで、声が震えるくらいに胸が弾む。

さっき闇千代が「いま少し肘を上げよ」と鉄砲の構えを直してくれた時、しっとりとした白い手が千熊丸の腕に触れ、口から心ノ臓が飛び出そうなほど鼓動が高鳴った。的を哀れなほど外したのは、闇千代がそばにいて、全く集中できなかったせいだ。

「そなたは背が伸びて、力も強くなったが、わたしは別に変わりない」

飾らない返事は、闇千代の愛嬌だ。

「俺たちとて、いつまでも子供ではない。実は今日、筥崎宮に参った際、お前を見たのだ」

闇千代が足を止め、怪訝《けげん》そうな顔で見返してきた。

「そなたも来ていたのか。なぜ声をかけなんだ？　一緒に立花へ来られたろうに」

「実は、お前だと気づかなかった」

自分の顔に湯気が立っている。だが、真っ正直なのが千熊丸の取り柄だ。

「この世に、あれほど麗しき女性がいるのかと、つい見惚れた。まさか闇千代だとは思わなんだ」

少女の整った顔には喜びや恥じらいでなく、呆れと戸惑いが浮かんでいる気がした。

「埒《らち》もない。千熊は男に生まれて、よかったな」

美しき少女は吐き捨てると、千熊丸を振り切るように歩き始めた。

「これは姫君。わが主《あるじ》は無事でおりますかな」

行く手の中庭から現れた太い声の主《ぬし》は、十兵衛だった。

「喜べ。今のところはまだ息災《そくさい》にしておるぞ」

言い捨てて去ろうとする闇千代を、十兵衛が引き止めた。

「主《あるじ》の求めておった品が今しがた届きましてな」

十兵衛が桐《きり》の小箱を千熊丸に差し出してきた。

「宗室殿からの使いが、これを。急ぎ仕立て直させたとか」

どうも闇千代の機嫌を損ねたようだが、ちょうどよい。天の助けだ。

「お前に手土産がある。あの吉光に合うと思うのだ」

小箱を開けると、目貫《めぬき》が現れた。白狐《びゃっこ》に騎乗して剣を構える女神の姿を象《かたど》っている。

「さすがは宗室。よき品を用意してくれた。受け取ってくれぬか、闇千代」

掌《てのひら》に載せて差し出すと、闇千代は白い指先で摘まみ上げ、弱い夕影にかざした。

「ちっ、何かと思えば、荼枳尼天《だきにてん》か」

舌打ちした闇千代の白面が歪《ゆが》んでいる。

「母上のお気に入りだが、武具は好まれまい。かような物は要《い》らぬ」

白い手が、千熊丸の目の前に目貫を突き返してきた。

呆然《ぼうぜん》として受け取ったものの、闇千代の冷たい仕打ちに、千熊丸もさすがに腹が立ってきた。

「さような言い方はあるまい。宗室に特に――」

「誰がそなたに手土産なんぞ頼んだ?」

闇千代が整った瓜実顔を突き出してくる。怒気を漲らせているのに、甘酸っぱい香りがした。

「一昨年は、真っ赤な火薬入れを喜んで――」

「あれは気に入ったからだ。生憎わたしは、荼枳尼天が大嫌いでな」

「姫さま、たいがいになさいまし。今日は少し変でいらっしゃいますよ」

真里が間に入ろうとするや、闇千代はくるりと踵を返した。

「絶交だ、千熊」

捨て台詞《ぜりふ》を残して、少女が去ってゆく。

「お待ちくださいまし、姫さま！」

二人取り残されて、庭に立ち尽くした。

「若、何ぞございましたかな？」

「さっぱりわからぬ。なぜ闇千代は怒っているのだ」

「失礼ながら、変わり者の姫ですからな」

わがままで困った姫だと、十兵衛は闇千代に好意を持っていない。立花家への逗留も元来、乗り気でなかった。城戸に二人を任せて、太宰府や博多で所用を済ませる日もあった。

「なあ、十兵衛。男は強いと褒められたら、嬉しいものだ。女子《おなご》は美しいと言われれば、喜ぶものではないか」

「幼い頃は、好きな相手にかえって邪険にする時もござるが、さて、あの姫ばかりは……」

嫌い嫌いも好きのうちと考えてよいのか。

十兵衛はさりげなく辺りを見回してから、声をぐっと落とした。

「この立花通いは、道雪公が若を気に入られてのこと。縁組の含みもござろうが、あの姫だけはなりませぬぞ」

「なぜだ十兵衛？　また占筮《せんぜい》か？」

「若は類《たぐ》い稀《まれ》な強運の星の下に生まれつかれたが、闇千代姫との縁《えにし》はまさしく最大凶《さいだいきょう》でござる」

十兵衛は星も見る。当たらぬも八卦《はっけ》の占筮なぞに頼るなと諭す割には、占えば怖いほど当たった。

「闇千代の星の巡りは、よくないのか？」

そっと尋ねると、かろうじて聞こえる低い声が返ってきた。

「あの姫の宿星《しゅくせい》は、白と青の二重星《にじゅうぼし》。本来なら共に強く輝けるはずの二つの星が、互いに激しくせめぎ合って輝きを打ち消し、常に翳《かげ》りを帯びまする。これほどに恵まれぬ運気は、数千人に一人いるかどうか。父君の宿業《しゅくごう》に引きずられた悲運の凶星かと。決して幸せにはなられますまい」

千熊丸はわが事のように歯を食い縛った。

「ならば、この俺が闇千代の運命を変えて、幸せにしてやる」

「人の力で、宿星は変えられませせぬ」

落ち着いた物言いが、突き放すように響いた。

「星の巡りだけで運命は決まらぬと、お前も言うておったはず」

「いかにも。星はともかく、あの炎のごとき気性の女子《おなご》は、いかに麗しくとも、手に負えませせぬ。下手を打てば、身上を誤りまするぞ」

「いや、お前には正直に言おう。俺は闇千代に恋をしておる。ぜひとも、わが妻としたい」

思い切って苦しい胸の内を打ち明けると、十兵衛は弱り顔で頭《かぶり》を振った。

「若は高橋家を継ぐ御身《おんみ》なれど、道雪公は婿入りをお考えかと。宗家も立花家に食指《しょくし》を動かしておりまする」

闇千代を妻とするなら、高橋家を出ねばならぬわけか。大友宗家にとっても、家中で最強の将兵を擁《よう》する立花家の行く末は重大な関心事だ。あの少女が誰かの妻になってしまうと思うと、胸が締め付けられた。

「ともかく、牡蠣でも馳走《ちそう》になりますかな。城戸殿が館じゅうを走り回っておわした」

作ったように朗らかな口調に、千熊丸はむしろ警戒を覚えた。

十兵衛は策士だ。事《こと》この件に関する限り、千熊丸の味方とは限らない。油断はできぬ。

夕日はすっかり玄界灘に沈み、空には星々が煌《きら》めき始めていた。

第三章　決められた道

――天正六年（一五七八）十一月、筑前国・立花

1

肌寒さが冬の到来を感じさせる夜、高橋千熊丸は城戸知正に案内されて、母屋へ向かう長廊下を渡ってゆく。山では、狐《きつね》が物悲しく鳴いていた。

仁志の部屋には、漆器の棚物《たなもの》から花生《はないけ》、手箱《てばこ》や文台《ふだい》まで上品な調度が置かれ、香が焚《た》き込められていた。無骨な大屋敷でも唯一の雅《みやび》な部屋だろうか。

「仔細《しさい》は真里から聞きました。千熊丸どの、どうぞ娘のお転婆をお赦しなさいまし」

細すぎる吊り眼《め》が惜しいが、仁志は深い紅の似合う美女だった。城戸が言うように、本紫《ほんむらさき》の打掛に藤色の細帯、濃紫の舞扇などなど、あちこちに紫の色調を利かせていた。闇千代は、はっきりとした大きな眼だけを道雪から受け継ぎ、瓜実顔からおちょぼ口まで、母親の美貌《びぼう》をそのまま生き写しに貰っている。両親から良い所だけを奇跡のように受け継いだらしい。

「こちらこそ、気の利かぬ真似をしたようで、面目《めんぼく》ございませぬ」

絶交宣言から三日、誾千代はろくに口を利いてくれなかった。

代わりに千熊丸は、城戸に紹介されて立花家臣団の子弟と交わった。道雪が作る家風の下で育っただけあって、気骨のある者が多い。それはそれで楽しいのだが、誾千代が気になって仕方なかった。

「殿が甘やかされるから調子に乗っていますが、あのわがままを直して、立派な武家の姫に育てるつもりです」

仁志は、大友家に忠節を尽くして壮絶な戦死を遂げた筑後の国人《こくじん》、問註所鑑豊《もんちゅうじょあきとよ》の娘である。鴛鴦《おしどり》夫婦《ふうふ》だった前夫が敵へ寝返る際に離縁《りえん》され、子らと実家へ戻されたが、前夫の敗死後、不憫《ふびん》に思った道雪が連れ子と共に引き取り、三十路《みそじ》を過ぎた仁志を継室《けいしつ》として迎え、誾千代が生まれた。

「あの子は難しい齢ごろなのです。女としての体の成長に、幼い心が追いついていないのでしょう。なにぶん昔から男勝りで、扱いやすい娘ではありませんでしたけれど」

天真爛漫な誾千代は本来、夕餉の席でも気兼《きが》ねなしによく喋《しゃべ》るのに、絶交したせいでむすっと押し黙っていた。今宵は、千熊丸が会った立花家中の子弟について仁志があれこれ尋ねたが、誾千代は嫌いな牡蠣に見向きもせず、黙々と食べ続けていた。

わざと無作法《ぶさほう》に箸の音を立てて食べる誾千代を横目で見ながら、道雪は近ごろ屋敷に居付《いつ》いている三毛猫を「ミケ」と名付けたという話をした。太宰府でも野良猫などあまり見かけないが、少し前の時代に猫好きの博多商人がいて、立花に別邸を持ち、色々な種類の猫を多数飼っていたせいで、ずいぶん猫が増えたらしい。家臣たちとは、大友が島津との決戦に敗れた場合に備えて、様々論じ合っているそうだが、夕餉の場には合わぬ話だ。道雪を受けた城戸が、腕の中でミケにお漏らしされたと話して仁志に窘《たしな》められると、道雪が大笑《たいしょう》し、皆も笑ったが、闇千代はニコリともしなかった。

城戸が「ミケは拙者を見ると、必ず爪研《つめと》ぎをしましてな。どうも馬鹿にされておるのです」などと痛々しいほど懸命に話題を作ったが、闇千代はさっさと部屋へ戻ってしまった。千熊丸は道雪の前ではやはり緊張するものの、絶交中の少女を除けば温もりのある場で、居心地がよかった――。


「闇千代も、ひとかどの学問を修めたつもりで偉そうな口を叩きますが、しょせんは小娘。千熊丸どのはいつ来る、まだかと、何度も尋ねるので、辟易《へきえき》する時もありました」

初めて聞く話だった。闇千代も内心では、千熊丸を好もしく思ってくれているのだ。

「幼い頃から父親に憧れて、未だに薙刀を振り回したり、丹念《たんねん》に鉄砲の手入れなどしていますが、じきにそんな物は放り出します」

優美に微笑む仁志を味方に付ければ、障害は多くとも、闇千代をきっと妻にできよう。

「わたくしは最初の縁組で幸せになれませんでした。この命に代えても、闇千代を必ず幸せにしてやるつもりです。佳《よ》きお話はいくつも頂戴していますが、千熊丸どのは娘をどう思っていますか？」

鬼気《きき》迫る表情で、仁志が千熊丸を見ていた。

両親に無断で縁組の話など慎《つつし》むべきだろうが、あれほどの美姫《びき》を欲しがる男は無数にいよう。婿入りすれば、立花家の当主にもなれるのだ。明日にも縁組が決まるやも知れぬ。強い焦りを覚えた。

「家中の事情も、政の機微《きび》も未だよく弁《わきま》えぬ身でございますが、闇千代姫を妻にしたいと強く願《ねご》うておりまする」

今は絶交中だが、これで四度目だ。いつも他愛もないことで口論になり、闇千代から絶交する。

前回は確か、蛤《はまぐり》が潮を噴く新宮湊で海を眺めていた時、「波が白い」という千熊丸に、闇千代が「浪は青に決まっている」と言い出して喧嘩になった。だがその都度、仲直りしてきた。今度もできるに決まっている。

恥《は》じらいで真っ赤なはずの千熊丸の顔を、仁志が穴の開くほど見つめていた。

「千熊丸どのは、娘を幸せにしてくださる殿方のお一人だと、わたくしは思っております」

胸が激しく鼓動した。元服前の身に何の力もないが、仁志に認められたのは大きな一歩だ。

「千熊丸どの。闇千代のためなら、高橋家を捨てられますか？」

ひとり娘を娶《めと》る以上、立花家への婿入りが必要だと仁志は続けた。

「父と母に説きまする。道雪公のもとで薫陶《くんとう》を受け、西国一の将になりたいと申せば、きっと許しを得られましょう。闇千代姫を妻となしえた暁には、生涯誠を捧げ、必ず幸せにいたしまする」

これから真剣の立合にでも臨むような仁志の厳しい顔つきは、恐れを感じるほどだった。

「承知しました。障害は幾つかあるでしょうが、共に乗り越えて参りましょう」

やわらかく微笑む仁志に深礼した。胸を弾ませながら部屋を出ると、少し離れて廊下の端に佇む真里がいた。寒い中、話が終わるのを待っていたらしい。

「千熊丸さま。姫さまの数々のご無礼、どうかお赦しくださいまし」

小柄な侍女がぺこりと頭を下げた。いつか千熊丸が闇千代に贈った朱塗りの簪を付けている。

「真里が謝る話ではない。闇千代が怒っておる理由がわかればよいのだが」

「姫さまは荼枳尼天がお嫌いなのです」

「嫌いなら、なぜ部屋に木像を飾っているのだ？」

「あれは、姫さまが少しでも女らしくなるようにと、仁志ノ方さまが勝手に置かれたのです」

闇千代は何でも自分で選びたがる少女で、節介《せっかい》を嫌った。人でも食べ物でも、好き嫌いの激しい性格だ。仏法《ぶっぽう》の神も同じなのだろう。荼枳尼天はあらゆる願いを叶えるはずが、どれほど祈っても一向に願いを叶えてくれぬ、眷属《けんぞく》の白狐も見つからぬと言って、ついにつむじを曲げたらしい。

「闇千代は何を願うつもりなのであろう?」

「お尋ねしても、教えてくださいません。でも、千熊丸さまにあんな言い方をなさるなんて、最近の姫さまはおかしいのです。本当はお優しい方なのですけれど……」

「わかっている」

いつだったか、山の中で猪に遭遇《そうぐう》した時、闇千代は千熊丸を守ろうとして迷わず前へ出た。釣った魚も、必ず二人で分けた。千熊丸が欲しがっていた軍学書を手に入れ、書き写して太宰府へ送ってくれたこともある。もしも闇千代が男だったなら、得難《えがた》い生涯の友となったろう。

遠くから酒盛りをする男たちの笑い声が聞こえてきた。紹運が道雪を範《はん》としたため高橋家もよく似ているが、規律正しい武家でありながら、家中が和気藹々《わきあいあい》とした立花の家風《かふう》を、千熊丸は好きだった。闇千代と共にひとつの武家を作り、守っていけるなら、何と幸せだろう。

冷たい月明かりが、二人の立つ板張りの長廊下を照らしていた。

「俺は闇千代が好きだが、嫌われておるのか」

思い切って尋ねたが、真里に驚いた様子はない。

「いいえ。決して仰いませんけれど、姫さまも千熊丸さまをお好きです」

胸が躍り、嬉しくて言葉も出なかった。常にそばにいる真里が断言するなら、間違いなかろう。

「……なぜ、わかる?」

思い、思われているなら、政略の壁さえ取り除けば、夫婦《めおと》になれよう。闇千代は母に対して驚くほど従順だが、その仁志が味方してくれるのだ。

「だって姫さまは始終、千熊丸さまのことばかり仰っていますもの。嫌いな人の話なんて、したくないでしょう?」

なるほど、そう言えば、笆崎宮で姿を見て以来、千熊丸も闇千代のことしか頭にない。

「ありがとう、真里」

小さな肩に手を置いた。なぜか真里は首筋まで真っ赤にしている。

「明日にでも折を見て謝ってみよう。知らなんだとはいえ、嫌いな目貫など要らぬのは当たり前だ」

これまでの絶交では、千熊丸から折れて詫びると、すぐに自分も悪かったと闇千代が詫び、仲直りをした。闇千代も話しかけられるのを待っている様子で、さりげなく出食わす機会を作ったりしていた。真里が間を取り持ってくれた時もある。絶交が続くのは、最長で三日ほどだった。

「わたくしからも、うまく申し上げておきます」

小柄でかよわい侍女だが、主《あるじ》思いで、主従は実の姉妹のように仲がいい。恋には心強い味方だ。

「真里、俺は隠し立てが下手な男ゆえ、お前には知っておいてほしい」

これまで千熊丸は物事を諦めたことがない。努力を積み重ねて、必ず摑んできた。今度も同じだ。闇千代を運命から守り、幸せにしてみせる。

「俺は闇千代を妻としたい。力を貸してくれぬか」

真里は使命感に満ちた真顔《まがお》で、ゆっくりと頷いた。

「お任せくださりませ。非力《ひりき》なれども、わたくしはおふたりの一番の味方でございますから」

小柄な童女の眼《まなこ》に、涙が薄くキラリと光った気がした。

2

やはり鬼道雪といえども人の子だ。愛娘《まなむすめ》を前にすると、自然に父としての笑みが浮かんでくるらしい。道雪は慣れない手つきで赤ん坊をあやす鬼のような顔をしていた。

それでも千熊丸は名将の巨眼を前に、早朝からまたたっぷりと冷や汗を掻いた。

「折り入って、うぬらに頼みがあってな」

まだ大人でない二人に何ができるだろう。家臣団の子弟も入れて、試合稽古でもするのか。

傍らをちらりと見た。同時に奥座敷へ呼ばれた誾千代は、藤色の清楚《せいそ》な小袖に澄まし顔でまっすぐに父親の鬼瓦を見据《みす》えていた。宗麟でさえ遠慮する道雪に一切気兼ねしないのは、この世で誾千代くらいか。

昨夜は仁志と話をした後、千熊丸は胸が高ぶって明け方まで眠れなかった。朝餉《あさげ》の後すぐに道雪に声をかけられたため、まだ仲直りの糸口は摑めていない。

千熊丸の内心など意に介さず、道雪は続けた。

「子猫を捜し出してほしいのじゃ」

「畏《おそ》れながら、猫……にございまするか」

ひどく面食《めんく》らって、無意味な問いを返した。

「ほれ、先《せん》に話しておった三毛猫のミケよ。この半年ほどわしによう懐いておったに、見当たらんでな。目は真ん丸、鼻は桃色で、しっぽは長い」

白と茶、灰の三毛猫で、まだ一歳にもならぬ雄らしい。この夏、道雪は城戸に命じ、広縁の軒下に簡単な小屋を造らせた。以来、ミケは必ずそこで寝るはずなのに、昨夜初めて戻らなかったという。

道雪は言い訳するように、千熊丸を見た。

「ここしばらく戦がのうて、わしも手持ち無沙汰でな。体も昔のようには動かぬゆえ、縁側で猫と戯れるのをこっそり楽しみにしておったのじゃ」

九州の南が風雲急を告げる今、北は守りを固めるべき時期だった。

「あれほど可愛がっておられれば、家中で知らぬ者とておりませぬ。真里なぞは、そのうち父上があの野良猫を取って食われまいかと案じておりました」

誾千代が刺すように口を挟むと、道雪は苦笑しながら禿頭《とくとう》を掻いた。

「この乱世に呑気《のんき》と申すか、人懐っこい猫でな。わしが呼ぶと、喜んで膝にやってきおる。昔は、誾も来てくれたんじゃがのう」

ガハハと道雪が大笑すると、千熊丸だけが釣られて笑った。

「野良犬にでも食べられたのではありませぬか」

冷たく言い放つ娘の言葉に、道雪は弱り顔をした。

「じゃから、心配でならんのよ。わしはこんな体じゃ。家臣たちに頼める話でもあるまい。千熊なら懸命に捜してくれようし、誾ならひと目見ればわかろうゆえ、うぬらに頼むのよ」

誾千代は不機嫌を隠さず言葉を返した。

「願いを叶える白狐ならともかく、人さえ満足に生きられぬ世に、拾い猫なぞ捨て置かれませ」

乱世では飢え死にする者が数多《あまた》いた。猫の世話など贅沢《ぜいたく》の極みかも知れない。

「人間は自分勝手で罪深い生き物よ。同じ命じゃのに、好き勝手に殺し、虐《しいた》げ、食らい、時には可愛がる。人間同士で殺し合いまでやる。独りよがりの偽善《ぎぜん》にすぎまいが、親知らずの子猫ゆえ不憫でならんのじゃ」

「父上のせいで親を亡くした子など、世にごまんとおりましょうに」

闇千代の毒舌を遮りながら、千熊丸は恭《うやうや》しく両手を突いた。

「この高橋千熊丸。猫捜しの一件、闇千代姫と共にしかと承りましてござる」

道雪は己《おの》がためでなく、大友とその民《たみ》のために戦ってきたのだ。道雪が守らねば、逆にどれほど多くの民が地獄へ突き落とされたろうか。

「おお、千熊。頼まれてくれるか」

喜ぶ道雪の前を辞《じ》して廊下へ出ると、すたすた先を行く少女の背に声をかけた。

「捜す当てはあるのか、闇千代？」

立ち止まらず歩き続ける少女に重ねて尋ねると、「ない」と無愛想に返してきた。

「闇雲《やみくも》に捜したとて埒は明くまい。よき手立てを思案せねばな」

無視する闇千代に追いつきながら、根気よく話しかける。

「迷い猫を見れば、お前はすぐにわかるのか？」

「もとは離れにちょろちょろ出入りしていた子猫だ。甘えた鳴き声がやかましいゆえ追い払ったら、父上の所へ行きおった。戦で万の人間を殺してきたくせに、子猫ごときを。西国一の将がまったく情けない話じゃ」

中身はともかく、誾千代がまともに返事をしてくれたのが、嬉しかった。

「十兵衛にも手伝わせて、皆で一緒に捜すとしよう」

「いや、手分けしたほうが早い。わたしは唐原川《とうのはるがわ》の南を捜す。そなたたちは北だ。真里を貸してやるゆえ、見分けられよう」

共に捜すうちに仲直りできると期待したが、誾千代はまだ怒っているのか。猫捜しなら城戸でも戦力になりそうだが、生憎と筥崎宮の大事な所用で、早朝から立花を不在にしているらしかった。

離れの前で誾千代に何やら言いつけられた真里が、千熊丸に笑顔で挨拶してきた。

「本当に愛くるしい三毛猫なんです。必ず捜し出してあげましょう」

深酒《ふかざけ》をしてまだ眠っていた十兵衛を叩き起こし、大屋敷から始めて虱潰《しらみつぶ》しに二刻《ふたとき》（約四時間）近く一軒一軒の屋敷を訪ね歩いた。安東《あんどう》、小野《おの》、由布《ゆふ》その他立花家臣たちの屋敷では、家人《けにん》たちも一緒に捜してくれたが、それらしき猫は見当たらない。唐原川まで出ると、土手に座り込んで休みを入れた。

「十兵衛、お主にまで苦労をかけてすまぬな」

「他ならぬ道雪公のご依頼なれば、否も応もござるまい」

根を詰めて捜したせいで、少し疲れを覚えた。

「千熊丸さま、傷は痛みますか？」

真里が気遣って尋ねてくれる。

「昔、大友館で誾千代に叩きのめされた時に比べれば、大した痛みではない」

前腕の傷をぺろりと舐《な》めた。似た猫を見つけて捕まえようとしたら、顔や腕を引っ掻かれた。

「これで、唐原川の北は、八分がた捜しましたかな」

「もう闇千代が見つけたやも知れぬな」

真里は憂鬱《ゆううつ》そうな顔で、首を横に振った。

「いいえ、姫さまはろくに捜しもしないで、河原かどこかで寝そべっておられる気がいたします。それで、手分けして捜そうと言い出されたのでしょう」

本当なら、腹立たしいというより悲しかった。

「闇千代は、どこか具合が優れぬのか？」

「昔から風邪《かぜ》ひとつひかれませんし、いたってお元気ですが、今日も不機嫌なご様子でした」

もしや闇千代は、千熊丸との縁組《えんぐみ》をすでに知り、夫となる相手と一緒にいるのが気恥ずかしいのか。

「向こう岸で寝そべっておわすのが、姫ではありませんかな」

十兵衛が指差す先の河原に、藤色の小袖《こそで》が見えた。

3

闇千代は土手の上で心地よい冬の日差しを浴びながら、果てなき青空を見つめている。

親しい千熊丸の口から「美しい」と言われた時、闇千代は戸惑《とまど》った。自分を女として見る友が汚《けが》らわしく思え、不愉快でさえあった。だから無性《むしょう》に苛立って、喧嘩腰になった。

（今ごろ、千熊は立花中を駆けずり回って、子猫なんぞを捜しておるのであろうな）

あの生真面目《きまじめ》な少年は、何事にも真正面《ましょうめん》から取り組む。たゆみない努力を重ね、少しずつでも前へ進もうとする。才能に頼る闇千代とは大違いだ。以前は千熊丸の上達を喜んだものだが、男子《おのこ》に追いつかれ、追い越されようとするうち、焦りは強まるばかりだった。

闇千代は少年たちが羨《うらや》ましかった。ただ男だというだけで、強い力を手に入れられる。世は男を中心に回っていた。乱世を動かしているのは男たちだ。

あの三毛猫を好きになれなかったのも、雄猫だったからだ。

千熊丸が妬《ねた》ましかった。名門の家に嫡男として生まれ、順風満帆《じゆんぷうまんぱん》だ。それに引き換え、闇千代はどうか。

最初に絶交したきっかけは確か、千熊丸が「男の約束だ」なぞと口走って、闇千代がつむじを曲げたからだった。仲直りの印に「松露《しようろ》を食べたい」と所望する闇千代に、千熊丸は「明日の夕餉のおかずに採ってきてやる」と約束した。だが、すでに立花山の松露の季節は終わっていた。闇千代は無理と承知で、千熊丸に意趣返《いしゆがえ》しをしたのだった。

早暁《そうぎよう》から山へ入った千熊丸は、日が暮れても戻らなかった。折悪《あ》しく、キリシタンを巡る府内の騒擾を防ぐために、道雪以下主だった家臣が不在で、十兵衛も太宰府に戻っていた。城戸が真っ青になって騒ぎ、皆で捜しに出たが、見つからない。翌日の明け方、千熊丸は汚れ、傷だらけで山から戻ってきた。深入りしすぎて道に迷ったらしい。

――すまん、闇千代。頑張ったんじゃが、結局一つきりしか見つけられなんだ。でも、来年はたくさん食べさせてやる。

泥で汚れた手が差し出してきたのは、干《ひ》からびた小さな松露だった。その夜のすまし汁に入れた、たった一つの松露は味もしなかったが、闇千代は美味《おい》しいと嘘《うそ》を吐《つ》いた。翌年、立花へ来た千熊丸と一緒に松露を山ほど採って、たらふく食べたものだ……。

さっきから千熊丸のことしか考えていない。真里が断言するように、これを「好き」と言うのか。

「闇千代、川の南はどうだ？　北はあと少し残しておるが、今のところ見当たらぬ」

よく通る朗らかな声に半身を起こすと、闇千代は万歳しながら伸びをした。

「こっちは頼りになる者に任せた。もうすぐ知らせに来る頃だ」

立ち上がると案《あん》の定《じょう》、小柄な若い百姓が畦道《あぜみち》を歩いていた。手を振ると、一目散《いちもくさん》に駆けてくる。

「あれは誰だ？」

「市蔵《いちぞう》だ。獣や草については物知りでな。桃でも茄子《なす》でも、わたしの大好物を届けてくれる」

道雪は民と土地を守ることが領主の務めだと言い、闇千代を連れて、民と親しく交わった。よく日焼けして浅黒い顔の市蔵は、道雪に代わって闇千代を肩車してくれたものだ。痩せっぽちでも野良仕事で引き締まった体つきで、いつも汗と土の匂いがした。

慌ただしく現れた市蔵は、泥まみれで闇千代たちに跪《ひざまず》いた。

「姫君、今のところ見当たりませぬが、日暮れまで時はございます。祖父と従兄弟にも声をかけました。この市蔵、道雪公と姫君のためなら、火の中、水の中――」

「そう気張《きば》らずともよい。所詮《しょせん》は猫。父上の酔狂《すいきょう》だと言ったろう」

市蔵は武家の出だったが、臆病《おくびょう》だった。何度か戦に出たものの、恐怖に震えて戦場でへたり込んでしまう。道雪に命を救われたが、皆の足を引っ張る情けなさに思い悩んでいた。そんな時、道雪に呼ばれたらしい。

――今は乱世ゆえ、武士が偉そうに刀槍を振り回しておるが、世の中は百姓が支えておるのじゃ。わしは茄子の漬物が好物でな。市蔵よ、皆のために美味い茄子を作ってくれんか。

以来、市蔵は百姓として道雪にひたむきに仕えてきた。

千熊丸が市蔵に猫の捕まえ方を熱心に尋ねている。猫は暗くて狭い所に身を潜《ひそ》めたがるから、軒下、建物の隙間《すきま》や裏、物置の中などが怪しいという。

「今まで見落とした場所が幾《いく》つもありそうだな。一からやり直そう」

「何ゆえ、さように必死で捜すのだ？」

「ミケが戻れば賑やかになって、道雪公も、誾千代も楽しかろう」

どうやらこの少年は猫が見つかるまで、毎日でも捜し続ける気らしい。

「ならば、立花家の知恵袋に諮《はか》ろう。口こそ悪いが、頭は良い」

誾千代は先頭に立って土手を降りると、南へ歩き出した。

立花家軍師、薦野増時《こものますとき》の屋敷は下原の南西の外れ、肥前《ひぜん》の唐津《からつ》まで通じる若松道《わかまつどう》沿いにあった。若くして死んだ親友の屋敷だったらしい。

4

薦野増時は道雪配下の知将として、つとに名高い。

立花にある時、千熊丸も、押しかけ弟子の誾千代と一緒に、増時に教えを乞《こ》うた。絵地図の上で白黒の碁石《ごいし》を使い、過去の戦における各隊の布陣や動きを学び、様々な局面での用兵を学ぶひと時は格別だった。

猛者揃いの立花家では珍しい知恵者で、その人物に惚れ込んだ道雪が、養子に迎えて後を継がせようとした話は有名だった。器にあらずと増時は固辞《こじ》したが、本音は気楽なままでいたかったらしい。

今日は用件が用件だけに気が引けるが、誾千代には臆《おく》する風もない。皆をぞろぞろ引き連れて屋敷の門前に立つと、若い家人がすぐに通してくれた。

　来客が帰ったところらしく、増時はさも迷惑そうな顔つきをしていた。身だしなみにも頓着《とんちゃく》せず、乱れた蓬髪《ほうはつ》に風折烏帽子《かざおりえぼし》で、ちょうど神通力《じんずうりき》を失《な》くした仙人のようである。主君の道雪にもずけずけ物を言い、誰に対しても微塵《みじん》も追従《ついしょう》をしない。千熊丸にも、どこかすっとぼけた顔つきで、会釈をしただけだ。

「やれやれ、猫捜しとは」

　闇千代が説明を始めるや、増時は薄い顎ひげをしごきながら、露骨《ろこつ》に渋面《じゅうめん》を作った。気心の知れた師弟の間柄でもあり、主君の姫に対し、かろうじて無礼でもないくらいの態度である。

「身どもを天下の奇才《きさい》と囃《はや》す者もおりますに、いやはや何とも小さなご相談でござる」

　苦み走った顔つきの中年は、斜《しゃ》に構えた無愛想な男で、皮肉を言う毒舌家《どくぜつか》だが、家中では意外に人望があり、若い子弟たちも様々教えを乞いに、増時の屋敷を訪れる。

「つけあがるな、増時。鬼道雪からの命じゃ」

「それが何か？　主《あるじ》が愚かしき命を出されし時は、お止めするのが身どもの損な役回りでござる」

「ともかく、最後まで話を聞け」

　仏頂面《ぶっちょうづら》で話を聞き終えた増時は、策を求められると、そっけなく問い返してきた。

「その三毛猫は昨日まで、大屋敷におったのでござるな？」

「はい、夕刻には、お殿さまが広縁で餌《えさ》をやっておいででした」

　真里が後ろから口を挟むと、増時は笑みひとつ浮かべぬまま、面倒くさそうに口を開いた。

「マタタビを大屋敷の周りに幾つか置いて、おびき寄せられよ。引き続きあちこち捜してから、道雪公に首尾《しゆび》を一度報告なされ。その後も捜しておれば、日暮れまでには見つかり申そう」

「されど、これ以上どこを捜すのじゃ？」

「立花四天王の屋敷でも、何処《いずこ》なりとお好きな場所を」

早く帰ってくれと言わんばかりに、増時は文机へ向き直った。

「もう何かに食われておるのではないか？」

「いや、心配はご無用」

増時は背を向けたまま、手をヒラヒラさせている。

「のう、増時。そなたも一緒に捜しては――」

「ご勘弁《かんべん》を。なぜか身どもは暇そうに見えるらしく、家臣団の面々がややこしい揉《も》め事ばかり、ここへ気安く持ち込んで参りまする。されど、身どもは午睡《ごすい》もできぬほどの忙しさにて、猫の手も――」

――旦那《だんな》様、十時連貞様が至急のご用件でお会いしたいとお越しになりました。

家人が現れて次の来客を告げると、増時は天を仰いでから、「次は野良犬捜しですかな」と苦笑いした。

5

初冬の日も暮れかかり、身を寄せ合いたくなるような寒風が吹き始めていた。

ミケはどこにも見つからない。

増時に言われた通り、市蔵に用意させたマタタビの実や枝葉を大屋敷の各門前に置き、さらに四天王の屋敷を捜したが、猫は見つからなかった。道雪に手短に報告してから、半刻《はんとき》近くになる。

十時屋敷の軒下から出てきた千熊丸と市蔵が、手をパンパンとはたいた。

「すまぬ。やはり女の勘《かん》など当てにならぬな」

数ある屋敷の中で、何となく十時の屋敷にいると闇千代は思ったのだが、外れた。

「俺もここが怪しいと踏んだのだが」

「鼻の頭に、泥が付いている」

千熊丸が指先で鼻の泥を拭うと、かえって汚《よご》れが広がった。元々手にも付いていたらしい。

指先を伸ばし、二本指で小鼻から泥の塊《かたまり》を取ってやると、千熊丸が何やら頰を赤らめていた。

「うまく取れぬな。井戸水で洗ったほうが早かろう」

「顔を洗って、仕切り直すとしようぞ」

千熊丸は諦めを知らぬらしい。闇千代は奔放に見えても、仁志に「女子《おなご》ゆえ」と多くの物事を禁じられた。遠出も、川遊びも、鷹狩《たかが》りもできなかった。千熊丸は逆だったのだろう。羨ましかった。

「闇千代、あれではないか！」

興奮して指差す先を見ると、井戸の裏で三毛猫が尾をピンと立てて、こっちを見ていた。

「似ているが、違う。焦《こ》げ茶ではなくて茶色だ。しっぽのほうは先の半分が灰色になっている」

家臣たちの屋敷では、女城主の頼みだからと、家人たちも一緒になって捜してくれた。見つかれば知らせてくれる約束だが、城下から出て行ったのか、あるいは川にでも落ちて流されてしまったのか。

闇千代はたまらなく嫌になってきた。

「増時め、訳知り顔でいい加減なことを言いおって。もう日暮れではないか」

「姫君、屋敷の周りに置いたマタタビをもう一度確かめてみましょう」

市蔵に促されて、闇千代一行は大屋敷へ向かう。

表門の脇に置いたマタタビに一匹の三毛猫が体をこすり付けていた。

「闇千代、あれではないのか！」

「ミケです、間違いありません！」

真里が叫ぶと、市蔵がそっと忍び寄る。

逃げ出したところを、回り込んでいた十兵衛が、引っ掻かれながら捕まえた。

「まったく人騒がせな猫でござる」

十兵衛が差し出してくる子猫を、闇千代は千熊丸に受け取らせた。

「よかった。これで道雪公も喜ばれよう」

千熊丸は腕の中の小猫にペロペロ顔を舐められて、くすぐったそうに笑った。

「本当に可愛らしい猫ですね」

疲れ顔でも、真里が楽しそうにミケの顎の下を撫《な》でている。

「鬼道雪に食われてはかなわぬから、愛嬌《あいきょう》を振りまく癖がついたのであろう」

闇千代の戯言《ざれごと》に皆が笑うが、千熊丸は途中で真顔へ戻った。

「いや、これほど都合よく猫が見つかるはずがない。俺たちは、道雪公の掌上《しょうじょう》で踊っていたのではないか」

「ようやく気づかれましたかな」

十兵衛の言葉に、闇千代もハッとした。

猫捜しは二人を仲直りさせるための道雪の気遣いだろうと思ってはいた。だが、それだけではない。

いずれ夫婦《めおと》になる二人に城下の屋敷を一軒一軒訪ねさせ、若い男女が共に行動する姿を、家臣たちに見せつけたのだ。千熊丸が婿入りする下準備とも言える。話を聞いた増時は、すぐに猫捜しの意味を見抜いた。だから閭千代たちを道雪に会いに行かせ、そろそろ隠している猫を出す頃合いだと、暗に道雪に伝えた。十兵衛も結末を知りながら、大人として付き合っていたわけだ。

「道雪公は厳しいお方だが、温かい。あのような将に、俺はなりたい」

千熊丸が腕の中のミケに話しかけている。

どのみち誰かを夫に迎えねばならぬのなら、父を慕い、敬う若者が望ましいのだろう。

「立派にお役目を果たされたとか。城下ではお二方の猫捜しが話題になっておりますぞ」

城戸が純白無紋《じゅんぱくむもん》の斎服《さいふく》で現れた。閭千代の異父兄方清と共に筥崎宮から戻ってきたばかりだと言う。

ミケが顔馴染の城戸に向かって、甘え声を出した。

千熊丸からミケを手渡されると、城戸は「おお、よしよし」と慣れた手つきで、赤ん坊を抱くようにあやし始めた。前腕に見える引っ掻き傷は、まだ新しい。なるほど筥崎宮へ赴く前に、城戸が道雪の命を受け、ミケをどこかに隠していたわけか。

「な、何じゃ？　拙者の一張羅《いっちょうら》に！」

ミケがまた小便をしたらしい。城戸の慌てる姿が滑稽で、閭千代たちは腹の底から笑った。

夕餉の後、閭千代は仁志に呼ばれた。

真里に手伝わせて、母好みの藤色の小袖に濃紫の打掛を羽織り、一分の隙もなく女らしい恰好になった。

奥座敷へ向かう途中、長い廊下の半ばで立ち止まり、欠け始めた月を見上げる。

昨日も呼ばれて、こっぴどく叱られた。婿になる千熊丸と仲良くせよと念押しされたその日に絶交したのだから、当然か。真里はひ弱そうに見えても一本筋の通った娘で、闇千代のためだと確信すれば、勝手に行動する。さっそく仁志に告げ口したわけだ。

真里は、千熊丸が闇千代に恋していると言う。

懸命に猫を捜す少年の姿を思い浮かべた。

千熊丸の声変わりを、寂しいと思った。あの元気な甲高い声は永遠に失われ、大人の渋みさえ感じさせる低音に変わってしまった。自分では気づきにくいが、闇千代の声も女らしくなった。

（時が止まってくれぬものか……）

女になり始めると、体に驚くような変化が起こる。真里は一つ下のくせに、もう初潮《しょちょう》が来た。いつまでも子供のままではいられぬのだ。仁志は闇千代を案じて、荼枳尼天の白木像をくれた。いかにも女らしい体つきをした天竺《てんじく》の女神は性愛を司《つかさど》るともいい、部屋に置いておけば男勝りが直るそうだ。

「失礼つかまつりまする」

澄まし顔で部屋に入ると、上座に道雪があり、その傍らに仁志が紫色に着飾って座っていた。

「やっと仲直りしたようですが、千熊丸どのの件、わたくしは恥ずかしくてなりません」

小言《こごと》を大人しく拝聴する。

どれだけ叱られても、仁志にはほとんど反発を感じなかった。短気でわがままで、父には口答えをするのに、母からは何をされても腹が立たない。むしろ守りたいと思った。父は強い男だが、母は弱い女だからだ。男の力を利用して娘と自分を守りたいと願う、か弱き人間だからだ。

「お前を男に産んでやれなかったのは返すがえすも残念ですが、女は良き夫に嫁ぎ、子を産み、立派に育てることで、自分と子らを守るのです」

何度も諭された話だ。空で繰り返せる。

「従前より、しかと承《うけたまわ》ってございます。母上の仰せ通り、千熊どのと夫婦《めおと》になる覚悟は決めました」

縁組は気が進まぬが、千熊丸は信ずるに足る。見知らぬ誰かよりはずっといい。

「いいえ、お前が千熊丸どのと会うのも、これが最後になります」

予期せぬ仁志の言葉に、心の中がざわついた。

「事情が大きく変わりました。宗家の親盛《ちかもり》さまが、お前にたいそうご執心《しゅうしん》でいらっしゃいます」

仁志の隣で、道雪が苦い鬼瓦で頷いた。

宗麟の第三子、元服したばかりの親盛はちょうど千熊丸と同い齢だ。そういえばこの春、立花城督として大友館へ伺候《しこう》した際、親盛に会った。礼儀正しく、温厚で爽《さわ》やかな少年だった。

親盛は日向へ出陣する宗麟に、闇千代をぜひとも妻に欲しいと願い出たらしい。大友宗家にとって、道雪の死後、筑前の要衝と精強な将兵を擁する立花家を誰が継承するかは、極めて重大な事柄だった。

「方清を通じて、当家に婿入りさせたいと、御館さまから申入れがありました」

新たに筥崎座主《はこざきざす》となった異父兄の方清が仲立ちして、宗家との縁組をとりまとめる。日向南征前に宗麟に召された方清は、養父麟清と共に臼杵へ伺候し、内々に取り決めていたという。

だがこの縁談にも、すこぶる厄介《やっかい》な事情があった。もともと親盛は、宗麟の義弟で重臣の田原紹忍《たわらじょうにん》の養子となる話が内定していた。恋のために約束を反故《ほご》にして立花家へ入れば、大友家中の実力者である紹忍の顔を潰す。かねて道雪は、弁と才の立つ能臣の紹忍と馬が合わず、対立してきた事情もあった。

　宗麟は親盛の懇願に負けて縁組を認めたが、他方、道雪も一筋縄《ひとすじなわ》ではいかぬため、方清には慎重かつ極秘裏《ごくひり》に事を運べと密命があった。麟清の急逝《きゅうせい》により立花家への打診が延期されていたものの、今日、方清が大友宗家の使者として正式に立花を訪れ、義父の道雪に談判してきたわけだ。城戸が早朝から動いていた理由が腑《ふ》に落ちた。

「親盛さまは、それほどにお前を思うておられるのです。きっと幸せにしてくださるはず」

　日向決戦での勝利の後、この縁組を広く世に知らしめた上、よき折を見て立花家へ婿入りする手筈《てはず》らしい。

「父上のご存念は？」

　話を仁志に任せて黙ったままの父と、正面から向き合った。

「御館は耶蘇教《やそきょう》にのめり込んでおる。大友の分裂を防ぎ、民を守るには、親盛殿をわが子として神仏の盾《たて》となすも、ひとつの手じゃ」

　大友家中で強大化する一方のキリシタン勢力と均衡させるために宗家の力を使えようと、道雪は語った。

「じゃが千熊をして、筑前を守る最強の盾とならしめるもまた、大友のためとなろう。ゆえに、道は二つある。誾が千熊と夫婦になりたいと願うなら、決戦の後わしが臼杵へ参り、じかに御館に会って断ろう」

　選択が許されるだけ恵まれているのだろう。相手はどちらも名門の御曹司だ。普通の姫なら、喜ぶに違いなかった。千熊丸は親しき友だが、夫にしたいと望んだことはない。仁志が言うには、まだ心が幼いせいらしいが、誰かの妻になりたいとは思わなかった。

「お前には、千熊丸どのが相応しいと思っていました。わたくしも悩みましたが、いずれ九州全土を治める大友宗家からの貴重なお話。ぜひにもお請けしたいと考えています」

この一件にはわが子、方清の面目《めんもく》と将来が懸かっている。方清が直々に命じられた初仕事で躓《つまず》けば、宗麟の覚えもめでたくはなかろう。それどころか、ただでさえキリスト教に傾倒《けいとう》する宗麟から、筥崎宮が敵視されかねない。仁志は母として、息子を守るために背に腹は代えられぬと、方針を転換したわけだ。

「母からのたっての願いです、闇千代。お前の兄を助けてくだされ」

仁志が両手を突いて、闇千代に頭を下げた。

今さら勝手な言い分だが、真面目で親孝行な異父兄が没落すれば、仁志が可哀《かわい》そうだ。自分に頭を下げる母の姿など、見ていたくなかった。政略結婚は本来、当人の意思と関わりなく決まる。わがまま扱いに困る娘だから、後で紛糾《ふんきゅう》せぬよう、いちおう意向を確かめただけの話だ。

「……お任せ、いたしまする」

闇千代が深く考えず、投げ出すように応じると、ほっとした様子で仁志が頷き、済まなそうな顔で付け足した。

「宗家から婿取りをする以上、千熊丸どのがお前に会いに来ることはもうありませぬ。武家の妻となれば、生涯会えなくなるでしょう」

別れとは、かくも唐突《とうとつ》に訪れるものか。もしも闇千代が男であったなら、ずっと千熊丸と友でいられたろうに。男と女だから、もう会えぬのだ。

「千熊にはわしから話そう。こたびの逗留も切り上げとなろうが、悔いのないよう過ごすがよい」

戸惑いと喪失感で、支え切れないほど心が重くなった。

親しき友を失うのは、これほどに辛いのか。失って初めてわかったが、闇千代にとって千熊丸はかけがえのない友だったのだ。もしかしたら、真里が言う通り、恋だったのかも知れない。

廊下に出て、さまよい歩くように離れへ向かう途中、真里が待っていた。

「姫さま、いかがなさったのです？　お顔が真っ青……」

闇千代は答えず、部屋に戻るなり、へたり込んだ。

残された数えるほどの日々をいかに過ごすべきか。

6

寄せては返す玄界灘の波の音が、耳朶《じだ》を優しく撫でる。

千熊丸の前に、新宮の海が冬の夕光《せきこう》を浴びて、眩《まぶ》しいほどに輝いていた。いつか波の色を巡り、闇千代が絶交を宣言した場所だが、今なら二人とも口を揃えて、海は橙色だと言うだろう。

傍らの闇千代を見ると、たちまち胸が躍り出して、言いかけた言葉を飲み込んだ。

今宵の夕餉の後、道雪に呼ばれていた。婿養子の件に違いない。

(もしも十兵衛が申す通り、闇千代が悲運の星に生まれたのなら、俺が生涯守り抜いてみせる)

今朝がた闇千代に誘われ、馬で遠出をした。

「白狐を探すぞ」と切羽《せっぱ》詰まった口調で言う。真里は馬に乗れぬし、城戸は何やら筥崎宮の仕事で忙しく、警固《けいご》に従うのは十兵衛だけだった。

「狐が齢を取ると白狐になるとも聞くが、嘘だな。増時がもっともらしく申すには、そも日本には毛の白い狐などおらぬとか。されば こそ見つけて、鼻を明かしてやりたいと思ったが……」

丸一日かけて、これまで二人で行った場所をおさらいするように立花を巡ったが、晩秋の原や野に、白い獣の姿はなかった。

最後にこの新宮浜へ来た。松の幹に馬を繋いだ後、十兵衛は少し離れた浜辺で、独り座って海を見つめていた。居眠りのふりは、恋の邪魔をすまいとの気遣いだろうか。

「あの知恵者をやり込めたいなら、他の方法がよかろうな」

千熊丸が応じると、誾千代は浜辺に落ちていた小石を海へ投げ入れた。力は込められていない。

「やろうと思えば、別に難しくはない」

増時の愛妻家ぶりは城下でも有名で、「身どもは忙しいのだ」と酒の誘いを断りながら、帰宅して妻とふたり花札に興《きよう》じているとの噂もあった。「立花を落とすのは簡単じゃ。軍師の室さえ人質に取ればよい」と家中の者がからかった時、増時は否定しなかったという。立花家の軍師をだしにした他愛もない話に千熊丸は笑ったが、当の誾千代は思いつめたような顔つきをしていた。

「白狐を見つけたら、誾千代は何を願うつもりだったのだ?」

誾千代は答えず、黙って海を見ていた。

今も、西国一の女武将になりたいのだろうか。

「太宰府に戻れば、いよいよ俺も元服だ。どんな名にしたものかな」

沈黙が続いたので、話題を変えた。ずっと誾千代に相談したいと思っていた。

高橋紹運の嫡男ともなれば、国主義統から偏諱《へんき》を受ける。「統」の字を冠《かん》することは決まっていた。

「虎にせよ」誾千代が即答してきた。

「されば、統虎《むねとら》だ。よき名であろう」

千熊丸には全く思いもよらぬ名だった。

「お前の虎好きは知っておるが、少しは考えてくれたのか？」

「性は決して変えられぬが、姓や名くらい、後でまた好きに変えればよい」

ため息交じりの言葉には、諦観《ていかん》と自嘲《じちょう》が含まれている気がした。

「熊が虎に変わるわけか。俺に合うであろうかな」

「熊は優しげで、甘えがある。乱世を渡るなら、猛《たけ》き虎がいい」

「高橋統虎、か。誾千代がくれた名だ。大切にしよう」

傍らに立つ少女の横顔を見た。まっすぐ前を見つめる大きな瞳に、夕焼けの海が映《うつ》っている。

誾千代も、千熊丸と夫婦《めおと》になることを知っているはずだ。

橙色の夕光を浴びる端整な顔に、どうしようもなく胸が高鳴った。

そっと歩み寄り、両肩に優しく手を置く。

顔を近づけようとすると、少女は両の拳を大きく暮天《ぼてん》へ突き上げるように伸びをした。

「さあ、帰るぞ。立花まで競走じゃ！」

馬に向かって駆け出しながら、誾千代は元気よく声を張り上げた。

「起きよ、十兵衛。いつまでも狸《たぬき》寝入りしておったら、風邪を引くぞ」

勢いよく馬に飛び乗る少女に、千熊丸も続く。何も焦る必要はないのだ。

夕日が作る三人の影は、香椎宮の綾杉《あやすぎ》ほどに長かった。

夕餉の後の大屋敷は、枯葉が乾いて弾ける音さえ聞こえそうなほど静まり返っていた。燭台《しょくだい》の仄明《ほのあ》かりの中で、千熊丸は大友家最高の将と二人きりで向かい合っている。道雪は傍らに黒光りする小筒と膨らんだ黒革の胴乱を置いていた。

道雪から突然切り出された話に、千熊丸は惨《みじ》めなほど取り乱していた。

「宗家がこれ以上キリシタンに肩入れすれば、国は立ち行かぬ。うぬらにはすまぬが、大友のため、宗家に打ち込む楔《くさび》として、闇を用いる」

道雪は宗麟の三男親盛を婿養子として闇千代を娶《めあわ》せ、立花家を継がせるという。

「どうかお待ちくださりませ」

千熊丸は闇千代への思いを必死で語った。心が千々《ちぢ》に乱れ、途中から何を言っているのか、よくわからなくなった。それでも懸命に訴えた。

「うぬの恋心はようわかった。恨《うら》むなら、わしを恨め」

「必ず闇千代姫を幸せにしてみせまする。何とぞ！」

道雪に向かって、がばと平伏した。

「国が強くあらねば、民の幸せは失われる。上に立つ者は、皆のために己《おの》が幸せを捧げるものじゃ」

「……闇千代姫は、何と？」

愛娘の願いなら、道雪とて聞き届けるのではないか。

「承知した。今も昔も縁組は惚れた腫《は》れたではのうて、政略で決まるものよ。千熊、諦めてくれい」

嫌だ。諦められぬ。

闇千代が白狐を探し出すと急に言い出したのは、きっと別れを避けたかったからだ。

「道雪公が某《それがし》なら、何となさいまするか？」

千熊丸の問いに、道雪はすぐに答えなかった。

紹運から、若い頃の道雪の話を聞いたことがある。かつて道雪が城ごと焼き殺した愛妻は、初恋を貫《つらぬ》いて結ばれた間柄だったと聞き、鬼道雪の苛烈《かれつ》さを思い知らされたものだ。

黙する道雪に、千熊丸は畳《たた》み掛けた。

「某と闇千代姫の縁組が、大友家の政略に適《かな》えばよろしいのでございましょう」

一縷《いちる》の望みにすぎずとも、千熊丸は無我夢中《むがむちゅう》でしがみ付こうとした。

「宗家の顔に泥を塗ろうとも、大友のためになるのなら話は別じゃ。されど、うぬの若さで何ができると申す？」

その通りだ。何をどうすればいいのかも、まだわからない。

「三年、くださりませ」

睨み合った。戦い続ける限り、敗北ではない。道雪の言葉だ。闇千代を失いたくなかった。

ただそれだけの思いで、巨眼を負けじと見返した。

やがて、道雪はゆっくりと頷いた。

「よかろう。もがき、足掻いて、恋を貫いてみよ」

「ありがとう存じまする」

「もしも大友が日向で大負けなどした日には、九州は再び兵乱の坩堝《るつぼ》となろう。恋どころではあるまいがな」

道雪はわが子を可愛がるように、手元に置いた鉄砲の銃身を撫でている。すでに気持ちは戦場にあるのかも知れなかった。

7

夜の霜が残る冬ざれの野を、がむしゃらに進む。

独りになりたくて、闇千代は馬を駆り、大屋敷を出た。

千熊丸が今日、太宰府へ戻る。親盛との縁組も、二度と会えないことも知ったはずだ。

(今なら、まだ間に合う。父上が何とかしてくださるのではないか)

あまりに投げやりに、自分と千熊丸の人生を決めてしまった気がした。千熊丸と夫婦《めおと》になれば、かけがえのない友を失わずに済むのだ。だがその場合、方清と仁志はどうなる。

(本当にこれで、よいのか……)

馬でひた走り、気が付くと新宮浜に出ていた。玄界灘が青い。

昨日この場で千熊丸が顔を寄せる気配を感じた時、怖くなった。

二人は固い絆《きずな》で結ばれている。闇千代が裏切らぬように、千熊丸も決して裏切らない。接吻《せっぷん》などすれば、絆が壊れてしまう気がした。

でも、もう二度と会えないと思うと、切なくて寂しくて仕方なかった。これまでも、千熊丸が立花から去った後は、魂を半分失ったように、闇千代の生活にぽっかりと穴が開き、心が苦しくなった。

(この気持ちを、好きと言うのか)

真里に親盛の話をすると仰天《ぎょうてん》した。辛くてたまらぬ胸の内を語ると、「姫さま、その気持ちが恋なのです」と断言した。恋をしているから、千熊丸を失うことが寂しくてならぬのだと言う。

立花家臣の子弟は数多《あまた》いたが、鬼道雪のひとり娘で、おまけに女城主だから、向こうから親しみにくい事情もあったろう。その意味では、真里を除くと、千熊丸が誾千代の唯一の友とも言えた。真里は武芸も兵学も関心がなく、化粧や着物や恋の話ばかりするから、むしろ話が合うのは、千熊丸のほうだった。よく手紙のやり取りもしたが、今後は文通も禁じられよう――。

背後から聞こえてきた馬蹄《ばてい》と嘶《いなな》きに振り向くと、千熊丸主従が見えた。

「やはりここにいたのか、誾千代。皆、心配しているぞ」

千熊丸が無理に作ろうとする笑顔が痛々しかった。

三毛猫が道雪の鬼瓦を小さな舌でペロペロ舐めている。くすぐったそうに笑う老将は、西国最強の将にはとても見えなかった。

大屋敷に戻れば、仁志から大目玉《おおめだま》を喰らうかと思ったが、道雪に二人が呼ばれただけだった。誾千代は、やはり親盛は嫌だと道雪に直談判すべきか迷ったが、千熊丸の目の前では気が引けた。

「日向では、もう決着がついた頃でしょうか」

千熊丸の問いに、道雪が渋い顔をした。

「勝手に始めおった大戦《おおいくさ》じゃが、起こってしもうたものは仕方ない。大負けさえせねば、わしが何とかしてやるわい」

今回の決戦で引き分けても、九州における大友家の優位は揺るがない。大友はすでに日向北部の縣《あがた》を制しているから、その地を宗麟が望む通りキリシタンの楽園とし、家中の対立を一挙に鎮《しず》める。その上で、道雪が総大将となって南下し、島津を討伐《とうばつ》すれば、九州平定は成ると言う。

「その後は隠居して、戦で死んだ敵味方の霊を弔う。こうしてミケと戯れていられれば幸せなんじゃがのう」

道雪の膝の上でせっせと全身を舐め、毛づくろいをしていたミケが大きなあくびをした時、表門のほうからざわめきが聞こえてきた。

「と、殿！　一大事にございまする！」

小太りの侍が、真っ青な顔で奥座敷へ転がり込んできた。

「騒々しいぞ、城戸」

肩で息をする傅役を、誾千代が窘《たしな》める。

「日向の高城《たかじょう》、耳川《みみかわ》にて、お味方大敗軍《だいはいぐん》となり、数多《あまた》の将兵が討たれた由！　軍師殿が急ぎ政庁へお越しくださるようにと仰せにござる」

ミケの背を撫でていた大ぶりの手が止まった。

道雪はミケを板ノ間へ下ろすと、杖に手を伸ばした。さっきまでと打って変わり、顔はまさしく闘将の形相《ぎょうそう》になっている。

「隠居なぞ夢物語か。これからは何もかも、土台から変わるぞ。九州全土が戦に次ぐ戦となる。この立花を窺《うかが》う者も現れよう」

杖で立ち上がろうとする道雪を、千熊丸と誾千代が支える。

「千熊、うぬは急ぎ紹運の元へ戻れ。早ければ、来月にも初陣となろう。死ぬなよ」

速雲《はやぐも》の冬空に日が高く昇っても、木枯らしのせいで冷気はピンと張りつめていた。

闇千代は城戸と真里を伴い、大屋敷の門前まで高橋主従を送る。立花には、大友軍の惨憺《さんたん》たる敗報が次々と伝えられていた。

道雪以下、家臣団が戦支度に慌ただしい中、いかに闇千代でも、婿を取り変えてくれなどとは言い出せなかった。世は思うに任せぬ話ばかりだ。闇千代も諦めることに慣れ始めていた。これが大人になるという意味なのだろう。千熊丸も、別れの言葉が見つからぬ様子で、いつもの朗らかさはない。でも闇千代は、女々《めめ》しいやり取りは嫌いだ。

「せっかくの土産を済まなんだな、千熊。やはり別れの印《しるし》にくれぬか」

「お前が使ってくれるなら、嬉しい」

闇千代は差し出された桐の小箱を受け取って、白狐に乗る女神の像を取り出した。

「よく見れば、いい顔をしている。実は、それほど荼枳尼天《だきにてん》を嫌いでもないのだ。なかなか願いを叶えてはくれぬがな」

千熊丸はわずかに迷いを見せながら切り出した。

「昨夜、道雪公からお前の縁組の話を伺った」

「そなたには色々世話になった。礼を言う」

二人は二度と会えまい。男と女に生まれたからだ。

「俺は諦めの悪い男だ。道雪公が仰ったように、これから根こそぎ世の中が変わるなら、この先何が起こるか知れぬ」

戦乱となれば、大友宗家はなおさら立花家との絆を深めようとするだろう。破談などありえまい。

「母上からはいつも、わがまま娘じゃと叱られておる。こんなお転婆なぞ、やめておけ」

はにかんで顔を真っ赤にしながら、千熊丸はまっすぐに闇千代を見ていた。

「闇千代は変わっているが、まっすぐで綺麗な心を持っている。俺はお前が、誰よりも好きだ」

当惑しながら、闇千代は努めて明るい声で取り繕《つくろ》った。

「急ぎの出立ゆえ何も用意しておらぬが、代わりに、わたしを闇と呼ばせてやる。そう呼べるのは、父上とそなただけだ」

もう生涯会えぬから、呼ぶ機会もないかと思い直した時、千熊丸がいきなり力強く抱き締めてきた。ごつごつする体から、香ばしい汗の匂いがする。

「お前を運命から奪い返してみせる。闇、俺は必ずお前を――」

「無茶な約束をしたら、そなたは一生苦しむぞ」

千熊丸をそっと両手で押し返した。

「……そうだ、な。今の俺には、何の力もない」

淡い空を見上げ、千熊丸は必死で涙を堪《こら》えている様子だった。

「いいえ。諦めるなんて、千熊丸さまらしくありません。わたくしはか弱き身ですけれど、いつでも、いつまでも、おふたりの恋の味方です。千熊丸さま、わたくしに文《ふみ》をくださいまし」

元服前の少年と小娘に、何ができるというのだ。

「ありがとう、真里。皆また、きっとどこかで会おうぞ」

「泣くな、千熊。泣く男は大嫌いだ」

闇千代が握り拳を突き出すと、千熊丸は無理に笑顔を作りながら、拳骨《げんこつ》をぶつけてきた。

千熊丸は手綱《たづな》と馬の鬣《たてがみ》を掴み、鐙《あぶみ》に左足をかけた。乗馬する姿も板についている。

「さらばだ、千熊」

闇千代に向かって頷いてから、千熊丸は泣き顔を隠すように馬首を返した。

十兵衛に促され、駒《こま》を進め始める。

千熊丸は一度だけ後ろを振り返り、手を振る城戸と真里に応えた。

やがて主従の姿が大通りから消えた時、真里がぽそりと呟《つぶや》いた。

「姫さまをお幸せにできるのは、あの方だけだと思います」

乱暴な物言いだ。他の男と夫婦《めおと》になれば、闇千代は必ず不幸せになるというのか。

冬空に小雪がちらつき始めた。寒さを連れてきただけで、積もるような降り方ではない。

「白狐を探しに行くか。諦めずに探し続ければ、いつか奴のしっぽを捕まえられるやも知れぬ」

「こんな寒い日にでございますか？」

城戸が弱り顔で、真里と顔を見合わせている。

見かけばかりの太平が崩れ、九州全土は戦乱へ逆戻りしようとしていた。

第四章　幻の女武将

――天正九年（一五八一）八月、豊後国・府内

1

四季折々の花を咲かせる庭木の瑞々《みずみず》しい緑と、時おり鯉《こい》が跳《は》ねる池のおかげか、大友館の庭からそよいでくる夏風は爽やかだ。

来客用に設《しつら》えられた巨館の一室には地球儀、銅版画からクラヴォなる楽器まで南蛮物が置かれ、キリシタン大名らしく聖母マリア像やＩＨＳ紋の螺鈿書見台《らでんしょけんだい》まで安置されていた。

「まあ、何とお美しい……」

傍らの真里が感嘆の声を上げる。

曇りひとつない南蛮の玻璃鏡《はりきょう》には、濃い紅を差し、長睫毛《ながまつげ》に澄まし顔の色白な娘が映っていた。小袖をふだんの紫ではなく、目に心地よい浅葱《あさぎ》にしたのは、許婚《いいなずけ》の大友親盛が好む色だからだ。

時の流れは残酷だった。どこからどのように見ても、闇千代は女になっていた。素《す》のままで振る舞

えば、若い娘が下品に男の真似をしているだけか。

「この、さらりとしたぬばたまの髪、姫さまが羨ましくてなりません。わたくしなどは毎日手入れを怠《おこた》りませんのに、すぐに絡《から》まりますし、赤茶けて艶もないのです。どうしてでしょう？」

「知らぬ。考えたこともない」

「女の美しさは、髪にあると思うのです」

「そうなのか」

真里は闇千代の髪を梳《す》く時、たいてい髪の話をする。退屈だった。

「姫さまみたいに綺麗な人にこんな髪を授けるなんて、神さまは不公平です。せっかく伸びたのですから、また切るなんて仰らないでくださいましね」

髪が長いと夏は暑く、手入れにも時間が掛かって面倒くさい。

「お召し物を替えるのがもったいのう存じます。今日はこのままでおいでなさいませ」

闇千代が着飾ると、仁志はとにかく喜んだ。その様子を見て、道雪も鬼瓦に喜色《きしょく》を浮かべる。娘が美しくあれば、それだけで親はひとまず幸せらしい。

「お方さまは西国一と仰せですが、姫さまは日本一の美姫におわします」

鬼の娘のくせに意外にも整った顔立ちだからだろう、会うたび誰もが似たような世辞を言う。称賛に慣れたせいか、どれほど褒めそやされても挨拶にしか聞こえなかった。美しいことに何の値打ちがあるのだ？　仁志や侍女たちは見目《みめ》麗しい花々や宝石に心を奪われるが、闇千代はほとんど関心がなかった。

大友館でも、宗麟から番兵《ばんぺい》にいたるまで、男という男が闇千代を凝視《ぎょうし》した。ろくに見ようともせぬ男は、立花から同行している薦野増時くらいか。

「朝から人形のように座ってばかりで、いささか疲れた。増時は何をしておる?」

この秋に予定される婿入りに向け、道雪と女城主としての誾千代たちが、府内に親盛を訪ねたのである。具体的な段取りはすべて、増時に任せてあった。

「風変わりなお方ですから、どこぞへ風のように行ってしまわれました。それよりも、親盛さまのご様子はいかがでしたか?」

誾千代は愛想笑いひとつしなかったが、親盛は対面中、飽きもせず許嫁を見つめていた。

「可もなく、不可もなし。貴公子《きこうし》とはああいう手合いだろう」

「キリシタンになられたのが気になりますが、他には悪い噂を聞きませせぬ」

真里なりに、大友館の女房たちから色々な話を仕入れてきたらしい。

「あの御曹司も、いざわたしを妻とすれば、魂消《たまげ》るであろうな。見てくれは良かろうとも、それは黙っておればこそ。実はわがままで男勝りの女だとは知るまい」

「姫さまは気風《きっぷ》が良くて、お優しいお方にございます。わたくしが一番よく存じ上げていますから」

誾千代はすぐそばに置いた脇差へ手をやり、茶枳尼天の目貫を親指でそっと撫でた。

何の気なしの癖だったが、めざとい真里は見逃さなかった。

「今ごろ千熊丸さまは、どうなさっているのでしょうね……」

あれ以来、会っていない。許嫁の身ゆえ文も交わさぬが、千熊丸は真里と城戸には文をこまめに寄越しているらしく、誾千代も驚異の活躍ぶりを聞いてはいた。

三年前、日向の耳川決戦で、大友が島津に惨憺たる敗北を喫《きっ》すると、広大な大友領の各地で謀叛《むほん》が相次ぎ、王国は一挙に瓦解《がかい》を始めた。

千熊丸が立花を去ってわずか数日後、早くも叛旗《はんき》を翻した龍造寺隆信《りゅうぞうじたかのぶ》が太宰府へ侵攻してくると、千熊丸は父紹運と共に敵を撃退し、弱冠《じゃっかん》十二歳で見事に初陣を果たした。その後も、離反した筑紫《つくし》、秋月《あきづき》らとの間で数十度にわたる大小の戦を繰り返し、高橋軍の若き勇将として着実に戦功を積み重ねていた。

「姫さま、懐かしの能舞台へ行ってみませんか」

「行って、どうするのだ？」

「鏡板《かがみいた》の松の絵に、姫のお好きな虎が描き加えられたそうです。珍しいでしょう？　さ、姫さま」

真里に強く促されて、控えの間を出た。

（能舞台の果たし合いから、六年ほどになるのか）

あの日は、真里を引き連れて長い廊下を闊歩《かっぽ》したものだが、今は派手に着飾っているせいで、足の運びも小刻みだ。

橋掛りから能舞台へ向かう先に、一人の若者が佇んでいた。長身の偉丈夫が振り返る。

若者が歩み寄ってくると、誾千代は竦むように立ち止まった。

「久しぶりだな、誾」

よく通る朗声《ろうせい》には張りがあった。真里は姿を消している。松の絵には虎など描かれていなかった。謀《はか》られたわけか。差し出された大きな拳骨に、軽く握り拳をぶつける。

「幽霊でも見たような顔をしておるぞ」

「千熊、なのだな……？」

昔の面影《おもかげ》が残ってはいる。だが、少年はもう男になっていた。

「今は元服して、弥七郎《やしちろう》統虎と名乗っている」

むろん知っていた。弥七郎は父の紹運から受け継いだ通り名だが、諱《いみな》の統虎は、闇千代が付けた。

他国にはいても、大友家中で「虎」なぞという獣の字を選ぶ者は稀だった。

「三年前、俺は見っともなくべそを掻いてお前と別れた。だが、あれから大友も世の中も、そして俺も、変わった」

間近まで来た統虎を、闇千代は見上げた。

「今じゃ俺は、戦に明け暮れている。つい先日、大戦《おおいくさ》を終えたばかりだ」

精悍な表情に苦み走った片笑みを浮かべる統虎に、圧倒された。

もしも闇千代が男に生まれていたなら、こんな若武者になりたかった。かつてこの能舞台で完膚なきまでに叩きのめした童は、闇千代が望んだ道を着実に歩んでいる。羨ましい、と思った。

「そなたと違って、わたしは代わり映えせぬ」

闇千代は、女としての嗜みこそ身に付けたが、戦に出たこともない。これからも同じだ。二人の間にはもう、一生かけても追いつけぬほどの差が開いている。完全に負けた。女だから、勝てなかったのだ。

「いや、お前も相当変わった」

視線をわずかに逸《そ》らしながら、統虎は恥ずかしそうに付け足した。

「噂に聞いてはいたが、ますます綺麗になった。お前に跪きたいほどだ」

予期せぬ言葉に、女の武器は美しさだという母の口癖を思い出した。

「闇、立花で別れた日、俺が言ったことを覚えているか？」

千熊丸ははにかみで顔を真っ赤にしながら、闇千代を誰よりも好きだと言い、諦めないと宣言した。

「そなたは近く宗家の姫を娶ると、真里から聞いた」

「そいつは、二年前に十兵衛が決めてきた政略結婚だ。事情は大きく変わった。俺が変えたんだ」

統虎が笑顔を見せると、白い歯がこぼれた。

「俺の気持ちはずっと変わらぬ。お前と会って、話したかった。ゆえに真里に頼んでおいた」

「知っていようが、わたしも秋には祝言《しゅうげん》を挙げる」

闇千代は努めてそっけなく言い放った。

心が反発しているのはなぜだ。統虎の溢《あふ》れんばかりの自信に気圧《けお》される自分が惨めだからか。何もかもを思い通りに動かす統虎への妬みゆえか。

「人は知るまいが、俺の歩いてきた道は、決して平坦でなかった」

さらに半歩近づいてきた統虎に、闇千代は畏れさえ覚えた。命がけの戦場を駆け抜けてきた武将の凄《すご》みを、若武者は全身から迸《ほとばし》らせている。道雪にも似た、身が竦むほどの武威《ぶい》だ。貴族のごとき親盛の高貴さとはまるで違った。

「この恋には、大きな障害が幾つもあった。すでに決まった縁組を二つも壊さねばならぬ。俺にできるのは、ただがむしゃらに戦をやることだけだった。だが、俺が思っていたよりも、戦ははるかに残酷で、醜悪で、恐ろしい世界だった……」

統虎は庭先を見つめながら、寂しげに笑った。視線の先には木槿《むくげ》が白い花を咲かせている。

「戦場に出ると、恐怖で心が震え出す。そんな時の心の支えがお前だった。戦場ではいつもお前の笑顔を胸に抱いた。耳川の大敗以来、北九州は敵だらけだ。いつも敵のほうが数が多い。戦に次ぐ戦を何とか生き延びているうち、いつしか俺は疲れ果てて、負けねば御《おん》の字《じ》だと思うようになっていた。だが、そんな奴はすぐに命を落とす」

紹運と別に小隊を率いていた統虎は油断し、敵に四方を囲まれ、死地に陥《おちい》った。せめて一人でも多くの敵を道連れに死のうと覚悟した時、北から援軍が来た。

「足も満足に動かず輿に乗って戦うその将は、寡兵《かへい》で敵の包囲を打ち破った。救われた後、お前の父上から殴られて、教わったのだ。たとえ万人対一人でも、戦うのなら勝ちに行けと」

戦雲急を告げる北九州で、道雪も戦に明け暮れ、統虎とは何度も同陣していた。

「道雪公には、数え切れぬほど叱られた。最初は腹も立ったが、俺を一人前の将に育ててくださっているのだと気付いた。初陣以来、八嶽《やつがたけ》、石栗《いしぐり》、石坂《いしざか》、二日市《ふつかいち》に生松原《いきのまつばら》。俺は、道雪公と幾つもの戦場を共にしてきた。厳しい戦ばかりだったが、俺たちは勝ち続けた」

木槿《むくげ》の花を見つめる統虎の横顔には、赫々《かっかく》たる実績が醸《かも》し出す荒々しい自信が、ふてぶてしいまでに現れていた。

「道雪公や父上と違って、俺は恋のために戦ってきた。お前との恋を成就するためには、最大の敵を味方につければよい。ゆえに俺はこの三年、ひたすら武功を積み上げてきた」

頭ひとつ半ほども高くなった統虎が、誾千代を見下ろしている。

「戦と恋は別だ。今から破談など許されるものか」

許婚の親盛は言うに及ばず、主筋《しゅすじ》の大友宗麟・義統父子の顔に泥を塗り、道雪と紹運の顔を潰すことに変わりはない。

「戦は強い絆を作る。高橋と立花、両軍将兵の間には、宗家への忠義に劣らぬ固い信義の絆ができている。先月、俺は万人が認める大手柄を立てた」

統虎が寡兵を以《もっ》て、敵対する秋月家の名将、堀江備前《ほりえびぜん》を撃破した武功は誾千代も聞いていた。

「道雪公も父上もおわかりだ。俺なしではもう、大友は北九州を守れぬとな。これまで道雪公に救われてばかりだったが、先月の戦では、俺が公をお救い申し上げた。頃合いよしと見て、俺は直談判に及んだのだ」

大勝利の後、立花軍本陣を訪れた統虎は、道雪に向かって平伏し、堂々と言ってのけた。

――誾千代姫をわが妻にくだされ。お許しを得られずば、この場で腹を掻っ切って恋に殉《じゅん》じまする。

道雪は唸ってから、ひとつだけ条件を出して認めたという。初耳だった。

「父上が宗家の顔に泥を塗ると？」

この破談は、零落《れいらく》しつつある大友宗家の威信に、さらに傷を付けかねない。

「主家の役に立つ泥なら、塗ってもよいとお認めになった。代わりに俺は償《つぐな》いとして、大友家に忠誠を尽くそう」

「ともかく、わが母が首を縦に振らぬ」

今さら話を潰せば、間に入った筥崎宮の異父兄方清の立場がない。誾千代は仁志のために、親盛との縁組を承諾したのだ。

「いや、仁志ノ方のお許しは頂戴できる。無為無策で戦の勝ちは得られぬが、恋も同じよ。実は増時殿から策を貰ったのだ」

あのひねくれ者も統虎を認めたわけか。確かに親盛よりも、あらゆる点で数段優れている。

「誰にとっても、迷惑千万な話じゃな」

「承知の上だ。畢竟《ひっきょう》この恋は、詰めの一手で成る。闇、お前を迎えに来た」

娘をくれと恫喝《どうかつ》する統虎に、道雪は片笑みを浮かべながら頷いたらしい。

――大友のためにお前は入り用じゃ。されば闇が承知するなら、わしが膳立《ぜんだ》てしてやろう。

抱きすくめようとする統虎から、闇千代はとっさに後ずさった。

「少し、考えさせてくれ」

鬼道雪さえ認める大友軍随一の若武者が、憮然《ぶぜん》とした表情で闇千代を凝視している。

「……なぜだ、闇？」

自信満々だった統虎が、初めてうろたえを見せた。

「何を考えるのだ？　畏れ多いが、この乱世にあって、親盛殿の力ではお前を守りきれまい」

統虎は道雪と増時を味方に付け、勝利した気でいる。だが一度でも、闇千代の気持ちを考えたのか。

「そなたは最も親しき友であり、兄妹《きょうだい》のような間柄であった。縁組というのがしっくり来ぬのだ」

心の内をうまく言い表せない。自分でもわからぬ気持ちを、伝えようがなかった。

呆然と立ち尽くす統虎を思い出の能舞台に残したまま、闇千代は橋掛りを戻ってゆく。

2

府内の夏空に立派な入道雲が立っていた。これみよがしの雄姿に圧倒されているのは、統虎が自分の卑小さを思い知らされたせいか。

「さすがは、立花の知恵袋でござるな」

高橋屋敷へ戻ってくるなり、腹心が声を落とした。十兵衛は主命《しゆめい》と割り切って誾千代との縁組を進めてくれていた。立花家の薦野増時とも何度か密談している。政略は万全だ。

「今後の段取りをしかと詰め申した。抜かりはござらぬ」

この頃、キリスト教にのめり込んだ宗麟は、他宗門の排撃にまで手を染めて国内の敵を増やし、国をますます弱体化させていた。かねて道雪は宗麟を強く諫め、「キリシタンもまた他に対し寛容でなくば、国は治まりませぬぞ」と説いてきたが聞き入れられず、大友領国は混迷を極《きわ》めていた。そんな中、親盛が昨年洗礼を受け「ドン・パンタレアン」と名乗ったのである。

「まずは道雪公から、キリシタンは養子にできぬと、宗麟公に申し入れられまする」

道雪は宗家との縁組を一方的に解消する。親盛の受洗《じゆせん》は、縁組が決まった後の話であり、立花家に非はなく、理は立つ。宗麟の宗教への耽溺《たんでき》を苦々しく思う大友家臣は少なくない。親盛の人物ではなく入信のみを理由とし、かつ、家臣から主君への直諫《ちよつかん》としての縁組解消である。

高橋家も同じだ。紹運は常に道雪と軌《き》を一《いつ》にし、叔父の宗麟に強く諫言《かんげん》してきた。統虎の許嫁が洗礼して「レジナ」となった以上、立花家と足並みを揃えてキリシタンの嫁は娶れぬと申し入れる。その上で、宗家との縁組を解消した男女を夫婦《めおと》にし、立花と高橋の強く固い絆を示しつつ、宗麟に強諫《きようかん》するわけだ。

もともと誾千代と親盛の縁組は、方清が宗麟の命で形にしたが、筥崎宮を守る立花家当主がキリシタンでは行く末が危《あやぶ》まれるから、縁組解消はむしろ方清の望むところとなった。別のキリシタンが入婿しても困る。ゆえに高橋統虎と誾千代の縁組を、方清も仁志も願うようになったわけだ。

「若、いかがなされた？　思い通りに行きすぎて怖いのですかな？」

ややあってから、統虎は重い口を開いた。

「俺は驕《おご》っていたらしい。たかが戦に勝って、手柄を立てたぐらいで図に乗っていた」

「いつも飛ぶ鳥落とす勢いの若が、珍しく神妙におわしますな」

「俺は、肝心の誾の心を考えていなかった」

「まさか、誾千代姫が渋られたと？」

「断られたわけではない。ただ、考えさせてくれと言われた」

縁組は古来、政略であり、当人たちの気持ちなど関わりない。ゆえにこそ統虎は、恋を政略に仕立て上げ、成就させようとした。宗家の許嫁に恋文《こいぶみ》を送るのは憚《はばか》られて真里に文を送ってきたが、中身は誾千代への恋文に等しかった。出陣前には、死を覚悟して悲壮な思いで書いた。何とか生き延びた後は、安堵と生の喜びに身を委ねて書いた。どちらも、誾千代への限りない思慕を込めて記した。

「いつか若に申し上げましたな。この恋はいずれ必ず後悔なさると」

低音が、耳に冷んやりと響く。

「星の巡りは、変わらぬのか？」

「誾千代姫の虎狼《ころう》の二重星はいずれも譲らず、強く激しく輝くばかり。夫婦になれば、せっかくの若の強運も、姫のせいで翳りましょう」

いかに恵まれた星のもとに生まれても、結びつく星次第で、人の運命は大きく変わるという。

「俺は占筮《せんぜい》を信じぬことにした」

「すべては極秘に進めて参った話ゆえ、今ならまだ後へ引けまする。やめ時ではござらぬか」

今から思えば、統虎の恋の最大の障害は、誾千代の心だったわけか。

（だが、なぜだ？　闇とはあれほど仲睦まじかったではないか）

闇千代が統虎を嫌っているはずがない。

真里からの文では、いつも統虎を気に掛け、活躍に感心していると記されていた。これまで統虎は稽古でも、戦場でも、何事も諦めなかった。戦雲の中を死に物狂いで駆け抜けてきた。戦乱は統虎を鍛え抜き、一人前の男にした。戦う理由である闇千代への恋こそが、統虎をたった三年で次代大友家を担う若き名将へと育て上げたのだ。

「今さら覆《くつがえ》すも面倒なれど、作るよりは壊すほうが容易《たやす》うござる。元の道へ戻す骨折りは、厭《いと》いませぬぞ」

十兵衛を遮りながら、統虎は勇ましく立ち上がった。

「いや、俺はまだ、できることをすべて、やってはおらぬ」

「何処《いずこ》へ行かれる？」

「大友館だ。ちょうど今、重臣たちが合議をしておるはず。後へ引けぬよう、己《おのれ》を追い込む」

統虎は玄関を駆け出るや、馬に飛び乗った。

3

「統虎さまほど信ずるに足る殿方はおられません。いったい何をお考えになるというのですか？」

真里が話しかけても、立花屋敷に戻ってきた闇千代はぼんやりした様子で、庭の縁側に座ったままだ。すぐそばには、愛用の小筒と胴乱が置いてある。

道雪が道中の退屈しのぎに連れてきたミケは、広縁の陰で涼《すず》み、心地よさそうに眠っている。

「こんな恋など、乱世に咲いた毒花《どくばな》じゃ」

　ぼそりと呟く闇千代の虚《うろ》ろな視線の先には、子福桜《こぶくざくら》が白い蕾を付けていた。

「何を仰せですか。ああ、身分と器量さえつり合えば、あのような素晴らしい殿方に娶っていただきたいもの」

　あれほど強く優しい御曹司に恋されて、闇千代は何を迷うのだろう。

「なぜ統虎は、あんなに必死なのであろう」

「恋ですもの。姫さまに恋焦がれていらっしゃるのです。ずっと昔から姫さまをお好きでしたから」

「こんなじゃじゃ馬の、どこが良いのだ？」

「姫さまはお美しく、お心もきれいで、まっすぐですから。統虎さまはよくご存じなのです」

　真里にとって、闇千代は眩しい女主人だった。つっけんどんで照れ屋だが、強くて思いやりがある。

　昨秋、山から大屋敷に猿が闖入《ちんにゅう》してきて、侍女たちが悲鳴を上げた時もそうだ。道雪以下、主だった男たちは出陣していて不在だった。城戸はへっぴり腰で槍を振り回すが、屋敷にいる人間で頼りになるのは、闇千代だけだった。逃げ遅れた真里が引っ掻かれそうになった時、騒ぎに気付いた闇千代が駆け付けた。

　襲いかかる猿に、闇千代は猛然と反撃した。

　蹴りを入れ、赤い鼻を殴りつけると、猿は鳴きながら山へ帰っていった。得物を使えば殺せたろうが、闇千代はそうしなかった。道雪の教えもあって命を粗末《そまつ》にしないが、もともと心根《こころね》の優しい娘だからだ。真里を守った白い腕は、引っ掻かれて血が滲んでいた。

「宗家の嫁を娶れば、家中で楽もできように、わざわざ恋のために宗家といざこざを起こすのか？」

「恋に損得勘定《そんとくかんじょう》はありません。想い人と一緒になりたいという、熱き想いだけでございます」

ミケが心地よさげに喉《のど》を鳴らしている。闇千代の機嫌が悪いと、喧《やかま》しいと追い払われる時もあった。

「そういうお前は、恋をしたことがあるのか？」

真里はぎくりとした。首筋まで真っ赤になっているだろう。

「もちろん、ございますとも」

昔から千熊丸が好きだった。決して報われぬ恋だが、本当に好きなら、千熊丸の恋のために尽くそうと思った。貰った手紙は、闇千代への恋心が記されていても、真里の宝物だった。

「母上が仰せの通り、わたしにはまだ恋ができぬわけか」

遅れている初潮さえ来れば、闇千代の男勝りも抜けると、仁志は断言していた。

「男を渡り歩く誑《たら》し女もいれば、一生秘めたる恋を大切にする女もいます。恋の仕方も十人十色。姫さまは堂々とご自分の恋をなさいまし」

「恋をすれば、女は抱かれたいと思うのであろう？」

叱られた子供のように、真里は縮こまった。

「さ、さようにございます。だからこそ、子もできるのです」

「恋物語などを読むと、恋をすれば、相手を独り占めにしたくなるのではないか？」

天衣無縫《てんいむほう》の闇千代は物怖じしないくせに、妙な癖があった。真里がどう感じるかを尋ね、自分の気持ちと照らし合わせるのだ。聡明な闇千代も、事《こと》、恋に関しては愚昧《ぐまい》とさえ言えた。

「誰しも嫉妬はございます。女と見れば、すぐに手を出す困った殿方もいますから」

「わたしは別に、統虎が誰かを側室にしても気にならぬぞ。なぜであろうな？」

「まあ……」

勝手な想像をして、真里はますます赤くなった。

「姫さまのように、器の大きな女性もおわしますから……」

「わたしは気が短いし、別に度量が広いわけでもない。ただ、気にならぬだけだ」

「よくぞ仰いました。でも、いざ統虎さまが側室を持たれたら、嫉妬なさるに決まっています」

真里がきっぱり断言すると、闇千代は口を尖《とが》らせてしばらく黙り込んだ。

「宗家に輿入れせずに済むのなら、いっそのこと、嫁にいかぬという手はないのか？」

真顔で尋ねてくる闇千代に、真里は絶句《ぜっく》した。

「正気で仰っているのですか」

「統虎は見違えるほど強く逞しい武将になった。わたしなど、もう足元にも及ばぬ。だが、わたしとて戦にさえ出れば、初陣の功名《こうみょう》くらい立てていたはずだ」

武芸の競い相手だった子供の頃なら、統虎に嫉妬する気持ちはわかる。だがもう、そんな年頃はとっくに過ぎていた。闇千代は気位《きぐらい》が高いから、好きだと認めたくないのだろうか。

「いい加減に諦めなさいませ。姫さまは、女子《おなご》でいらっしゃいます」

女主従の議論はたいてい、この反駁《はんばく》の難しい決め言葉で終わる。

ニャーと高い声で、またミケが鳴いた。

「お前は雄でよかったのう。化粧《けわい》もせんでよいし、着飾らんでもよい」

真里は笑いで返そうかと思ったが、冗談でもないらしい。寂しそうな口調が気掛かりだった。

「姫さまはわがままです。一生打掛も着られない女子は、世に幾らでもいるのですよ」

「あんなもの、別に着たくて着てはおらぬ」

真里の言葉は鬧千代の心に届かぬ様子で、そっけない返事だった。人も羨む境涯にあり、絶世の美貌に恵まれながら文句ばかり並べる女主に、真里も呆れた。仁志から説いてもらうしかないか。

突然ミケがひと声鳴いて、広縁を飛び降りた。庭に現れた小兵《こひょう》に飛びかかって甘え声を出す。

「姫、思いもよらぬ話になっておりますな」

ミケを抱き上げながら、城戸が驚き顔をしていた。増時から縁組の話を聞いたらしい。

「宗家との縁組を潰せば、母上がお困りになろう」

「拙者もさように思いましたが、すべては姫のお心次第じゃと、軍師殿は仰せでしたぞ」

立花家の入婿がキリシタンでは困ると、方清と仁志は考え直したらしい。道雪の死後がとにかく心配なのだろう。

「姫も、そろそろ婿殿をお決めになりましたかな」

噂をすれば何とやら、飄々《ひょうひょう》とした立花家の軍師が庭へふらりと入ってきた。

「全く、この迷惑千万な恋のおかげで、大友館は大騒ぎでござるぞ」

統虎は親盛に鬧千代を譲って欲しいと直談判に及んだという。のみならず、重臣たちの合議へ押しかけ、鬧千代との縁組を許してほしいと、宗麟、義統に願い出たらしい。

「赤っ恥を搔いて自ら退路を断つとは、統虎のやりそうなことだな」

「統虎さまは、必ずや姫さまをお幸せになさいます」

真里は必死で訴えた。これ以上の縁組はない。

ふたりは幸せになるべきだ。絶対になれるはずだった。

長い沈黙の後、闇千代は観念したような表情で、小さく頷いた。

「さすがは戸次道雪と高橋紹虎だ。勝ち戦とは、こうやってやるわけか。母上まで向こうに取られては、逃げ場がない」

闇千代が承知さえすればいい。後は全部、膳立てができていた。道雪は娘の意思に事を委ねており、決めるのはあくまで闇千代だ。押し付けでなく自ら望んだのなら、もう後へは引けぬわけだ。

愛用の小筒を膝に置き、労《いたわ》るように撫でながら、闇千代は付け足すように言った。

「わかった。統虎と夫婦《めおと》になろう」

真里はほっとしたが、闇千代は幸せそうに見えなかった。

「な、また、お漏らしを！」

城戸の腕の中で小便をしたミケが、何食わぬ顔で庭へ飛び降りる。

慌てふためく城戸に、家人たちが駆け寄ってきた。

「また、着替えねばならんかのう」

城戸が濡《ぬ》れた袖の臭いをくんくん嗅《か》いでいる。

増時が噴き出し、真里も覚えず笑ったが、闇千代はどこか寂しげな顔で、胴乱の留め金に手を掛けたままだった。

4

早朝の涼風は心地よく、まだ夏草のいきれも立っていない。

行く手に、香椎宮《かしいぐう》の綾杉の梢《こずえ》が見えてきた。

城戸はすぐ前を行く馬上の誾千代を、万感の思いで見た。稀有《けう》の美少女は長い黒髪をなびかせ、島井宗室に作らせた珍しい白具足《しろぐそく》に身を固め、白馬に跨《また が》って進んでいる。

（ご立派になられたものじゃ……）

トントン拍子に立花と高橋の縁組が決まり、城戸も誾千代の傅役として太宰府まで付き従った。道雪は紹運に対し「すまんが、どうしても欲しいものがあるんじゃ」と切り出し、統虎の婿入りを認めさせた。宗麟と義統にも直談判して、仁義を切ってあった。

まもなく統虎が立花家へ入婿すれば、傅役の役目も終わる。城戸は安堵と共に、胸を締め付ける一抹の寂しさを感じていた。

（あの統虎様なら、きっと姫を幸せにしてくださる）

誾千代は善良な人柄ではあったが、幼い頃からほとほと手を焼いた。男勝りのわがままな「立花の烈姫」の振る舞いに、城戸は何度肝《きも》を冷やしたろう。それでも御役御免《ごめん》だと思うと、幾つもの思い出が浮かんでくる。

九歳の頃、よりによって嵐の来そうな日に、山中で白狐を見たと狩人から話を聞くや、誾千代は捕まえに行くと言い出した。城戸が必死で止めても、「そなたは来ずともよい」とすでに馬に跨っている。仕方なく従うと案の定、嵐になった。岩屋へ逃れて嵐が去るのを待つ間、「そなたまで巻き込んで、すまなんだな」と、雷鳴が轟くたび震え上がる城戸の肩に手を置いて、労《ねぎら》ってくれた。

無理をしてまで白狐を探しに出た理由を尋ねると、明かしてくれた。荼枳尼天《だきにてん》はすべての願いを叶える力を持つ。「眷属の白狐を捕まえて、父上が再び歩けるよう、女神に談判するつもりじゃった」と聞き、気の強い姫が裏返しで持つ優しさに胸を打たれたものだった。

お転婆姫の婿取りを、父である道雪も寂しく思っているだろう。

そっと馬上から振り返ると、道雪の乗る輿が進んでいた。もとは筥崎宮の放生会《ほうじょうえ》の際、博多夷町《えびすまち》の頓宮《とんぐう》まで、海上渡御《かいじょうとぎょ》の神幸祭《しんこうさい》のために使われていた古い神輿《みこし》だが、更新に際し道雪が貰い受け、神域を守るための輿として、戦用に頑丈《がんじょう》に造り直させていた。

輿を先頭で担ぐ小柄でも逞しい若者は、市助《いちすけ》だ。市蔵の従兄で、浅黒い顔立ちもどことなく似ている。気優しく武芸は不得手だが、猪のような体つきを活《い》かして、駕籠《かご》かきとなった。どんな乱戦でも決して逃げ出さず、主の指図に従うため、今や戦場における鬼道雪の足に等しかった。

（それにしても、今日はすごい人出じゃな）

道雪と立花の烈姫を目当てに、大勢の人が街道へ繰り出している。

つい先日、誾千代は立花城の女当主として、父道雪に一つの提案をした。来たる秋の大祭に、神《かみ》賑《にぎわい》の行事として、香椎宮に流鏑馬《やぶさめ》を奉納するのだ。

キリシタンに肩入れする宗麟に対抗して、〈西の大友〉たる立花が神社に対する崇敬《すうけい》を表す祭事は、大友家の窮境が伝えられる中、立花軍の精強を民に知らしめ、安堵させる狙いもある。往時《おうじ》と違い、流鏑馬神事《しんじ》は廃《すた》れているが、そのぶん物珍しさがあった。新しく当主となる統虎も射手《いて》となり、優れた弓の腕前を披露《ひろう》できるから、妙案と言えた。誾千代も武家の妻として、裏方を取り仕切る覚悟を決めたのだろう。城戸は嬉しくなった。道雪も「よう言うた、誾」と、すぐに同意した。

さっそく城戸は神官としての本領を発揮し、がぜん張り切った。急ぎ文献を漁《あさ》り、射手の装束《しょうぞく》から的の間隔、馬場の設置まで、様々調べて差配してきた。ぶっつけ本番で神事はできぬから、今日は道雪にも出御《しゅつぎょ》を願い、予行する運びとなった。

鎮守《ちんじゅ》の森には、珍しい弓馬《きゅうば》の催しを見ようと、立花はもちろん、博多やあちこちから大群衆が詰めかけていた。

「おお、姫様じゃあ！　烈姫もお美しゅうなられたわい！」

小柄な老翁《ろうおう》は市蔵と市助の祖父、宇田市右衛門《うだいちえもん》である。

道雪の初陣以来付き従ってきたが、老いと肺の病でついに戦えなくなったため、孫の市助を代わりに戦場へ送るようになった。

市右衛門の日焼けした顔は染みだらけで腰も曲がっており、白髪の糟糠《そうこう》の妻が隣に寄り添っていた。市助の母にあたる娘も、病弱ながら見物に加わっている。偉大な主君を担ぐ市助を見れば、戦場の雄姿も想像できよう。市右衛門は市蔵と共に、畑の野菜から新宮で手に入れた鮮魚まで、誾千代の好物を月に何度も屋敷へ届けてくれる。近年は酒豪の道雪に酒を献上したいと、酒師《さかし》から博多の名酒〈練貫《ねりぬき》〉の造り方を教わっているらしい。増時の好む酒で、家中でも根強い人気があった。

馬上の誾千代が片手を上げて群衆の呼びかけに応じると、渦巻のような歓声が沸き起こった。

（立花の烈姫は相も変わらず、ものすごい人気じゃわい）

道雪は自分たちを守ってくれる戦神《いくさがみ》として、家臣領民に深く慕われている。誾千代は生き神のひとり娘として、幼い頃から皆に愛されてきた。身近な者にはわがままでも、家臣領民には優しい。身分も気にせず笑顔で気さくに話すから、城下を出歩くと誰かが親しく声を掛けてくる。

一ノ鳥居の前に着くと、将たちは下馬《げば》し、馬を預けて拝殿の楼門《ろうもん》へ向かう。道雪と誾千代は参道の終点となる拝殿の前で、重臣たちと並んで射手たちを待つわけだ。

流鏑馬神事を奉納する参道は、もともと天皇の勅使《ちょくし》のために整えられた道で、両側に楠《くすのき》の並木が続く。城戸の差配で、昨日のうちに設営を終えてあり、神殿に向かって参道の左側に、的串《まとぐし》に狭んだ二尺四方の檜板《ひのきいた》の的が三枚、間隔を設けて立てられていた。参道脇には、家臣の子弟を始め無数の老若男女が見物に押し掛け、立錐《りっすい》の余地もない。

一行が参道を奥まで進み、参詣を終えると、道雪は本殿を背に着座した。その脇に、増時ら重臣がずらりと陣取る。

これから、弓自慢の家臣十二騎が、長い参道を馬で駆け抜けながら、三つの的を射貫《いぬ》いてゆく。神事は厳かに行われるべきだが、今日は予行《よこう》だけにかえって祭りの賑やかさがあり、家臣団が総出で楽しめる一大行事となっていた。

城戸は手に汗を握った。裏方の責任が肩に重くのしかかってくる。出だしが肝心だ。一番手は閭千代の師にあたり、腕前も確かな十時連貞と決まっていた。城戸の娘婿でもあり、気心が知れている。

間もなく鳴らす鐘の合図で、いよいよ連貞が駆け出すはずだ。

「城戸、済まぬが、はばかりへ行って参る」

耳元で言い捨てる閭千代に、城戸は慌てた。

女城主なしで始められはしない。城戸は諸事の手伝いを頼んである真里を呼び、しばし合図を待つよう伝えさせた。

なかなか閭千代が戻らず、城戸がやきもきしていると、遠く一ノ鳥居のほうで歓声が上がった。

まさか連貞が痺れを切らしたのか。

慌てふためき、参道の始まる馬場末《ばばすえ》に目を凝《こ》らすと、一騎の武者が本殿めがけ疾走《しっそう》を始めていた。たちまち熱狂が境内を覆《おお》う。

異様なほどの盛り上がりだ。連貞が早まって見事な馬術でも披露したのか。

いや、どうも馬上に見えるのは、小柄な影だ。

「むう、何じゃ、あれは……」

道雪が身を乗り出して、参道を見やっている。

城戸は心ノ臓が止まりそうになった。

十時なら水干《すいかん》、烏帽子に綾藺笠《あやいがさ》の射手装束のはずだ。だが、参道の入口から疾駆《しっく》してくる馬上の射手は、白具足の武者だった。長い黒髪を振り乱している。

立花の烈姫の予期せぬ登場に、民が熱狂しているのだ。

誾千代が弓に番《つが》えた矢をひょうと放つと、矢はあやまたず、斜め前方の的を射貫いた。馬上の妙技《みょうぎ》に、どっと観衆が沸く。

二つ目の的はなぜか通り過ぎた。が、振り返りざまに矢を放つ。

これまた的中すると、大歓声が上がった。

ただ射貫くだけでは芸がない。あえて難しい技を披露する気だ。

驚くべきことに、誾千代は弓矢を放り捨てた。何のつもりか。

最後の的は本殿近くだ。誾千代が黒いものを背から取り出した。馬上筒《ばじょうづつ》らしい。

型破りの見世物に、悲鳴のような絶叫が上がる。

両手で馬上筒を構えた誾千代が、馬を馳《は》せながら引き金を引いた。炎が噴き、銃声が轟く。

重臣たちの居並ぶ眼前で、的の檜板が木っ端微塵《こっぱみじん》に砕け散った。

「何とも、恐るべき武芸にございまするな」

呆れ顔で呟く増時の隣で、道雪は苦い表情をしていた。

西国最強の立花家中でも飛び道具、なかんずく鉄砲で、これほどの武技を持つ猛者《もさ》が何人いるか。ましてや騎馬鉄砲隊は、広い日本でも稀だ。誾千代が馬上で得物を掲げると、大地を揺らさんばかりの歓声が、境内を埋め尽くしてゆく。

本殿の前まで馬を堂々と闊歩《かっぽ》させてきた烈姫は、ひらりと馬を下りると、道雪の前で片膝を突いた。

「何の真似じゃな、誾？」

「戸次道雪が娘、立花誾千代。立花城督として、家臣たちに流鏑馬の手本を示しました」

烈姫が見せつけた驚異の武勇に、境内の狂奔《きょうほん》は収まる気配もない。のっけからこれほど見事な技を披露されては、この後続く武技も霞《かす》んで見えよう。いったい誾千代は、何のつもりなのだ。

古来、流鏑馬神事は男子のみによって行われてきた。城主とはいえ女が奉納してよいものか。城戸は泣きそうになりながら頭を抱え、睨み合う父と娘を見ているしかなかった。

5

夏の終わろうとする碧空《へきくう》には堂々たる入道雲が屹立《きつりつ》し、夏蟬《なつぜみ》たちが賑やかに最後の歌を奏《かな》でていた。

（これが、本当のわたしだ）

誾千代は鏡に映る自分の白具足姿に見惚れた。統虎の好きな紫の唐衣よりもずっと似合う。胸へやった手で、掌《てのひら》いっぱいに白糸毛引縅《しろいとけびきおどし》の感触を確かめると、激しい胸の高まりを覚えるのだ。

人と同じ真似をするのは、大嫌いだ。

汚れが目立つから、白具足などまず誰も作らない。ゆえに島井宗室に頼み、女物の真っ白な具足を特別に作らせた。これから戦に出るたび、この具足を真っ赤に染め上げる。凄惨《せいさん》な色の甲冑《かっちゅう》を身にまとう将に、男も女もあるまい。立花の烈姫は、高橋統虎に負けぬ大友の将となるのだ。

「今さら縁組を取り止めるなどと……。姫さま、もういい加減になさいまし」

城戸も真里も呆れ、慌てふためいていた。

当然だろう。明後日には統虎が立花入りする。そのため立花家を挙げ、城戸の差配のもと祝言の支度が着々と進められてきた。

「よくよく考えた上だ。わたしは立花城主として父上の後を継ぎ、立花を守る。太宰府の統虎と力を合わせて、北九州を守るのだ」

一昨日、香椎宮の流鏑馬で抜群の騎射《きしゃ》の腕前を披露して皆の喝采《かっさい》を浴びた時、誾千代の全身は喜びに打ち震えた。自分を誇りに思った。戦に勝って凱旋《がいせん》すれば、この歓喜と快感を思う存分に味わえるのだ。これぞ武将の醍醐味《だいごみ》ではないか。誾千代はあの時、女武将こそが自分の生きるべき道だと確信した。じっくり二日間思案したが、決意は揺るがなかった。

「いったい、この縁組の何がご不満なのですか？」

へたり込んで呆然としている城戸に代わり、真里が問うてきた。

大友家宿将《しゅくしょう》の御曹司の偉丈夫で、知勇兼備の若き将が熱烈な恋をし、生涯守り抜くと誓ってくれている。互いによく知る幼馴染だ。望ましい縁組だろう。

「統虎の心は本物だ。だが、わたしは恋なぞしていない。統虎にはちゃんと話す。わたしは誰の妻にもならぬ。なるなら、戦と夫婦になりたい」

ようやく気を取り直した様子の城戸が、半泣きで詰め寄ってきた。

「姫、わがままが過ぎまする。仁志ノ方が悲しまれましょうぞ」

城戸は困ると、必ず仁志を持ち出してくる。

「むろん悩んだ。だが母上の願いは常にわたしの幸せだ。すぐには無理でも、いずれご理解いただく」

「こたびばかりは、お殿さまとて絶対にお許しにはなりますまい」

怖い顔でも、道雪は女子供にやさしい。闇千代のわがままもほとんど許してきた。

「されば、お叱りを受けに参る。真里、これから伺うと母屋にお伝えせよ」


道雪は困り顔で、白具足に身を固める娘を見ていた。隣の仁志は唖然とした顔つきだ。

「お前は統虎と夫婦になると、わしに言うたぞ」

「そう申し上げれば、親盛どのと夫婦にならずに済むと考えましたゆえ。お赦しくださいませ」

「なぜじゃな、闇？」

「女武将として家臣団を率い、立花と大友を守りとう存じまする」

武家の嫡男でも、当主義統のごとく父の期待に応えられず苦悶《くもん》する者もいる。逆に、統虎のように懸命に努力を積み重ねる者もいた。だが、道雪は父として闇千代に幸《さち》あれと願うのみで、活躍など決して求めない。女だという理由だけで、武将として何も期待されぬ境涯が悔しくてならなかった。

「今さら世迷言《よまいごと》を。わがままも大概《たいがい》になされ」

仁志が怒りに声を震わせている。母は娘の男勝りを持て余してきた。何と身勝手な人間かと、自分でも嫌になる。だが、今この時を逃したら、誾千代は生涯、女武将として生きられまい。

「父上、わたしに立花家を継がせてくださいませ」

「許しません。お前は女です！」

母の金切り声を無視して、父に向かい身を乗り出す。

「武技だけではありませぬ。幼き頃より兵法書を諳《そら》んじ、増時から戦のやり方を学んで参りました。統虎にも負けませぬ。それともわたしには、立花を継ぐ器がないとお考えにございますか？」

誾千代は道雪の大きな眼を正面から覗き込んだ。

ひと睨みで敵を焼き殺すという巨眼も、娘を見る時はいつも優しげだった。民を見る眼も同じだ。民と親しく交わり、豪放《ごうほう》に笑う父が大好きだった。

「父上は長きにわたり、存分に戦われました」

歩けもせぬのに出陣し続ければ、いずれ不敗の神話も崩れる。武威を失い、惨めな老醜《ろうしゅう》をさらす父の姿など見たくなかった。もし負ければ、その場から逃げられもせず、雑兵《ぞうひょう》に首を取られよう。

「この機に、ご隠居なされませ」

最愛の父を、もう戦場に出したくなかった。道雪が戦に出るのは、後を継ぐ者がいないからだ。代わりに、誾千代が戦をやればいい。

口を開こうとする道雪の脇で、仁志が機先を制した。

「宗家のみならず、高橋家との縁組まで壊したとなれば、両家への手前、もうそなたを妻とする者など一人もおりませぬぞ」

「わたしは誰の妻にもなりませぬ。統虎の子なり、よき子を養子に迎え、家を継がせましょう」

即答すると、仁志がたじろいだ。

「生涯を独り身で過ごして、戦に明け暮れるつもりか⁉　誾千代、女の幸せは男に愛され、子を産むことです。統虎どのの何が不満なのですか。品行方正にして勇猛果敢。朗らかで思いやりがあって、お前を必ず幸せにすると誓っている若者です」

母は懸命に自分を落ち着かせながら諭していた。

「統虎はわたしが信ずる最もよき友です。されど、立花家に二人の当主がいては、家の乱れのもと。この縁組をわたしは望みませぬ」

「子なら、大人しく親に従いなされ」

「わたしは、宗家より正式に認められた立花城の城督として、立花家当主に申し上げておりますれば、母上はお控えくだされ。父上、わたしでは武将として役に立たぬとお考えにございますか？」

誾千代は自ら仕組んだ流鏑馬で、家臣領民に抜群の武技を見せつけた。皆から喝采を浴びる娘の姿を見て、道雪は確信したはずだ。

立花誾千代なら、戸次道雪の後継者たりうる、と。

道雪は鉄砲が欲しいと言うと、すぐに与えてくれた。白馬も、弓矢も師も、すべて望むがままだった。これまでと同じく、道雪が最後の最後には願いを聞き届けてくれると、誾千代は信じていた。

「のう、誾。西国一の名将などと持て囃されて、わしが無邪気に喜んでおると思うか」

「勝ち続けられる将など、乱世に数えるほど。わたしは父上を武門の誇りと思うております」

道雪は、老いて自慢の牙も抜けた鬼のように寂しげな顔をした。

「戦上手とは畢竟、多くの命を奪った人間よ。わが人生はどこを取り出しても、血に塗《まみ》れておる。乱世に生まれなんだら、わしは誰とでも仲良う酒を飲んで、皆で楽しゅう暮らしたかった」

　いったん言葉を切ると、道雪にしては珍しくおずおずと続けた。

「贅沢な願いじゃがな。お前が生まれた時、わしは高良《こうら》大社でかく祈願した。せめてわが娘だけは、人の血を流さず生きられますように、と」

　初耳だった。それでは女武将になれるはずもない。

「女ゆえに戦えぬ、戦ってはならぬと？」

「少し違うな。女であるがゆえに、戦わずに済む道があると申しておる」

「余計なお世話です。挑まずに悔いるより、試みぬ惰弱《だじゃく》を悔いるべしと、父上から学びました」

「わしは骨の髄《ずい》までどっぷりと戦に浸《つ》かってきた。わしはお前の幸せを願うておるだけじゃ」

　誾千代は身を乗り出して、懇願した。

「幸せにしたいとお思いなら、今日よりわたしを女武将としてお認めくださいませ。何とぞ！」

　必死だった。今日この場で人生が定まるのだ。

「かくもよき縁組でなければ、考えを改めたやも知れぬ。じゃが親として、わしも欲が出た。統虎は必ず約束を守る。九州は麻のごとく乱れておるが、あの若者になら、お前を委ねられると思うた」

　誾千代は歯噛《はが》みした。悔しい。戦にさえ出られれば、赫々《かっかく》たる武勲を上げられるはずだった。統虎に恋されたから、女武将になれぬのか。友である若者を憎いとさえ思った。

「世が乱れているからこそ、武将として民と国を守りたいのです。なぜ、お許しいただけませぬ？」

　道雪は鬼瓦に渋面を作ってから、短く応じた。

「お前が、女だからじゃ」

打ちのめされた。道雪だけは、闇千代をわかってくれると信じていた。

「女だという、ただそれだけの理由なのですか？」

必死で絞《しぼ》り出した問い返しに、「然《しか》り」と道雪が無情に応じた。

「まだしも大軍同士の戦なら、女武将もありえぬではない。じゃが今、九州でやっておる戦は、将が寡兵を率いて乱軍の中を戦い続ける。女のお前にさような真似はさせられぬ」

「悔しい。ああ、わたしが男に生まれてさえいれば……」

闇千代は歯軋《はぎし》りしながら、懸命に涙を堪《こら》えた。決して泣かぬのは、女々《めめ》しいと言われぬためだ。

「お前にはまだわかりますまい。されど、いずれこの縁組に感謝するでしょう」

頃合いと見た仁志が、まとめるように口を挟んできた。

「真里から話を聞きましたが、恋などせずとも、よき殿方と結ばれれば、女は幸せになれます。ましてお前は、統虎どのに望まれて妻となるのです。きっと幸せに――」

「わたしは誰も夫にいたしませぬ。女武将になれぬのなら、髪を下ろしまする」

「わがままは許しませぬぞ、闇千代！」

闇千代はやにわに腰の短刀を抜くと、自らの髪を引っ摑んだ。

ざくざくと切り落とし、髪束《かんづか》を両親の前に置いた。

「これでも嫁に行けと？　立花を継がせてくださりませ！」

無言で頭《かぶり》を振る父に向かって、闇千代は叫ぶ。

「なぜ父上は、わたしに雷を落とされませぬ？　仮にも大友の戦神なら、かくもわがままな娘を手討ちになされませ！」

幼時を除き、闇千代は道雪に叱られた覚えがない。流鏑馬神事の際も、余興《よきょう》の予行にすぎぬからと赦された。老いて初めて授かった子ゆえに可愛がっているなら、まだ許せる。だが、違うのだ。

「わたしは父上に殴ってもらえる統虎を、心底羨ましいと思いました。他人の子でも平気で殴るくせに、わたしが女だから、拳を振るわれぬのですか⁉」

甲高い声で叫ぶ闇千代に向かって、道雪はゆっくりと頷いた。

「然《しか》り。わしは女子《おなご》に手を上げたことは一度もない」

闇千代は腰の胴乱を開くや、鉄砲玉をひと握り摑んだ。父に向かって、投げつける。

道雪は巨眼を見開いたまま、鬼瓦で鉛玉《なまりだま》を受けた。

「これでも、女子に手を上げぬと仰せか！」

嚙み付かんばかりに詰め寄ると、鬼瓦が頷いた。

「男は、女を守るものじゃ」

父の答えに、闇千代はへたり込んだ。

道雪は挑発にも乗らなかった。最初から女は、娘は守るものだと決めてかかっている。

「殿、わたくしの躾が至りませんでした。これからはわがままを直させます！　何とぞお赦しを！」

仁志が慌てて闇千代を後ろに庇いながら、必死で訴えていた。

「誰が悪いわけでもなかろう。わしとて、もう長《なご》うないでな。娘を守り抜くと誓うてくれる、よき若者に任せたいと思うた」

父の太い濁声《だみごえ》は優しげで、温《ぬく》もりに溢れていた。意地悪でも、害意でもない。道雪はただ純粋に娘の幸せを願い、闇千代が女武将となる道を固く、閉ざしていた。

「ミケもよいが、欲を申さば、孫を抱いてみたいものじゃ」

そっと付け足された言葉に唇を嚙んだ。道雪と血の繫がる孫を産める人間は、闇千代だけだ。

仁志がすがるように涙目で哀願してきた。

「宗麟公が耶蘇教にのめりこまれるなか、お前が髪を下ろせば、筥崎宮も、お前の兄姉《きょうだい》も後ろ盾をなくして、路頭に迷いかねませぬ。母の願いです、闇千代」

最強の女当主となれば、何も恐れる必要などあるまい。だが道雪が認めぬ以上、その道はなかった。

――闇千代は、女に生まれた――

だから、諦めるほかないのだ。

「……わたしのわがままでございました。父上、母上、どうかお赦しくださいませ」

闇千代は少し下がって丁寧に指先を突き、両親に向かって静かに頭を下げた。

「祝言にはよき鬘《かつら》を用意させましょう。安心なされ」

音も立てずに部屋を出ると、案の定、渡り廊下の向こうで、城戸と真里が心配そうに待っていた。

魂を抜かれたような心地で、ふらつきながら離れへ歩き始めると、二人が駆け寄ってきた。

「姫さま、その髪は……」

周りの皆が、闇千代を心から想ってくれる。悪意を抱く人間など、誰もいない。皆が闇千代の幸せを願い、統虎との縁組を寿《ことほ》いでくれる。素直に感謝すべきなのだ。

「二人とも、さっき言ったことは、全部忘れてくれ」

真里が支えるように、寄り添ってくれた。

「折に触れお伝えしてきましたが、統虎さまの姫さまへの想いは正真正銘、本物にございます」

宗家との縁組を慮《おもんぱか》って見せなかったそうだが、統虎からの恋文は百通ほどにもなるという。

「さようか」

それほどまで想ってくれるのなら、武家の妻として統虎に尽くしてみよう。どのみち他に道はないのだ。

仁志が言うように、初潮が来て、やがて子も出来れば、誾千代も変わってゆくはずだ。いつの日か、自分に似て男勝りな女子《おなご》が生まれたら、誾千代も仁志と同じように諭すのかも知れない。

「済まなかった。少しずつでも、生き方を改める。これからも力を貸してくれ」

なぜか真里が涙を浮かべていた。よく泣くのは、女だからか。

城戸を見ると、何やら感涙に咽《むせ》んでいる。齢を取ると涙もろくなるらしい。だが、泣きたいのはこっちだ。

誾千代は右手で具足の肌触りを確かめようとして、やめた。せっかく鳴り物入りで作らせたが、この具足はずっと純白のままで役目を終えるわけか。きっと今日のことも、若き日に愚かな真似をしたと、皆で笑いながら思い出せる日が来るのだろう。

明るすぎる月影が、清潔な廊下を眩しいほど真っ白に輝かせていた。

第五章　武家の妻

——天正九年（一五八一）九月、筑前国・筥崎《はこざき》

1

筥崎宮の境内では、天高く透き通る蒼空《そうくう》と彩色《さいしき》を帯びた大地が、揃って秋を歌い上げていた。皆で祝言を寿がんと神社を埋め尽くす群衆の人いきれに、高橋改め立花統虎は戦慄《せんりつ》さえ覚えた。

戸次道雪とそのひとり娘に対する民の敬慕の深さをひしと肌で感じる。広い境内から、本殿奥で挙行する華燭《かしょく》の典《てん》は垣間見《かいまみ》えもせぬのに、一張羅《いっちょうら》を着た市蔵たちが参列する姿も群衆のうちに見えた。

質実剛健な立花家の家風に加え、戦乱の最中《さなか》の祝い事ゆえに華美《かび》ではないが、そのぶん厳かな高揚《こうよう》が場を支配していた。

悪鬼《あっき》さえ感じ入って改心しそうな篳篥《ひちりき》の小調子《こちょうし》に始まり、妙《たえ》なる雅楽の調べが聖域に染みわたる中を、衣冠《いかん》姿の座主方清と緋袴《ひばかま》の巫女《みこ》に導かれて、ふたりは本殿へ進む。輿の道雪と仁志が続く。

白無垢《しろむく》に身を包んだ花嫁の姿を見ると、静かなため息にも似たざわめきが一斉に広がってゆく。

神前に入り、方清が祓《はら》い言葉を述べ、祝詞《のりと》を奏上《そうじよう》した。

統虎が口をつけた杯を手渡すと、誾千代は揃えられた白い指で受け取った。その姿が、荼枳尼天の姿と重なり、統虎は息を呑《の》んだ。新妻《にいづま》の美しさは永遠に帰依したくなるほどに幽玄《ゆうげん》で、神聖だった。

あの時、紫の唐衣姿の誾千代を見たのは、決して偶然ではない。今日ここで結ばれるためだったのだ。神の導きに違いなかった。統虎は大友第二の将、高橋紹運を父に持ち、大友最高の将、戸次道雪を義父とする。筑前を守る若き将として認められ、西国一強く美しい女性を妻とした。これ以上は望めぬ順風満帆な船出だ。

誓詞《せいし》を奏上した後、玉串《たまぐし》の葉先《はさき》をわずかに胸より高く捧げ持ちながら、玉串案の前へ進む。

（一寸《いつすん》先は闇の乱世だが、誾千代とふたりで、生き抜いてみせる）

静謐《せいひつ》な威厳を保つ本殿で、そっと傍らを盗み見ると、誾千代はじっと神前を見つめていた。


巫女舞が終わり宴も果てて、ふたりは宿坊《しゆくぼう》の一室にいた。

夜更《よふ》けの境内に用意された寝所《しんじよ》には、百目蠟燭《ひやくめろうそく》の火が揺れている。

「これからずっと、誾と共に歩める」

涙がぼろぼろ溢れてきた。嬉しくてたまらない時にも、涙が出るものだ。

「すまぬ。男のくせに、涙は似合わぬな」

いつもの誾千代なら、めそめそするなと憎まれ口の一つでも叩きそうだが、今日は言葉少なだった。

「必ず誾を幸せにする。俺は生涯かけて、お前を守り抜く」

誾千代は美しすぎる瓜実顔にかすかな戸惑いの色を浮かべながら、楚々《そそ》として白い指先を突いた。

「何とぞ、よろしゅうお願い申し上げます」

愛《いと》おしくてならなかった。柔らかい女の体を恐る恐る抱き寄せる。

新妻が俯《うつむ》き加減になよやかな体を委ねようとした時、廊下を走る足音が聞こえてきた。十兵衛か。

「若、鷲ヶ嶽城《わしがたけじょう》から救援を求める急使が参りました。道雪公がお呼びでござる」

龍造寺方の筑紫広門《つくしひろかど》が突如軍勢を動かして城を包囲したため、城主の大津留鎮忠《おおつるしげただ》が早馬を走らせたという。二年前に攻められた時も、立花と高橋の連合軍で撃退した。

「婿入り早々、もう戦か。闇、行って参る」

そっと身を離した統虎が闇千代を安心させようと、ぎこちない笑顔を作った時、隙間風のいたずらで蠟燭の火が揺らぎ、ふっと消えた。

2

夕暮れ近づく立花屋敷の奥座敷まで、遠く物悲しげな鹿の鳴き声が聞こえてくる。

「少しばかり、時を賜ればと……」

ぼそりと応じる闇千代に、仁志は聞こえよがしのため息を吐いた。

「この件は、誰にも話してはなりません。真里にも秘密にします」

力なく頷く。娘として、母に申し訳ないとつくづく思った。

「体のことですから、致し方ありますまい」

これからは心を入れ替え、武家の妻として生きようと、闇千代も決意していた。戦場へ統虎を送り出し、留守を預かる。仁志を手本に生きてゆくつもりが、出だしから大きく躓いた。女の体の不具合だけに、どうしてよいかわからず、悩んだ末、母に相談した。

「お前の体がまだ、大人の女になっていないだけです」

遅い女では十六、七でも初潮が来ないらしいが、むしろ問題は他にあった。

どれだけ統虎に求められても、誾千代の御陰《ほと》は乾いて固く閉じたまま、頑なにまぐわいを拒んだ。仁志にも言えないが、本当は裸身を見せるのも、体を触られるのも嫌だった。痛みに呻きながら、なすがまま任せる誾千代に、統虎は戸惑っていた。

「統虎どのには、わたくしから女の事情を話しておきます。よろしいですね?」

誾千代は黙って頷く。

統虎は約束通り、誾千代を大切にする優しい夫だった。夫に済まないと思うが、焦れば焦るほど、状況は悪くなる気がした。

「どのみちまだ、お前に子ができるはずもないのですから」

先だって仁志が珍しく風邪をこじらせた時、見舞いに行くと、「誾千代が赤子を産むまでは、絶対に死ねぬ」と言いながら、生薬《しょうやく》を幾種類も飲んでいた。道雪のためにも子を産まねばならぬ。

「早く月の物が来るよう、筥崎宮に祈願しています。お前も、荼枳尼天に毎日祈りを捧げなされ」

どれほど男勝りの娘でも、子を産み母となれば必ず女らしくなると、仁志は断言していた。初潮さえ来れば、まぐわいもでき、万事が解決する。

もしもこのまま初潮が来なければ、誾千代は女になれぬわけか。早く来いと願いながら、一生来なければよいのにと心の隅で思うのは、なぜだろう。

「お前のような女は他にもいます。程度は様々なようですが、要するに女らしくなればよいのじゃ。

わたくしにお任せなさい。唐《から》より伝わる房中術《ぼうちゅうじゅつ》も、女らしくあるための薬や食べ物もよく知っていますから」

仁志は励《はげ》ますようににこりと笑った。頼りにできるのは母だけだ。

いつしか日は暮れ、秋虫たちがそれぞれの調べで夜を歌い始めていた。

3

統虎が道雪の養嗣子《ようしし》となって三カ月後、井楼岳《せいろうだけ》にある立花城本城に立花の全家臣団が集められた。次期当主たる統虎に対し、道雪の面前で忠誠を誓わせるためだ。

道雪は上段ノ間にあり、統虎を傍らに従えて、自慢の家臣たちを睥睨《へいげい》した。

「北九州諸将は、大友の力衰えしありさまを見て、その身の恥をも顧《かえり》みず、朝には秋月に与《くみ》し、夜には龍造寺に心を合わせておる。されど立花及び高橋は義を専《もっぱ》らにして二心《ふたごころ》なく、大友がため忠誠を尽くす。たとえ戦場の露と消えようとも、われらは義を貫くのみじゃ」

破鐘《われがね》のような濁声に、家臣たちが一斉にかしずいた。

儀式の後は賑やかな宴だ。

立花家には気のいい連中が多く、気さくに挨拶に来ては統虎の杯に酒を注《そそ》いでゆく。

「うぬのお袋も来年、喜寿《きじゅ》じゃったな？　体のむくみによう効く生薬があるのじゃ。屋敷に届けさせるゆえ、試してみよ」

主君にがしりと肩を摑まれると、十時連貞ほどの猛者《もさ》でも縮み上がっていた。

「苦いのは嫌じゃと、子供のようにわがままを申しまするが、殿のご命令なら、老母もきっと薬を飲んでくれましょう」

道雪は家臣を大切にするので、家臣から慕われる。道雪を取り囲み、その杯に酒を注ぐための行列ができていた。この場にいるのは、男のみだ。道雪はこれまで同様、闇千代の合議への出席を認めなかった。一つの家に主《あるじ》が二人いれば、道雪の死後、家中を割るおそれがあると懸念していた。

日が傾いて宴も果てた後、道雪は市助に身を背負わせ、本丸の御座所《ござしょ》へ統虎を伴った。

「統虎よ。わしはこれまで、ただまっすぐに生きて参った。民のため、国のため、大友のためじゃ。私心で生きようとした時、道は歪む。たとえ苦悩に苛《さいな》まれ、いかに艱難《かんなん》に塗れようとも、立花は義によって立ち、大道《だいどう》のど真ん中を、堂々とまっすぐに歩み続けよ」

以前に闇千代から聞いたが、道雪の腰には、取り出せぬ銃弾が入ったままだという。

薬師によると、腰から下を切り落としたいほどの痛みが道雪を時おり襲っているはずだが、そんな素振《そぶ》りは全く見せない。たとえ歩けぬ体になっても、死ぬまで戦い続ける男がいるのだ。

数々の戦場を共にし、大友の戦神の凄絶《せいぜつ》な生きざまを目《ま》の当たりにする中で、統虎はますます道雪に憧れた。

「畏《かしこ》まってございまする」

もとより承知の上だ。もしも道を過《あやま》てば、闇千代が赦すまい。偉大なる道雪の立花家を継いだ上は、腹は固まっている。

「ときに、闇はどうじゃな？」

道雪は武将でなく、義父の顔になっていた。

「すこぶるうまく行っておりまする」

喧嘩もせず、仲良くやっている。闇千代も言葉遣いをすっかり改め、武家の妻に相応しく振る舞っていた。夜の伽《とぎ》だけはできぬが、他に難はない。

「闇は昔から変わった女子《おなご》でな。ちと心配しておったのじゃが、良き夫を得れば、女子は幸せになれる。取り越し苦労であったかのう」

ほっとした様子で、道雪が鬼瓦を緩《ゆる》めた。

「どうぞご安心なされませ」

閨《ねや》の話など、とても義父に向かってできぬ。統虎は笑顔を作った。

「どうじゃな、統虎。今宵こそ二人きりで一献傾《いっこんかたむ》けんか？」

道雪が巨顔を寄せてきた。

多忙な身ながら何度か機会はあったが、いつも戦に邪魔されていた。

――殿、援軍の要請が参りましたぞ。また戦でござる。

増時の声に、道雪は「またお預けか」と寂しげに笑った。


翌日の立花は、出陣の支度で慌ただしかった。

本城大広間での軍議が小休止に入り、統虎が気散じに露台《ろだい》へ出ると、十兵衛が従った。

「真里の話では、近ごろの闇千代姫はすこぶるご機嫌だとか。うまく行っているご様子、何よりでござる」

最も親しき侍女でも、閨の中までは知らぬ。

闇千代は眩《まばゆ》いばかりの肢体《したい》だが、本当の意味で女になり切ってはいない。統虎が求めても、闇千代は常にされるがままで、決して求めようとしなかった。固く瞼《まぶた》を閉じて、統虎の顔さえ見ようとしない。まぐわいは女にも喜びだと思っていたが、新妻の姿は痛々しいだけだった。

「あのお転婆の姫君がお変わりになるとは、某《それがし》の見立てが誤りでございましたかな」

十兵衛はこの間、若夫婦の邪魔をすまいと、十時連貞に紹介された屋敷に家族と移り住んでいた。

戦支度にも忙しく、外向きの誾千代しか見ていない。たとえ腹心でも、誾千代の体の秘密までは明かせなかった。

うまい返答が見つからず、「そうだな」と口を濁《にご》すと、不審に思ったのか軽く耳打ちしてきた。

「若はまだ立花家中の客人。悪く言えば人質でござる。困り事あらば、何でも某に諮《はか》られませ」

統虎は太宰府から十兵衛ともう一人連れてきただけだ。道雪を崇拝する立花家臣団は、まだ心底から新参者を認めてはいない。統虎を避け、誾千代を当主と仰いでいる家臣たちさえいた。

「家中で別段悩みはない。戦に出ておるうち、皆が俺を認めてくれよう。仁志ノ方も気に掛けてくださる」

ひと月余り前、統虎は仁志に呼ばれ、二人きりで話をした。

――誾千代とよく話をいたしました。あの子はまだ体が整っておりませぬ。

もうすぐ十四歳だが、普通の女子《おなご》より初潮が遅れているという。

――月の物が来るようになれば、あの子も見違えるほど女らしくなりますから、しばしお待ちくださいまし。

初潮さえあれば、すべてがうまく行く。

仁志の侍女で十七の齢《よわい》まで月事《げつじ》のなかった女がいたが、別に病《やまい》でも何でもなく、元気に子を六人も産んだと付け加えた。

どうしてよいか統虎も困っていた時、仁志が若い夫婦《めおと》に出してくれた助け舟は、ありがたかった。しばらくは様子を見て、初潮までは同衾《どうきん》してもまぐわわぬと決めると、塞《ふさ》ぎがちだった誾千代に少し元気が戻ってきた。

気掛かりと言えば、もう一つだけあった。

誾千代は長い髪を肩まで切っていた。尋ねると、祝言でよい鬘を使うためだと答えが返ってきたが、あの美しい髪を切る必要など、どこにあったのか。腑に落ちなかった。

だがともかく、今の統虎にできることは、道雪から立派に立花家を受け継ぐことだ。

「参るぞ、十兵衛。今日も陣頭で指揮をとるゆえ、わが傍らにあれ」

統虎は鎧《よろい》の音を軋ませながら、勇んで道雪の元へ向かう。

4

「改めましてご無事のご帰還、心よりお喜び申し上げまする」

真里を相手に何度も稽古した通り、誾千代は統虎に向かい、恭《うやうや》しく指先を突いた。

「清水原《しみずばる》に続き、統虎さまが赫々たる武勲を立てられたと伺いました」

道雪と統虎が率いる立花軍は増時の献策により、穂波《ほなみ》郡は潤野原《うるのばる》の地で、敵を大破した。統虎は陣頭で獅子奮迅《ししふんじん》の活躍を見せた。すでに家臣たちへの感状《かんじょう》も発し、祝勝の宴も済んでいる。

凱旋する将兵を女たちと共に出迎えた後、二人きりになった。

「戦場で道雪公の薫陶を受けて、自分が強くなっているとわかるのだ。こうして戦から戻れば、お前がいてくれる。俺は幸せ者だ」

　夫が命懸けで戦っているのだ。ならば妻も、男勝りとわがままを直さねばなるまい。

「統虎さまには、申し訳なく思うております」

「ただ、待てばよいのだ。戦より、ずっと簡単ではないか」

　抱き寄せられると、誾千代はいつものように、仁志の言葉を心の中で自分に言い聞かせる。

（初潮さえ来れば、当たり前の夫婦《めおと》になれる。子も生まれて、何もかもうまく行く）

「義母上《ははうえ》の仰せの通りにしておれば、何も心配はあるまい。俺はいつまでもお前を待つ。俺と誾の子なら、日本一の将となろう。楽しみだ」

　統虎はいつも前向きで朗らかだ。

　未来は不安だが、白い歯を見せて笑う夫に励まされると、誾千代の目の前に、明るい人生が開けてくる気がした。


　翌日の立花城下は冬の雨に冷たく濡れて、白い霧が辺りを覆っていた。

　離れの侍女部屋に、旅装束の真里がいる。

「出立は、明日に延ばしたらどうだ？」

　真里が嫁ぐことになった。

　寂しいとはおくびにも出さないが、強がりの誾千代でも、昨夜は一睡《いっすい》もできなかった。

　誾千代の用事で鷹野増時の屋敷へ出入りするうち、真里は鷹野家に仕える若侍に見初《みそ》められた。実は以前から話があったそうだが、誾千代の輿入れまではと、頑なに断っていたらしい。祝言も済んでしばらく後、話があると真里から打ち明けられた。

品定《しなさだ》めしようと閭千代も会ってみた。美男とは言えぬものの、立花家臣に多い無骨で生真面目な武者で、好感を持った。似合いの夫婦《めおと》になるだろう。真里よりも、夫になる若者のほうに、嫉妬さえ覚えたものだ。

「やっぱり参ります。あの人が薦野さまのお屋敷で待っておりますから」

真里は明るく応じたものの、泣き虫の目には涙がたっぷり浮かんでいた。

「ならば、遅くならぬうちに、早く行くがよい」

小さな背を、少し乱暴に押した。

「本当に姫さまはお寂しくありませんか？　西国一の快男児《かいだんじ》がおそばにおられても、戦でご不在の時も多いですし……」

城戸も御役御免で筥崎宮へ戻った。あれほど頼りない傅役なのに、今から思えば、同じ屋敷にいるだけで心の支えになっていたらしい。

「わたしの心配など無用だ。それより、お前の夫は酒癖だけが気になる。真里を娶る以上は一滴も飲むなと、きつく申し付けておいたがな」

真里相手には以前のままの言葉遣いだ。だがそれも、今日で終わりか。

「まあ、それであの人、姫さまとお会いしてから、悄気返《しょげかえ》っていたのですね」

「酒に溺《おぼ》れるなぞ、弱い人間の証だ。されど、立花の武士なれば、約束を破るまい」

昔から閭千代は酒を嫌悪してきた。特に安酒の酸《す》い臭いを嗅ぐと、胸が悪くなる。酒には目がない道雪に、苦言したこともあった。

「わたくしも好みませんけれど、殿方にはお酒を飲みたくなる時もあるのでしょう」

真里は何でも男と女の違いで物事を納得しようとする癖があった。

「問い質《ただ》したら、主の増時が大の酒好きゆえ、朝から飲む日まであると言う。また乱闘など起こせば、次こそは命を落としかねん。真里を悲しませとうないゆえな」

以前、増時に付き従って警固で出府《しゅっぷ》した折、酔った上の諍《いさか》いで他家のキリシタン侍と乱闘事件を起こしたという。非の所在は知れぬが、酒ごときのために揉め事に巻き込まれるのは、愚昧の極みだ。

「行くのなら、ぐずぐずするな」

行李《こうり》を背負った真里の背が、小刻みに震えている。

今日の出立は以前から決まっていたが、いざその日が来ると、闇千代も寂しくてならなかった。女主と侍女の間柄というより、ほとんど実の姉妹であり、親しき友だった。

両目に涙をいっぱい溜めて、真里が振り向いた。

「畏れながら、わたくしにとって、姫さまは姉上のようなお人でした……」

柔らかい小さな体が飛び込んできた。固く抱き締め、背中をさすってやる。

「ここはお前の実家だ。来たい時にいつでも来ればいい。もし夫がお前をいじめるようなら、わたしが容赦《ようしゃ》せぬ」

袖口で涙を拭いながら、真里は目いっぱい笑顔を作った。

「ご心配には及びません。優しい人ですし、わたくしは立花の烈姫に守られているのですから」

真里はいい娘だ。元気な子を産んで、必ず幸せになれる。

「今日にも、母上が新しい侍女を離れへ送ってくるそうだ。お前みたいに素直で明るい女子《おなご》であればよいのだがな」

真里以外の女とは、余り気が合わない。むしろ城戸に増時、連貞や市蔵その他あっさりした男たちとの付き合いのほうが、気が楽だった。

「どうか末永くお幸せに」

真里が、腰を折りたたむように頭を下げる。

「文を書くゆえ、お前も返事を寄越せ」

「かしこまりました」

何度も未練がましく後ろを振り返りながら、真里がようやく去った。幼い頃からずっと、真里とは一緒だった。ただ一人、小柄な女子がいないだけで、これほど寂しくなるのか。

城下を覆っていた白霧《はくむ》がすっきりと晴れ上がっても、闇千代の心は、息が詰まりそうなほど厚い灰《はい》雲《ぐも》で埋め尽くされていた。

第Ⅱ部　虎女《とらめ》

第六章　出来損ないの女

――天正十二年（一五八四）十一月、筑前国・立花

1

立花の山々はすっかり色づき、赤や黄に萌《も》えていた。真里はふと思いついて目を凝らしてみたが、やはり白い狐の姿は見当たらない。

三年ぶりの立花だ。城下に入って匂いを嗅いでみたが、鬧千代の好きだった硝煙の匂いは、なぜか感じられなかった。

真里の心は暗く重く沈んでいても、懐かしさのおかげでわずかに弾む。

この秋、筑後でまた戦があった。

戸次道雪を総大将、高橋紹運を副将とする大友軍は、猫尾城《ねこおじょう》なる敵の要衝を見事に攻略したが、真里の夫はその勝ち戦で戦死した。

昨年、真里は流産した。春に難産の末に生まれた子も産声《うぶごえ》を上げなかった。それでも優しい夫は真里が無事でよかったと抱き締めてくれた。夫は孤児《みなしご》だったから、真里は結局、宗像《むなかた》郡に接する異郷の鷹野の地で独りぼっちになった。

耳川の敗戦以来、大友家は没落の一途を辿り続けていた。各地で叛乱《はんらん》が相次ぎ、北九州も敵だらけになった。道雪と紹運、そして立花統虎の力をもってしても、分断され孤立する大友領を辛《から》くも守り抜きながら、少しずつ失地を回復してゆくだけで、手一杯だった。

毎月のように戦があれば、戦死者が出るのは当然だった。戦のたび、真里の周りでも寡婦《かふ》が生まれていたが、ついに自分の順番が回ってきたわけだ。

夫の葬儀を済ませた後、茫然《ぼうぜん》自失《じしつ》していた真里のもとへ、軍師として戦場と立花を行き来する亡夫の主君、鷹野増時が直々に訪ねてきた。

夫を死なせたことを丁重に詫びてから、もう一度立花の大屋敷で誾千代の侍女として仕えてくれまいか、と頼んできた。

誾千代とは二年ほど文のやり取りをしていたが、昨秋から返事が全く来なくなった。

何かあったのかと気に病み、城下の様子を行商人などに尋ねてみると、統虎は抜群の戦功を立てて評判も上々だが、夫婦仲が良くないと噂されていた。戦続きのせいもあって、詳しい事情はわからない。真里は悪阻《つわり》に苦しみながら、便りがないのはよい知らせと、頼りない俚諺《りげん》を自らに言い聞かせたものだった。

増時は続けた。

——一刻も早くお前に来て欲しいと、仁志ノ方は仰《おお》せであった。

仁志のたっての願いで、あの城戸知正も立花に戻ったと増時が付け加えると、真里はひどく心配になってきた。

すぐに引き受け、長屋の始末を終えるや立花へ発《た》った。立花軍は七月に道雪が兵の大半を率いて出陣したまま筑後にあり、統虎が立花城を守っていた。

懐かしの大屋敷の門前で用向きを告げると、城戸がそそくさと現れた。小太りだった城戸は骸骨《がいこつ》のように痩せており、すぐには誰だかわからないほどだった。

「よくぞ来てくれた、真里。仁志ノ方が首を長くしてお待ちかねじゃ」

「姫さまに何かあったのですか？」

「もろもろ心配事が山積みでな。お方さまより、直《じか》にお話があろう」

身分に頓着ない以前の誾千代なら、笑顔で迎えに出てくれるはずだが、今は屋敷にいないのか。

母屋の奥座敷へ通されるや、すぐに仁志が現れた。まだ五十にならぬはずだが、ひどくやつれた仁志の髪には、白いものが交じっていた。

「真里、この度は若い身空《みそら》で大変でしたね。立花家当主の正室として、申し訳なく思います」

故郷を守るための戦いだ。道雪以下、立花家ではいつ誰が死んでもおかしくなかった。誰かが戦わねば、国を滅ぼされる。亡き夫も、真里を守ろうとして死んだのだ。実際、いつ命を落としたとて悔いはないと、夫も繰り返していた。

「幸いまだ良きご縁が残っておりました。こうしてまた、大好きな姫さまのおそばに置いていただける幸運に、救われた心地がいたします」

笑顔を作る真里に、仁志が必死の形相でにじり寄ってきた。

「助けてほしいのじゃ。闇千代にはこれまで、侍女を十人以上つけましたが、誰一人長続きしません。とても文に書けるような事情ではないのです」

昨春ようやく、待ちに待った初潮が来た。

だが、ひどい痛みと吐き気を伴って、寝込むほどだという。

「闇千代は強がっていますが、お前にだけは体の秘密を明かしておきます。あの子は大事な時に御陰《ほと》が潤《うるお》わず、まぐわえぬ体なのです。やっと初潮が来たのに、体は変わりませんでした」

真里はハッとした。文のやり取りはしていたが、何も知らなかった。そんな病もあるらしいが、他ならぬ闇千代が貧乏くじを引くとは、可哀そうでならなかった。なぜか昔、鉄砲を命中させて得意げな闇千代の笑顔を思い出した。野猿《のざる》を追い払ってくれた時の勇姿も脳裏《のうり》に浮かんだ。

「幾人もの薬師に諮りながら様々試《ため》してきましたが、うまく参りませぬ。心の患《わずら》いらしく、あまり追い詰めぬほうがよいとも言われました。統虎どのは事情をわかってくれています。あの子はまだ十六。いくらでも望みはあります」

子さえ孕《はら》めば女らしくなると、仁志はかねて期待していたが、結ばれえぬならその望みもない。

「統虎どのは闇千代をそれは大切にして、善《よ》し悪《あ》しはともかく、どんなわがままでも聞き届けています。夫婦仲がよくないとすれば、あの子のせいです。わが殿にも隠していますが、実は時々酒浸《さけびた》りになって、手に負えぬのです」

驚いた。昔はあれほど酒を嫌い、馬鹿にしていたのに。

闇千代は持て余すほど明るい時もあれば、逆に魂を失《な》くしたように塞ぎ込む時もあるという。気散《きさん》じに体を動かすように言うと、正気を失ったように鉄砲を撃ち続け、薙刀を振り回す。戦のない時は師の十時連貞を捕まえ、薙刀の稽古を付けてもらっているという。

「侍女たちを打擲《ちょうちゃく》したとの噂まであります。そんな子ではなかったのですが……」

闇千代は短気だが、怒っても決して手など上げなかった。自分が強く、真里が弱いからだ。でも、変わってしまったのか。

「男勝りは一生直らないのかも知れませんが、あの子は何かを隠している気がするのです。お前がうまく聞き出してはくれませぬか」

打ちひしがれた様子で、仁志は何度も首を小さく横に振る。

「月の物の痛みがひどいからと、闇千代は今、宮若《みやわか》にある脇田《わきた》で湯治《とうじ》しています。お前を案内するよう城戸に命じてあります」

脇田温泉は天平《てんぴょう》の時代、太宰府にいた大伴旅人《おおとものたびと》が入湯した由緒ある温泉で、心の病や冷え性にも効能があるらしい。

「かしこまりました。早速参ります」

母や傅役、夫に話せぬことでも、幼馴染になら打ち明けるかも知れない。

仁志に暇乞《いとまご》いをし、急いで立ち上がる。

「実は、お前を立花へ戻すことに、闇千代は猛反対していました」

真里の背に、仁志のぼそりとした声が聞こえた。

「歓迎はされぬでしょうが、赦してください」

一礼して部屋を出ると、広縁にできた日だまりで、久しぶりに会う三毛猫のミケがまどろんでいた。三年前と何も変わらないのは、猫だけか。

母屋を出ると、城戸はすでに出立の支度を終えていた。

脇田温泉は、立花城の東麓《とうろく》から三里（約十二キロメートル）ばかり東へ行った山中にあった。犬鳴《いぬなき》川《がわ》沿いに小さな村が開けている。

「今日は、姫のご機嫌が悪くなければよいのじゃが」

闇千代が逗留する北岸の古屋敷を案内した後、城戸は山裾《やますそ》にある鬱蒼《うっそう》とした竹林を指差した。

「あの奥の岩風呂におわす。姫に万一の事があってはと、統虎様は念を入れてしっかりと警固――」

説明の途中、逞しい男がぬっと屋敷から姿を現した。

「おお、十兵衛殿。姫に何ぞ、お変わりはござらぬかな？」

統虎の腹心、世戸口十兵衛が苦い顔で頭《かぶり》を振った。

「よき日柄《ひがら》のせいか、今朝からまた上機嫌になられましたがな。姫はまだ当分、脇田に逗留なさるおつもりだとか」

いったん城へ戻ると言い残して十兵衛が去ると、城戸が真里にそっと耳打ちしてきた。

「姫はすっかり変わってしまわれた。立花家の命運は、お前に懸かっとるんじゃ」

大げさな物言いだが、城戸によると、戦乱の世でのんびり湯治する姫のわがままが、家中の反感を買っているらしい。このままでは、家臣領民の心も闇千代から離れていき、身内の勝手を許す統虎と道雪まで非難されると、城戸は嘆いた。

真里は頷き返して、竹林へ入ってゆく。

途中の東屋《あずまや》では、中年の女房たちがひそひそ話をしていたが、真里が来ると急に話をやめ、嫌な目でじろりと見た。名乗って闇千代の所在を問うと、肥えた女がツンとした顔で、小娘を軽くあしらうように「お姫さまなら、この先の岩風呂で、いと健やかにお過ごしじゃ」と無愛想に答えてきた。慇懃《いんぎん》に礼を述べて先へ進む真里の背に、聞こえよがしの嘲笑《ちようしよう》が届いてきた。きっと闇千代にも非はあるのだろうが、侍女たちとうまく行っていない様子だった。

好天に恵まれ、竹林ごしに差す陽気は夏さえ思わせる。

大きな衝立《ついたて》の前に立つと、岩風呂のほうから陽気な鼻歌が聞こえてきた。

「姫さま、わたくしです。お久しゅうございます」

すぐに水の跳ねる音が聞こえ、明るい声が返ってきた。

「おお、真里か。会いたかったぞ。お前も浸かれ。よい湯だ」

三年ぶりに聞く闇千代の声は、すっかり女の艶《つや》を帯びていた。

竹林に白狐を描いた衝立の間を抜けると、立ち上がった闇千代が岩風呂の中で振り向いた。

大ぶりの乳房が揺れ、日差しを浴びて真っ白な肌が煌めいている。

十六歳の闇千代は、大人の女に成長していた。輝くばかりの女体の類いなき美しさに、真里はしばし言葉を忘れた。

「さ、お前も入れ。脱いだ服は、手前の衝立にかけておくがいい」

闇千代は声を弾ませながら促す。五、六人ほど入れるゆったりとした岩風呂だ。

屈託なさは昔と変わりなく、真里を歓迎しているように思えた。仁志の取り越し苦労だったのか。

真里が湯に手をつけると、闇千代が白い手で軽く水面を打ち、水を撥《は》ねかけてきた。

「おふざけはおやめくださいまし、姫さま」

「長湯ができるよう、少しぬるめにさせている。ちょうどよい湯加減だ。さ、脱げ」

言われる通りに小袖を取り、下衣《したごろも》を外してゆく。

闇千代は真里の一挙手一投足《いっきょしゅいっとうそく》を凝視《ぎょうし》していた。強い視線に戸惑い、脱ぎ終えてから笑いかける。

「姫さまと違って、乳は結局、小さいままでした。もう大きくならないでしょうね」

腰を落とし、桶で湯を体にかけてから、湯船に素足を入れる。その間も闇千代はじっと見ていた。

「男なんぞより、女の体のほうが、ずっと綺麗だな」

変わった物言いをする。考えもしなかった。

「どちらというより、男と女で体が違うだけではありませんか」

「わたしは女のほうが好きだ。男の足など、毛むくじゃらで気味が悪い」

真里が隣で腰を下ろして肩まで浸かると、闇千代は空を見上げた。

「幼い頃は、よかったな」

奔放な闇千代と暮らした日々は楽しかったが、すぐには意味を摑みかねた。

「たくさん思い出がございますね」

「あの頃は、男も女もなかった。千熊丸とお前と一緒で、毎日が楽しかった」

待望の初潮を経《へ》て、体はもう豊満な大人の女なのに、最愛の夫と交われぬ運命を嘆いているのか。

「こうしてまた、ご一緒になったではありませんか」

闇千代は答えず、空から真里へ視線を移した。

湯のせいでほんのり上気《じょうき》して艶やかな闇千代の顔立ちは、まさに日本一《ひのもといち》の美姫だろう。同じ女でも、ずっと眺めていたいくらいだった。

「若い身空で大変だったな、真里。お前の文にはとても良き夫だと書いてあった。さぞや辛かろう」

そっと労る声は、実の姉のように思えた。夫を亡くしてまだ二カ月しか経《た》っていない。幾つもの思い出が甦ってくるうち、熱いものがこみ上げてきた。

「あやつめ、約束を破って先に逝《い》きおって。だがこれからは、わたしがお前を守ってやる」

力強く懐かしい声に、覚えず真里が闇千代にすがりつくと、力強く抱き締められた。

柔らかく豊かな胸に顔を埋めて泣いた。声を上げて泣きじゃくる間、闇千代は真里の頭をそっと撫でてくれた。

ようやく泣き止《や》むと、恥ずかしくなって少し離れ、涙と洟《はな》で汚れた顔を慌てて洗った。

突然、闇千代の白い手が伸び、真里の小さな乳房を優しく揉みしだいた。

驚いて顔を上げると、闇千代の美しすぎる顔が目の前に迫っていた。

そのまま、赤い唇を重ねてくる。

驚き戸惑う数瞬の後、真里はえっと小さな声を上げて、後ずさった。

闇千代は視線を逸らし、決まり悪そうな顔で夕空を見上げた。

やがて苦い沈黙を破って、ぼそりとした声が聞こえた。

「すまぬ、悪ふざけが過ぎた」

言葉を返せないでいると、白い両手が上がり、勢いよく水面へ下ろされた。

派手な水しぶきが立つ。

「この西を流れる遠賀川《おんががわ》には、河童《かっぱ》が住むそうな。奴らは戦なんぞせず、気ままに暮らしておる。羨ましい限りだ」

わざとらしく明るい声で、とってつけたように話題を変える誾千代を、真里は呆然と見つめていた。

「そろそろ出るか。酒を飲みたい」

誾千代が湯の中をざばりと立ち上がった。女の裸形《らぎょう》が夕光を浴び、眩《まばゆ》いばかりに輝いている。凹凸《おうとつ》のある女体は、息を呑むほどのなまめかしさだった。

圧倒され、恍惚《こうこつ》の境地に浸っていたのも束《つか》の間《ま》、真里は動転してわれに返った。

誾千代の左の乳房の下に、目が釘付けになった。岩風呂に座って見上げると、ひと目でそれとわかる刀傷《かたなきず》が、そこには刻まれていた。

2

立花城は、立花山七峰《しちほう》の最高峰である井楼岳《せいろうだけ》に築かれた本城《ほんじょう》、これと対をなす白嶽《しらたけ》の城に加え、二つの大きな砦を持つ広大な山城《やまじろ》である。

北西の白嶽からは、城下はもちろん博多の町をも望めた。今日は風が強いせいか、玄界灘に白波《しらなみ》が立っている。

（誾、やはり俺には、波が白く見えるがな）

立花統虎が眼下に視線を戻すと、大屋敷が目に入った。脇田で湯治中の誾千代は不在だ。

「道雪公はこのまま、筑後で年を越されるようですな」

十兵衛の低い声で、統虎は現実に引き戻された。

攻め続けねば、逆に攻め込まれる。劣勢に立てば、日和見《ひよりみ》の大友方が敵に回りかねない。道雪は決死の覚悟で出陣していた。

この春、島津との戦いで龍造寺隆信が戦死すると、道雪はただちに動いた。

――三すくみの一角が崩れた。龍造寺が島津に併呑《へいどん》されれば、今よりも厳しゅうなろう。そうなる前に、大友が龍造寺を呑み込まねばならぬ。

統虎は道雪に従って御笠《みかさ》郡へ出陣したが、道雪はそのまま紹運と共に筑後攻めに入った。その際、統虎は老身を気遣い、自らが立花軍を率いると訴えたが、道雪は頭《かぶり》を振った。

――うぬは大友の希望じゃ。先の見えた爺《じじい》は、若者たちのために道を切り開いて、死ぬ。

道雪は命の炎が燃え尽きるまで戦う気に違いなかった。

統虎は道雪の命《めい》で立花へ帰還した。今なすべきは、立花と誾千代を守ることだ。留守中も敵に動きがあるたび、出兵した。幸い小競《こぜ》り合《あ》い程度だが、それでも憔悴《しょうすい》する。

「ときに十兵衛。島井宗室から良き話を聞いたのだ。ルイス・デ・アルメイダなる宣教師は、優れた薬師でもあったらしい。南蛮の――」

統虎の言葉の続きを察して、十兵衛が早くも首を横に振った。

「おやめなされ。立花家までキリシタンに関われば、大友家中の最後の均衡が崩《くず》れ申す」

宗麟の耶蘇教への過度の傾倒《けいとう》は家中の分断を固定し、反大友の勢いを支える主要因となっていた。

「だが、誾を何とかしてやりたいのだ」

口にこそ出さぬが、誾千代は統虎に救いを求めている。南蛮の医術なら、道を開けまいか。

「今のわれらは、外の敵に対するだけで精一杯でござる」

婿入り以来、立花家はほとんど毎月どこかで戦をした。龍造寺と手を結ぶ秋月、筑紫、原田、宗像《むなかた》ら諸豪《しょごう》が反大友の旗印《はたじるし》の下に跋扈《ばっこ》する中、道雪と紹運は援軍の要請を受け、各地で防戦を強《し》いられてきた。この二将がいなければ、大友家はとっくに北九州を失い、本国豊後をも脅《おびや》かされていただろう。

「皆の痛み、苦しみはわかっているつもりだ」

口先では伝わるまい。ゆえに統虎は常に陣頭に立って、戦の采配《さいはい》を振った。

「若の家中でのお立場も考えなされ」

統虎にとって、馴染みはあっても立花家中はあくまで他家であり、家臣の人物やしがらみまで十分に弁えていない。十兵衛は家中を知るべく、口の軽い城戸に近づいて親しくなった。今では十時連貞も入れて、三人で飲み明かす夜もあるらしい。

戦に次ぐ戦で、十兵衛ほどの猛者でも、浅手《あさで》ながら負傷する激戦が続き、若い統虎でさえ戦疲れが溜《た》まっている。立花軍に限らず、大友将兵は心身共に困憊《こんぱい》し、疲労は極限に達しつつあった。

その戦乱の最中《さなか》、わがままな女当主はのんびり湯治に出かける。そんな勝手を許す統虎に対し、家中で不満も囁かれていた。

道雪が若夫婦の仲に口を挟まぬせいもあって、家臣たちの不満は崇拝する道雪でなく、新参の統虎にも向けられた。誾千代との不仲はすべて統虎の不徳であり、不幸な結婚をした烈姫が可哀そうだと嘆く者もいるらしい。

「いかなる汚名を着せられようとも構わぬ。名望《めいぼう》より誾のほうが大事だ」

誾千代は心を病んでいる。後ろ指を差されようとも無理はさせず、気の済むまで湯治させてやりたかった。

（俺が守らずして、誰が誾を守るのだ）

この春、統虎が戦で不在の間に、衝撃の事件が起こった。錯乱《さくらん》した闇千代が、荼枳尼天《だきにてん》の目貫《めぬき》を付けた吉光で、己が乳房を切り落とそうとしたのである。仁志が自分の侍女を闇千代のすぐそばに張り付けていたおかげで事なきを得たが、話を聞いた統虎は打ちのめされた。

体の不具合は時が解決すると信じてきたが、ずっと戦続きで、ゆっくり話す暇《いとま》もなかった。闇千代になぜ自傷《じしょう》したのかを尋ねても、自分でもよくわからないと言う。また同じ真似をするやも知れぬ。

統虎は闇千代の苦悩を理解できていなかった。夫として、失格だ。

「妻を守ろうとも、国が滅べば、元も子もありますまい」

「俺は両方守って見せる。軍師が薬師の心当たりを探してくれているのだ。必ず、闇を助けてやる」

十兵衛は呆れ顔から、やがて真顔に戻った。

「ここ数日、原田に怪しい動きがござる。備えねばなりますまい」

3

闇千代が手酌《てじゃく》で杯に瓶子《へいし》の酒を注ぐと、勢い余ってずいぶんこぼれた。

梅瓶《めいぴん》の形をした黄褐色《おうかっしょく》の瓶子は逸品らしいが、大きいために注ぎにくい。ともあれ、今日も少し過ごしたようだ。

「姫さま、今日はもう、それくらいになされませ」

真里がすぐそばに来て、闇千代を怖い顔で見ていた。戻ってくれれば、こうなるのは目に見えていた。だから反対したのだ。侍女を追い払ってきたのは、闇千代のそばにいると、不幸にしてしまうからだ。

「お前まで、母上が送り込んでくる侍女と同じような物言いをするのじゃな」

脇田に真里が来てから、しばらくは楽しく過ごしていたものの、また月事《げつじ》がやってきた。今回も二日ほど寝込んだが、昨日からましになったため、朝から飲み始めた。

「主が酒に飲まれていたら、お止めするのが侍女の務めです」

真里も嫁ぎ、大人になって、物怖じしなくなった。

「月の障《さわ》りの間は、酒を飲まねば、とても女などやっていられぬ」

女であるということは、なぜかくも苦しいのか。闇千代は手にある杯の酒を勢いよく飲み干す。

「わたしがかような目に遭うのも、おおかた父上に殺された万の死者たちの祟《たた》りであろうな」

初潮の遅かったぶん、体がまだ慣れていないのか、月事は時期も定まらず、遅れを取り戻すように、月に二度来ることさえあった。

拷問《ごうもん》が始まる前にはまず、ずきずきと波打つような痛みが頭を襲う。体を少しでも動かせば、刺されるような痛みがギンと頭に響くのだ。やがて下腹が痛くなり、腰も鉛のように重くなる。気晴らしの薙刀も、鉄砲も手にできない。出血のせいか顔も真っ青になり、眩暈《めまい》までした。

ひたすら辛い時間が過ぎ去るのを堪《こら》えるだけの日々だ。酒で紛《まぎ》らわせて、何が悪い。

「女という生き物は大なり小なり、毎月かような面倒に耐えておるわけか」

初潮の時は、仁志が大喜びして筥崎宮へ御礼参りに行き、大屋敷では正月でも来たように赤飯を炊いて祝ったものだが、また躓いた。つくづく運のない体に生まれついたものだ。

「姫さまは普通の女子《おなご》よりお酷《ひど》いようですが、体も変わってゆくものですから」

ありきたりの慰《なぐさ》めは聞き飽《あ》きた。同じ女でも、この苦しみは当人にしかわからぬ。

「腹を切り裂いて子袋《こぶくろ》を取り出せば、止められようがな」

捨《す》て鉢《ばち》な言い草に、真里が呆れたように無言で頭《かぶり》を振った。

女が戦で使えぬのは、月事のせいか。

今の闇千代はまるで戦力にならない。戦場で総大将がこうして寝込めば、馬にも乗れず、采配も振れまい。道雪が女武将の道を閉ざしたのは、やはり正しかったわけだ。

「月の物がなくなれば、子を産めなくなってしまいます。きっと、お辛いぶんだけ、姫さまは素晴らしいお子を授かるのでしょう」

侍女たちは、女なら誰でも男と交われ、子を産めると思い込んでいた。だが、闇千代は違う。体が拒絶するのだ。子がいれば面白かろうが、腹を痛めてまで欲しいとも思わなかった。どのみち交われぬ体だ。出産など考えぬようにしてきた。統虎と仁志に、さらには孫を楽しみにしている道雪に対して、申し訳なかった。思うようにならぬ自分の体が忌々《いまいま》しい。

「今日はもう、このくらいに」

瓶子へ伸ばそうとした闇千代の手を、真里がそっと押さえた。

真里を睨むと、悲しげな眼差しで返してきた。

もう半升《しよう》は飲んだろう。真里の手前、あと一杯だけで止《よ》しておくか。

「姫さまは幼い頃から、誰よりも強く、勇ましいお人でした。それがいったい、どうしてしまわれたのですか？」

こっちが聞きたいくらいだ。

何もかもがうまく行かぬ。全部、この体のせいだ。酒を体に注ぎ込んで酔えれば、もう万事がどうでもよくなる。自分を責めず、当たり散らすこともない。今の闇千代にとって、周りに最も迷惑のかからぬ人生のやり過ごし方なのだ。

「あの姫さまが……わたくしは、悲しゅうてなりませぬ」

責めるような口調と、真里の目に浮かび始めた女の涙に、強い苛立ちを覚えた。

改めて瓶子へ手を伸ばそうとすると、今度は真里が手首を強く握り込んできた。荒々しく払う。

「お前に、わたしの何がわかる？」

「わかります」

きっぱりと言い切る真里を睨み付けた。

「仁志ノ方さまから、御陰《ほと》のことをお伺いしました。どれだけお辛いかと、お察しいたします」

「知っているなら、止めるな。わたしは出来損ないの女なのだ」

いかに見目麗しかろうと、闇千代はまぐわえぬ女だ。真里に弱みを知られて、立場が逆転した気分だった。もともと体調が優れぬ上に、怒りと悪酔いで、荒れ狂う感情を持て余した。

「母上は、娘が隠している秘密を、平気で赤の他人に明かすのだな」

「他人、とは……あんまりにございます」

闇千代を見つめる真里の目に、みるみる涙が溢れてゆく。

「女はすぐに泣くゆえ、男から弱いと馬鹿にされるのだ。わたしは女でも、絶対に泣かぬ」

「すべては、姫さまの御為《おんため》と思えばこそ。仁志ノ方さまも決して――」

「もうよい、下がれ！」

闇千代が叫ぶと、真里は充血した目で、正面からずんと睨み返してきた。

「下がりませぬ！」

「主の言うことが聞けぬなら、お前に暇《いとま》を取らせる。世話になった。帰ってよい」

言ってしまってから、後悔した。真里には帰る場所などない。自分がもっと嫌いになった。

「承服できませぬ。わたくしは死ぬまでずっと、姫さまのおそばにおります」

「ならば、こっちから出て行く」

闇千代は勢いよく立ち上がろうとした。が、酔いのせいで千鳥足《ちどりあし》になった。飲みすぎて胸焼けがする。そのまま倒れそうな体を、真里が慌てて支えた。

その場にへたり込むと、背中をさすってくれた。なぜ闇千代が真里に世話されねばならぬのだ。情けない。こんなはずではなかった。抑えがたい絶望の塊が喉の奥から込み上げてくる。

「下がれと、言ったろう！」

真里を乱暴に払いのけ、瓶子へ手を伸ばす。

だが一瞬早く、素面《しらふ》の真里が瓶子を取り、立ち上がっていた。

「わたくしは、姫さまが大好きです。だから、こんなもの、こうしてやります！」

真里は両手で持ち上げた瓶子を床へ叩きつける。

鈍い音と共に、瀬戸焼《せとやき》が粉々に砕け散った。あたりが酒浸しだ。

仁志が張り付けていた侍女たちは、最後には好きにさせてくれた。結局、闇千代を諦めたからだ。

ここまでやった侍女はいない。

「宗室が父上に献上してきた瀬戸の鉄釉《てつゆう》だぞ」

「そんな物より、姫さまのほうがずっと大事です！　もう、お目を覚まされませ！」

真里の泣き叫ぶ声に、胸を抉《えぐ》られる思いがした。

「わたくしの亡き夫は、姫さまのお言いつけを愚直に守って、大好きなお酒を決して口にしませんでした。薦野家で増時さま以下、宴で皆が酒を楽しんでも、誾千代姫とのお約束だからと断り続けたのです。それなのに、姫さまのこの醜態《しゅうたい》は何ですか！」

幼い頃は、酔っ払う大人たちを小馬鹿にしていた。今から思えば、誰しもが人生の憂《う》さをしばし忘れようと、あえて酒に呑まれていたのだろう。

「見ての通り、愚かで、わがままな最低の女だ。いい加減に愛想を尽かしたろう。お前もわたしなんぞ早《はよ》う見捨てて、どこぞで幸せに暮らすがよい」

侍女たちが誾千代を嫌う気持ちがよくわかる。誾千代もこの世で、自分が一番嫌いだ。

「姫さまはいつもわたくしを守ってくださいました。ですから、今度はわたくしの番です。おそばに戻った以上、必ず姫さまを守ってみせます」

そうか。誾千代はずっと真里に守られていたのだ。話し相手として愚痴《ぐち》を言い、悩みを聞いてくれるだけで、心が救われていたのだ。

「……悪かった、真里」

顔を涙と洟でぐちゃぐちゃにした真里が、笑顔を作っている。

「世戸口さまから伺いました。立花軍は明後日にも出陣する、と」

また敵に動きがあったのか。あるいは、敵の隙を見つけたのか。食わねば食われる乱世では、時にはこちらから攻めねば、北九州の大友勢力が次々と滅ぼされ、立花へ攻めてくる。だが、男が戦に興《きょう》じるのは、国や民を守るためだけではあるまい。戦いが好きだからだ。

「女たちは、戦へ向かう男たちを見送らねばなりません」

それが今生《こんじょう》の別れになるかも知れないからだ。真里の夫のように。

「姫さま、立花へ戻りましょう」

闇千代は真里の目からこぼれている涙を親指で拭《ぬぐ》ってやりながら、無言で頷いた。

4

出陣前の慌ただしい喧騒が、立花屋敷の離れまで届いてくる。

闇千代の部屋で白木彫りの荼枳尼天像と睨めっこしながら、真里はやきもきしていた。

出陣に先立ち、まもなく統虎がやってくるはずなのに、闇千代ははばかりに行くと言ったまま、戻らない。

本来なら、闇千代が統虎の出陣を見送るべきなのに、近ごろは統虎のほうから、見舞いがてら挨拶に来るという。心に病を抱える闇千代に、あたう限り負担を与えぬための統虎の配慮らしい。

（こんな時なのに……）

統虎に会えると思うだけで、胸がときめいて仕方がなかった。

真里にとって、統虎は憧れの偉丈夫だった。結ばれるはずもなく、好きなのは闇千代だと知っていても、幼い頃から恋心を抱いてきた。嫁いで夫と死別した後も、淡い恋心は変わらない。

懐《ふところ》の中へ手をやり、朱塗りの簪《かんざし》をそっと握りしめる。昔、千熊丸だった頃に統虎が闇千代に贈ったものの、気に入らぬというので真里が貰った宝物だ。

統虎のように強くて優しい美男と結ばれたなら、どんな女も幸せになれるはずなのに、世の中はうまく行かないものだ。慎重に言葉を選びながら、それとなく睦事《むつごと》について尋ねる真里に、闇千代はそっけなく「体を触られるのが、嫌なのだ」と応じた。不思議でならなかった。統虎に声を掛けてもらえるだけで、真里は嬉しくてたまらない。もしも手を握られたなら、卒倒しそうだ。

――しょせんわたしは、出来損ないの女だからな。

可哀そうな女主の手にそっと手を置くと、闇千代は湿《しめ》りけのある手を重ね、じっと真里を見つめていた。

真里は岩風呂でされた闇千代の口づけを、重い気持ちで思い返す。

あれは、本当にただの悪ふざけだったのか……。

昔から風変わりな女主だったが、真里は戸惑いしか覚えなかった。闇千代の完璧な美に、女なら誰しも憧れよう。実姉のように慕ってもきたが、それでも睦み合いたいとは思わない。

大友家では宗麟以下、衆道《しゅどう》の風潮はほぼなく、立花家では皆無のはずだが、他の国では好む男も多いと聞く。だが、女が女色《にょしょく》を好む話は寡聞《かぶん》にして知らなかった。

「闇、また戦に行って参る」

廊下から鎧の軋む音が聞こえてきた。統虎だ。慌てて平伏する。

「姫さまはまもなくお戻りになります」

「おお、真里か。よくぞ戻ってきてくれた。闇にとって、お前は妹も同然だからな」

心ノ臓が早鐘《はやがね》のように打って、返事もすぐにできなかった。真っ赤になった顔も上げられない。

「早めに闇を脇田から連れ戻してくれて、十兵衛もありがたがっていた。警固にも人手が要るゆえ」

促されて顔を上げ、すっかり男になった統虎を見た。ますます逞しくなって、体も人物も、ひと回り大きくなったように思えた。

「男にとって、女子《おなご》は謎ばかりだ。義母上《ははうえ》が話されたであろうが、闇の悩みを聞いてやってくれ」

「かしこまりました。きっと姫さまのお力になってみせます」

「頼もしいな。闇が少しでも元気になれば、俺は嬉しい」

優しい声かけに、心が温まった。

立花家を裏から力の限り支える。それが、真里に与えられた使命だ。誇りに思った。

「殿はもう、おいでか？」

廊下から闇千代の澄んだ甲高い声がした。

「たった今、お越しになりました」

迎えに出ようと腰を浮かせた時、颯爽と現れた主の姿に、真里は素っ頓狂な声を上げた。

闇千代は純白の具足を身に着け、白鉢巻をしている。はばかりにかこつけ、身支度をしていたのだ。

「何だ、闇。その恰好は？」

統虎が硬い表情で、闇千代を見返す。

「こたびこそは殿と共に出陣し、敵の返り血でこの白具足を真っ赤に染め上げ、立花城に凱旋する所存にございます」

闇千代は自信たっぷりの表情で、統虎に正対《せいたい》して着座した。真里はその斜め後ろに控える。不安と心配で心ノ臓がドクドクと打っていた。

「出陣は無用と、幾度か言ったはずだ」

統虎はあくまで冷静に、落ち着いて言い聞かせるような口ぶりだった。

「相次ぐ立花軍の苦戦は、将兵の数が少ないため。されば、わたしに一手をお任せくださいませ」

身を乗り出す妻に、統虎は優しい笑みを浮かべた。

「お前は体を労《いたわ》れ、誾」

「月の物も去って、しばらくは参りませぬ。心配はご無用に願います」

統虎は取り付く島もない様子で、ゆっくりと頭《かぶり》を振った。

「敵だらけの北九州を生き延びるだけで、立花は必死なのだ。すまぬが、俺にも余裕がない。これ以上、悩みを増やさんでくれぬか」

責める口調ではないが、統虎の穏やかさの中には、疲れと呆れが混じっていた。

「仰せの通り、今のわたしは立花家の悩みの種でしかありませぬ。役立たずの女なら、せめて戦で手柄を立てねばと、改めて薙刀の腕前を磨いて参りました。男にひけは……」

「俺は幾十もの戦に出て、多くの命を奪ってきた」

妻の訴えを遮りながら、統虎が立ち上がる。

「人を殺すとな、誾。取り返しのつかぬ真似をしたと、後悔が襲ってくるのだ。皆を守るためだったと、やらねば殺されていたと、必死で言い聞かせても、内心は己《おのれ》のやったことが怖くてならぬ。だが人間は、恐ろしい生き物だ。殺すのに慣れてくれれば当たり前になって、痛みさえ感じなくなる。そんな己が時々もっと恐ろしくなるのだ」

鬼道雪の後を継ぐ若き名将と持て囃されても、統虎は心の中で懊悩《おうのう》しているのだ。道雪も同じではないか。縁側の日だまりの中ミケを膝上で可愛がる老将は、とても鬼には思えなかった。

「一兵卒でも構いませせぬ。わたしを戦に出してくださいまし」

統虎の言葉は、誾千代の心に届いていない。この三年、ふたりの会話は嚙み合わないまま、ずっと空回りしてきたように、真里には思えた。

「戦について、お前は心得違いをしている。俺は闇に生涯、戦をさせる気はない。お前には人を殺させぬ」

統虎は話を打ち切るように廊下へ出た。闇千代が夫の足にすがりつく。

「わたしは子も産めぬ出来損ないの女です。ならばせめて、戦わせてくださいまし！」

真里はハッとした。闇千代は交われぬ体を苦にして、出陣を願い出たのだ。

統虎はその場に腰を落とし、妻を優しくなだめる。

「義母上《ははうえ》がいつも言われる通り、俺たちはまだ若いのだ。慌てる必要はない」

肩へ手を置こうとする統虎の手を、闇千代が乱暴に振り払った。

「殿もわたしの鉄砲の腕前をご存じのはず。鉄砲隊なら、必ず敵を打ち破れまする」

「ずっと戦続きでな。こたびの戦でも、わずかな鉄砲玉しか使えぬ」

相次ぐ戦のために、立花軍は相当追い詰められているらしい。

「薙刀の腕を磨いて参りました。わたしに敵《かな》う者が家中にどれだけおりましょうか」

「幾人でもいる。稽古と本物の戦は違うのだ、闇。今のお前では、俺の体に傷ひとつ付けられぬ」

闇千代が綺麗な顔を歪め、悔しそうに歯噛みした。

「ならば、もしわたしが殿のお体に傷を付けられたなら、出陣をお認めくださいましょうか？」

妻が美しい顔を突き出して夫に問うと、統虎は根負けしたように、軽く頷いた。

「それで諦めると申すなら、手合わせしてやろう」

「姫さま、おやめなされませ。もうすぐご出陣にございます」

「いや、構わぬ、真里。すぐに済む」

すっくと立ち上がった白具足が先に立ち、渡り廊下を歩き出した。

5

出陣直前の稽古場には誰もおらず、板に染み付いた男たちの汗の臭いが残っているだけだ。夫婦《めおと》となって以来、夫は戦に明け暮れてきたから、二人が立ち合うのはずいぶん久しぶりだった。傷を付けるだけなら可能だが、さじ加減が難しい。

「お前は大薙刀が得意であったな」

統虎は片手で槍掛けから外した大薙刀を、誾千代の眼前に差し出してきた。豊州《ほうしゅう》高田《たかた》住《じゅう》平家盛《たいらのいえもり》の作で、道雪が輿に乗る前、戦場で好んで使っていた大振りの薙刀だ。刃の煌めきに真里が目を丸くしている。

「何のおつもりか？　死にまするぞ」

統虎は気にせず木刀を取り、右手一本で構えている。

「そんな棒切れで、わたしと立ち合うと？」

「これで、十分だ」

夫はひどく悲しげな眼をしていた。

誾千代は激しい屈辱を感じた。怒りに任せ、大薙刀を勢いよく振りかぶる。

一気に踏み込んだ。

びゅんと、刃が空気を切り裂く。

統虎は刃の側面に木刀を軽く当てただけだ。

「さすがはわたしの夫です。弱き男なら、危うく切り捨てるところでした」

闇千代にとって道雪は誇りであり、憧れだった。成長するにつれ、父の強さと偉大さに惹かれた。下半身不随で出陣しながら、いかなる苦境にあっても勝ち続ける偉大な男に、痺れた。その道雪と共に戦い、間近で学び、認められ、叱られ、着実に道雪に近づいてゆく統虎を激しく嫉妬しながら、自分は何もかも諦め続け、絶望してきた。

甲高い雄叫びを上げながら、打ち込んでゆく。

統虎は防戦一方だ。刃に当たれば木刀が切れるから、薙刀の柄《え》を叩いて躱《かわ》し、あるいは先の動きを読んで、攻めを避《さ》けている。

闇千代は乱舞した。胸が躍る。稽古ではなく、実戦こそ闇千代の進むべき道だ。

道雪も認める若武者と、互角以上に戦っているではないか。

大友家がさらに衰退すれば、敵はいよいよ立花へ攻め込んでくる。そうなれば、闇千代も籠城戦で初陣くらい許されよう。もっとも、それは最後の戦のはずだ。大友にはもう勝ち目がない。どのみちもうすぐ死ぬのなら、わずかの間でもいい、女武将として生きたかった。見果てぬ夢だ。

「大薙刀を取らせたのは、まさか夫を斬り殺せぬゆえ、かえって傷を付けにくいからですか」

「いや、立合を早く終わらせるためだ。もう勝負はついている」

統虎が初めて木刀を両手で構えた。

全身から噴き出してくるような覇気に、闇千代は恐れを感じた。

負けるものか！

裂帛《れっぱく》の気合と共に踏み込む。

だが一瞬早く、統虎の木刀が、大薙刀の柄を打った。たちまち強い衝撃が両手に走る。

閭千代は後ろへ飛びすさった。両手がまだじんじんと痺れている。

「さように立派な大薙刀を女が振り回しておれば、じきに腕が上がらなくなる。近ごろのお前は、体も鍛えておらぬゆえな」

閭千代は破けそうなほど強く唇を嚙んだ。

「これ以上やる必要はあるまい。お前ではもう、俺には勝てん」

統虎がくるりと背を向けるや、閭千代は板ノ間を蹴った。大きな後ろ姿に、大薙刀を振り上げる。

瞬時に身を返した統虎が、切れ長の両眼をカッと見開く。

たちまち、木刀の斬撃《ざんげき》が大薙刀の柄を襲った。

凄まじい衝撃が連続する。

閭千代は一気に押し込まれた。痺れでほとんど感覚のなくなった手から、大薙刀を弾き飛ばされ、そのまま尻餅《しりもち》を突いた。

眼前に、木刀を投げ捨てた統虎の大きな手が差し出された。

「すまぬ。怪我はないか、閭」

悔しいというより、情けなかった。

夫の手をじっと見た。血まめに剣だこ、傷だらけの、ごつごつして荒れた手だった。

「わたしは屋敷の中で燻《くすぶ》っているだけ。何もかも馬鹿らしくて、鍛錬さえ怠ってきた。勝てるわけがない。でも、わたしだって戦場へ出て、命懸けの鍛錬をすれば……」

「違うのだ、闇。お前もとっくに気付いているはずだ」

悔しさに歯軋りしながら、夫になった男の長身を見上げた。

闇千代はあっと毒気を抜かれた。

統虎は涙を流しながら、懸命に微笑もうとしている。

「お前は女だ。俺に勝てぬ理由は、ただそれだけだ」

統虎は腰を落とすと、妻の顎へそっと手をやった。

涙も拭わぬまま、夫が闇千代を優しく見つめている。温かい片手が、頬をそっと包み込んだ。

「お前と昔、よく白狐を探したな。……正直に言えば、俺はずっと勝ち続ける自信がない。いつもぎりぎりだ。もし白狐が見つかったら、俺たちが一人でも多く生き残れるように願っておいてくれ」

いつしか白狐を探さなくなったのは、闇千代が女武将となる道を諦めてからか。

女だからと、一つずつ諦めてゆく人生だった。

「闇には、笑顔が一番よく似合う。俺はいつもお前を想いながら戦ってきた。これからも、同じだ。お前のために死ぬのなら、悔いはない」

統虎が顔を近づけてきた時、法螺貝《ほらがい》が聞こえた。陣触れだ。

――殿、いずこにおわす？　出陣でござるぞ！

外で十兵衛の低音が聞こえた。

「闇のいる立花を、道雪公より預かりしこの地を、焼かせはせぬ」

精悍な表情に戻った夫は、闇千代の額に口づけしてから、まだ眼に涙を残したままにこりと笑った。

「こたびも生きて戻って参る。待っていてくれ」

統虎は立ち上がるや踵を返し、足早に稽古場を出て行った。

真里がそばに寄《よ》り添《そ》う。

へたり込んだままの誾千代の手の上にそっと重ねられたのは、温かくて柔らかい女の手だ。

「さ、姫さま。武家の妻の務めにございます」

近頃は体の不調にかこつけて、統虎の出陣さえ見送らなかった。本当は、その雄姿を見るのが妬ましかったからだ。統虎は何事も諦めず、自分の人生を摑み取ってきた。だがそれは、誾千代の諦めを土台にした成功ではないのか。

「姫さま。少しずつ、やり直せばよいのです」

真里の胸が、誾千代の二ノ腕にそっと当たる。

「わたくしの夫が最後に出陣する朝、戦場につけて行くお守りのことで言い合いをしたのです。二つ持っていけば、神様が喧嘩するかも知れないって。結局、わたくしが言う通り、夫は一つ置いていきました。でも、そのまま戻りませんでした……」

激烈な戦闘が続く。今度こそ統虎が命を落としても、おかしくはない。そう思うと、胸が痛くなった。道雪は遠く戦場にあり、仁志も無理強いを避けていたが、見送りさえせぬ誾千代は、武家の妻として、まるきり失格だろう。

小さく頷いて、立ち上がる。

「姫さま。鷹野様のお話では、筑後の瀬高《せたか》に評判の薬師がいるそうです。一度話を聞いて参ります」

「さよう、か」

やっと絞り出した声は、自分でも驚くほど生気を欠いていた。

6

瓶子へ伸ばしかけた手を途中で止める。真里が戻ってから減らしてきた酒量が、また増えていた。

闇千代は子を産めぬ代わりに、せめて戦で役に立とうと考えたが、その道も許されなかった。真里が城戸と共に筑後へ薬師を迎えに行って不在の間、また月の物が襲ってきた。痛み苦しみから逃れようと、少しだけと言い聞かせて酒に手を出すうち、結局また酒浸りになった。

立花が静かなのは、統虎が出陣し、戦える男たちがほとんど出払っているせいだ。もしも今、大友方の誰ぞが敵に寝返って攻めてきたなら、立花も、博多もついに陥落するだろう。

男は戦っているのに、女は酒に溺れている。

（真里が戻るのは、きっと明日だ）

指先に震えを感じると、抵抗を諦めて瓶子を取った。震える手で酒を注ぎ、すぐに杯を干す。

闇千代は真里の涙を思い出して酒をやめようとしたが、無理だった。飲まないでいると、手先が震え出すのだ。以前のように自傷するくらいなら、酔って上機嫌でいるほうがいいと、勝手な理屈をつけて飲み始めた。

数日前に届いた文によれば、今日か明日には真里が薬師を連れて戻る。さっきまで酒を我慢していたせいで、苛々《いらいら》して落ち着かなかった。

（あの二人は、わたしなんぞのために……）

戦乱の北九州は今、大友方と反大友方で斑模様《まだらもよう》になっていた。瀬高はまだ大友領のはずだが、立花から筑後への道中は危険だ。頼みもせぬのに真里は、武芸がからきしの城戸を伴い、出かけて行った。

闇千代は止めたが、真里にも強情なところがある。立花家の姫の秘密を文で詳しく書き記すわけにもゆくまい。直接会って、信じられる薬師と見れば、事情を話して連れてくると言っていた。

闇千代は自分の青白い手を見た。汗で湿った掌《てのひら》は光かっていたが、幸い震えは止まっている。

(今日はもう、やめておこう)

酒器《しゅき》を片付けようと手を伸ばした時、廊下からバタバタと元気な足音が聞こえてきた。

「姫さま、健やかにお過ごしでしたか」

朗らかな声に、闇千代はどぎまぎした。瓶子と杯を、花生《はないけ》と荼枳尼天像の裏へ慌てて隠す。襖を開け放って、外気を取り込んだ。

部屋に入った真里は礼儀正しく帰参《きさん》の挨拶をしたが、鼻をくんくんさせ、小粒の目を見開いた。

「姫さま……まさか、朝からお酒を召しておられたのですか?」

答えずに視線を逸らすと、真里が詰め寄ってきた。

「朝は絶対に飲まぬと、お約束なさったではありませんか」

詰問《きつもん》に苛立った。また手先が震え始める。真里には生涯この辛さがわかるまい。これからもずっと、こんな人生が続くのか。

「ほんの少し飲んだだけだ。して、薬師は?」

「誠応上人《しょうにん》は宿所で旅塵《りょじん》を落とされ次第、姫さまにお会いしたいと仰っています」

「薬師は、坊主だったのか」

「立派な和尚さまです。道中もたくさんお話をして、わたくしはすっかり惚れ込んでしまいました」

瀬高来迎寺《らいこうじ》の住職で、民からも広く慕われているらしい。元武士だと聞き、会いたくないと思った。

武士として男に生まれたなら、なぜ刀を捨てて経《きょう》など読んでいるのだ？　戦いたくとも許されぬ女に向かって、戦いをやめた男がいったい何を説く？　まだ見ぬ誠応に対し、闇千代は敵意さえ抱いた。

「念仏でも唱えてもらう気か？　坊主なら、わたしが死んでから呼べ」

「ただの和尚さまではありません。心の病を治す薬師として、知る人ぞ知るお方です」

酒浸りになるようでは、闇千代は心をすっかり病んでいるのだろう。

「信じられる高僧だとわかりましたので、姫さまのお体のことをお話しいたしました。どうかお赦しくださいまし」

戸次道雪のひとり娘、立花闇千代が実は紛《まが》い物の女だという秘密を、どこの馬の骨とも知れぬ坊主に洗いざらい話したわけか。もしもこの秘密が漏れれば、口さがない者たちによって、「道雪が長きにわたる生涯で殺めた、万の死者たちの呪《のろ》いが娘に祟ったのだ」とでも噂されよう。信心深い道雪なら、信じてしまいそうだ。

闇千代は酒を我慢していたせいで、もともと機嫌が悪かった。主が心の病だと言い募り、勝手に話を進めてゆく侍女に腹が立った。

「会わぬ。薬があるなら置いていかせよ。いちおう飲んでやる」

闇千代がそっぽを向くと、仁志のくれた茶枳尼天が白狐に乗って、事もなげに微笑んでいた。

子供の頃は本当に白狐がいると思っていた。何でも夢は叶うと勘違いしていた。だが闇千代は結局、何ひとつできなかった。

「わがままはおやめくださいまし。立花まで、はるばるお越しいただいたのです」

「わたしが頼んだ覚えはない」

「和尚さまは姫さまの病の正体をご存じだと仰っていました。きっと酒浸りも治してくださいます」

「ふん、生臭《なまぐさ》坊主にまぐわいの手ほどきなぞ、させるつもりか」

真里は城戸も連れてきて、二人がかりで懸命に説得を始めた。

誠応は幼時に戦で父と兄たちを亡くし、悲しみのあまり心を壊した母に育てられたという。非業《ひごう》の死を遂げた一族の菩提を弔うため仏門に帰依したが、母の心の病を治したいと考え、独学で医術を修め、薬師の道を数十年歩んできた。結局、自死した母は救えなかったが、その後も心を病む人々に寄り添ってきた。来迎寺の住職となった今は、戦で身内を失った弟子たちと共に、悩める人々と向き合っているという。

言葉を尽くして説く二人が気の毒だった。

つまらぬ女を救おうと必死な姿を見て、申し訳ないと思った。

「わかった。どのみち、暇を持て余しておったところじゃ。連れて参れ。面白い坊主なら、共に飲み明かしてもよい」

闇千代の秘密を知らぬ城戸を下がらせると、やがて痩せ枯れた中背《ちゆうぜい》の僧侶が、憎らしいほど悠然《ゆうぜん》とした足取りで現れた。一寸《いっすん》もない短髪、頬骨のやや張った狐顔に薄い無精《ぶしょう》ひげを生やしている。への字に結んだ口は意志が強そうだが、笑えば味のある顔になりそうだった。

誠応はありきたりの挨拶を終えると、正面から闇千代を見た。

「すべて、真里が御坊《ごぼう》に話した通りだ。繰り返すには及ぶまい。わたしは幼い頃から、わがままな女なのだ。別に病ではない。酒をやめねばと思うてはいるが」

誠応は凪《な》いだ玄界灘のように穏やかな笑みを浮かべたまま、頭《かぶり》を振った。

「幾つか姫にお尋ねした上で申し上げますが、拙僧《せっそう》の見立ては異なりまする」

明日死んでもおかしくなさそうな掠《かす》れ声には、不思議と芯《しん》の強さを感じさせる響きがあった。

「色々手を尽くしてみたが、わたしは結局、食わせ者の女なのだ。他にどんな見立てがある？」

自分の言葉が情けなかった。

十幾人も子を産む女がいるのに、闇千代は男と交わることさえできぬ。

「真里殿から伺う限り、姫がわがままなお人だとは、拙僧には思えませぬ」

「ふん、心にもないことを。わたしに追従《ついしょう》なぞしても貰いはないぞ。男を相手に答えたくはないが、せっかく来てくれたのだ。何でも答えよう」

「されば」と、誠応は居住《いず》まいを正している。のんびりした動作が少し気に障った。

「ふだん、姫がお身内以外で親しくしておられるのは、どのようなお人にございますかな」

のっけから当たり障りのない問いだ。身構えていたのに肩透《かたす》かしを食らったようで、ムッとした。

「なぜ、さような問いに答えねばならぬ？」

「姫は体でなく、心が傷付いておられます。わずかでも、姫のお心を軽くして差し上げられればと」

閨《ねや》の秘事などまっすぐ問いにくいのだろう。臆病な坊主だ。短気な闇千代は苛立った。

「真里を除けば、御坊も会った城戸とは、毎日下らぬ話をする。戦がない時は、武芸の師の十時連貞とも親しゅうしておる。口は悪いが、軍師の鷹野増時も師弟とはいえ、腐れ縁《えん》の仲だ。最近は殿の腹心の世戸口十兵衛が信じてよい男とわかったゆえ、たまに話す。他にも立花家臣で少々腕の立つ連中とは、かねて懇意にしておる。茄子やら大根やらを届けてくれる百姓の市蔵とも仲が良いな。その祖父の宇田市右衛門も、従兄の市助もだ。他にも、家中には面白い男がいて時々話すが、片っ端から挙げてゆけばよいのか?」

「それには及びますまい。侍女たちとは?」

「母上が寄越される女たちはどうも好かぬ。わたしも含めて女はだいたい嫌いだ。ああ、真里は好きだがな」

　こんなことを確かめて、何になるのだ。

「なるほど。気が合うのは女よりも、男でございますか。されば姫は、男になりたいと思ったことがおわしましょう」

「昔から数え切れぬほどある。わたしが男であったなら、戸次道雪の後を継いで、今ごろ北九州で暴れ回っておったろうに」

　そうだ。立花統虎の向こうを張る勇将となっているはずだった。だが、戦にも出られず、このまま埋もれてゆく運命だ。男に生まれていればと、何万回思ったろうか……。

「甲冑などを身に着けるのも、お好きでございましょうな?」

「むろんだ。真っ白な具足で身を固めて、敵の血で真っ赤に染め上げたい。が、叶わぬ夢だ」

　誠応が小さく頷き、続けて問うてきた。

「月の障りについては、どのように思《おぼ》し召《め》しか?」

　やっと本題に入ってきた。回りくどい僧侶だ。

「世にあれほど辛いものも稀であろう。御坊が失くしてくれるなら、たんまり褒美《ほうび》をやるぞ」

「不躾《ぶしつけ》ながら、姫はご自身の乳房を切り落とさんとなさったとか。何ゆえにございましょうか」

　真里は乳房の傷に気付いていたのか、仁志から聞いたのか。

闇千代は自分の胸へ手をやりながら、吐き捨てるように応じた。

「こんなものをぶら下げておる己が憎らしいからだ。腹立たしいことに、その辺の女子《おなご》より大きい」

誠応は微苦笑を浮かべながら、ゆっくりと頷く。

「女物の小袖や打掛を着るのも、お嫌でございましょうな？」

「好かぬ。面倒くさい上に似合わぬと思う」

「ご自身の乳房を傷付けられはしても、他の女の裸形をお嫌いではありますまい」

闇千代は口を尖らせた。その通りだ。

幼い頃から、仁志や真里の裸体《らたい》を見ると、胸が騒いだ。脇田の湯でも裸の真里をずっと眺めていたいと思った。自分の裸身さえ、そう思う時がある。出来損ないの女でも、見た目の体だけは女として完璧な美を備えているからだ。

「姫は男になって、ご自分のように美しい女と交わる姿を思い浮かべることがございましょう」

畳み掛けてくる問いに、闇千代は唖然とした。

「……なぜ、わかるのだ？」

決して自分と交われぬもどかしさに、苛立ちを覚えもした。むろん、誰にも言ったことはない。

「拙僧は姫と同じような苦しみに悩む人間を、何人も知っております」

ずっと分厚《ぶあつ》い灰雲で覆われ続けていた闇千代の心の中に、今まで感じたこともない、かすかな光が差し込んでくる。心の中で長年淀《よど》んでいた空気に、爽やかな風が混じり始めた。

「わたしは何という、病なのだ？」

「病と申すべきか、あるいは宿命《さだめ》なのか、拙僧にもわかりませぬ」

「御坊の見立てを申せ」

覚えず身を乗り出した。

真里が言ったように、この僧侶は闇千代の病の正体を知っているのではないか。やっと求めていた救いに辿り着けそうな予感がした。

誠応は穏やかな狐顔に一抹《いちまつ》の寂しさを浮かべながら、言った。

「畏れながら闇千代姫は、女の体を持った男におわします」

突然の落雷に撃たれたようだった。

音を失った世界にさ迷い込んだ心地がした。この世のすべてが動きを止めたごとく、何も聞こえなくなった。

――女の体を持った男とは、何なのだ？　そんな人間がいると言うのか……。

やがて、ミケののどかな鳴き声が、遠く母屋のほうから聞こえてくると、ようやくわれに返った。かろうじて自分を取り戻した闇千代は、澄まし顔を作って言葉を絞り出す。

「ありえぬ話だ。わたしはどこをどう見ても、女ではないか。なのに、男だと言うのか」

傍らの真里も呆然として、言葉を失ったままだ。

「男と女が常に截然《せつぜん》と分けられるとは限りませぬ。姫のごとく、女子《おなご》ながら男の心を持つ男女《おとこおんな》を、拙僧は仮に虎女《とらめ》と呼んでおりまする。逆に、体は男でも女の心を持つ女男《おんなおとこ》は、鶴男《つるお》と名付けました。拙僧のもとには、心を患った人々が多く参りますが、その中には虎女と鶴男がおるのです」

「わたしは女の体を持つ男……虎女というわけか」

闇千代の念押しに、誠応が頷く。

男は男であり、女は女に決まっている。それ以外の人間はいない。皆がそう思い込んでいる。幼時から闇千代は男勝りの姫として育てられてきた。自分もそうだと思ってきた。だが、違うのか。

「ほとんどの虎女と鶴男は、体と心のずれに悩み続けながら一生を終えます。拙僧は、心に病を抱える無数の人々に接するうち、すでに数十人――」

「ほほほ、そんな人間がこの世にいるわけがありませぬ」

真里が声を立てて笑い、誠応を遮った。だが、空笑いだ。丸顔は引き攣《つ》っている。

「和尚さま、何を馬鹿なことを仰せなのですか。虎女、鶴男などと。ほほほほ」

いや、今の今まで闇千代も、体と心が食い違うなど、あるわけがないと思い込んでいた。ほとんどの人間が同じはずだ。たとえ虎女だと気づいたところで、誰にも打ち明けられず、誰にもわかってもらえぬまま、隠し通して一生を終えるだろう。だから誰も知らぬだけではないか。

闇千代は誠応の狐顔を凝視しながら、問うた。

「自分は男勝りのわがままな女だとばかり思っていた。だが御坊とて、見立てを誤《あやま》ることがあろう」

重ねての問いに、誠応はゆっくりと頷いた。

「確かに男勝りなだけか、虎女なのか、定かでないときもございます。されど姫の場合は明らかに、心と体が完全に食い違っておられます。天の悪戯《いたずら》か、世には男でありながら、女の体を割り当てられた人間が稀に出るのです」

真里が金切り声を上げながら、誠応に詰め寄った。

「大概になさいまし！　立花家の女当主が男だったなどと、笑い事では済みませぬぞ！」

「いや、真里。上人の見立ては、正しい」

自分の心は、闇千代が一番よく知っている。

闇千代は男なのに女の体で生まれ、女を演じることを強いられてきた。だからずっと苦しみ続けてきたのだ。苦悩の根本は何もかも、ただその一点にあったのではないか。

「いいえ、姫は正真正銘の女子《おなご》でいらっしゃいます。世迷言《よまいごと》に惑わされますな。かような似非《えせ》薬師を連れて参るなど、わたくしの大きな過ちでございました。どうか、お赦しくださいまし！」

真里が必死なのは、傍目《はため》から見ても、誠応の指摘が怖いほど当たっているからだ。

「誠応上人のおかげで、望みのない暗闇だった人生に、わたしは初めて光を感じた」

他にも同じ病を持つ人間がいると聞き、救われた気がした。病だとわかれば、治せばよいのだ。

「違います、違います！　だって、こんなにお美しい姫さまが——」

金切り声で否定する真里が、言葉を止めた。

なぜかは知れぬが、闇千代の目から涙がぼろぼろと溢れ出ていた。

「姫、さま……」

闇千代の涙を見た真里は唖然として、その場にへたり込んだ。

「この病は治るのか、和尚《おしよう》？　虎女で、女の心を取り戻した者はいないのか？」

「食に漢方《かんぽう》、体を動かす瑜伽《ゆが》なるものまで様々試みて参りましたが、拙僧の知る限り、虎女、鶴男を問わず、持って生まれた性を変える手立ては見つかっておりませぬ」

「この嘘つき坊主！　姫さまのお心を救えると申したではないか！」

「控えよ、真里。誠応上人、御坊のおかげで、わたしは救われた気がいたします」

打って変わって、闇千代が丁寧に礼を言うと、誠応は柔らかく応じた。

「姫はまず、酒の毒から脱しねばなりませぬ。心を病む者は、しばしば酒に逃れ、頼り、そのためにますます心を病んでいきます。姫はまだそれほど酷くはないご様子。持ち前の強きお心で、半年もせぬうちにご自分を取り戻されましょう」

　誠応は酒浸りを治すために為《な》すべきこと、為さざるべきことを事細かに説いた。

「空腹な時を余り作らぬようになされませ。怒りや疲れは禁物でございます」

「人生は憂きことばかりだ。少しくらいなら、嗜んでもよいのか」

　手先の震えに耐えられるか、自信がなかった。

「なりませぬ。他に何か、手慰《てなぐさ》みを見つけられませ」

「弓鉄砲に薙刀は、母上から文句を言われよう。何がよいか……」

　男のような振る舞いがいけないのだと、仁志は稽古場へ出入りせぬよう闇千代に懇願した。

「中庭で毛づくろいしている三毛猫がおりましたな。猫の世話などなさってみては？　往々《おうおう》にして、人間の心が鳥獣たちに救われることもございます」

　ふだんは城戸が面倒を見ているが、道雪が出陣したまま戻らぬせいか、ミケは広縁で退屈そうに日向《ひなた》ぼっこをしている。これまで闇千代は自分のことだけで精一杯で、猫など歯牙《しが》にもかけていなかった。

「そういえば、父上からも世話を頼まれていた」

　闇千代は改めて居住まいを正し、誠応に対した。

「礼を申します。これからも相談に乗ってくだされ」

　真里はやり切れないような顔つきだが、誠応は微笑み返しながらゆっくりと頷く。

「その昔、父と兄が道雪公に命をお救いいただきました。ささやかながら、ご恩返しをいたしとう存じまする」

道雪は殺戮《さつりく》をしたが、人を救いもした。父の施した善行が回り回って、娘を救ってくれるのか。

「わが夫は、何事も最後まで諦めぬ。いつも命懸けで戦ってくれる。ならば今度は、わたしの番だ。もしもこの体に女の心を取り戻せたなら、他の虎女たちも治せるやも知れぬ」

闇千代は明るい声で城戸を呼び、誠応を宿所へ案内させた後、母屋へ渡り、広縁で眠りを貪っているミケを見つけた。

「わたしは、お前と同じ雄だったのだな」

話しかけながら抱き上げようとすると、ミケがもがいて逃げ去った。

苦笑した。これまで邪険《じやけん》にしてきたのに、人間の都合ですぐに懐くわけもない。

「姫さま、似非坊主の妄言《もうげん》なぞ、お信じになってはなりませぬ」

ありったけの毒が込められた真里の言葉に、元気はない。

「本当はお前も、上人の見立てこそが真《まこと》だと思っていよう」

闇千代が正面から見ると、真里は沈黙した。

「今まで、わたしは自分が何者なのか、わからなかった。それゆえ、手の打ちようもなかった。だがようやく、敵がわかったのだ」

誠応の見立てに対し、闇千代は絶望と同時に安堵を覚えた。自分の病が何なのかを知っただけで、救いを感じた。

「今から思えば、かねて母上は正しき道を示してくださっていた。改めて母上に弟子入りしよう」

仁志ほど女らしい女も少なかろう。女が美しくあり続けること、娘が西国一の美姫であることを誇りとし、生きがいにしていた。その娘が女の体を持った男だと知れば、絶望するに違いない。

「真里。わたしの心の秘密は、母上にも明かしてはならぬぞ」

「こんな馬鹿げた話を、誰が信じるものですか」

まぐわえぬ体を治せば、正真正銘の女の体になれるはずだ。身籠ればなおさらだろう。

「病は気からと言う。病になれば、気が滅入《めい》る。体と心は繋がっているのだ。体が治れば、心も変わるとは思わぬか。真里、今日からわたしは貝を食らうぞ」

女らしくなるために「貝を食べなされ」と仁志は勧めたが、どうしても食べられなかった。あの見た目の異形《いぎょう》と舌触りを受け付けぬのだ。

言葉が見つからないらしく、真里は泣き出しそうな顔のまま小さく頷いた。

統虎のために、自分のために、誾千代は女になってみせる。

まるで光だけで作られた世界へ足を踏み入れたように、誾千代には何もかもが輝いて見えた。

第七章　女と男

――天正十三年（一五八五）六月、筑前国・立花

1

博多湾から吹く海風に、立花統虎は夏の訪れを感じた。

下馬し、松原《まつばら》を抜けて新宮浜へ向かう。沖には無数の白波が立っていた。

（闇に言わせると、青浪か）

立花軍の主力は筑前にない。統虎は一千に満たぬ兵で要衝の守りを任されていた。

戸次道雪は筑後平定のため、出陣したまま年を越し、立花に戻らなかった。反転攻勢に出た大友軍は、道雪の猛攻により一時的な優勢にある。だが、筑後の陣へ出向いた薦野増時からは、病身の道雪を立花へ戻し、統虎と代わるよう説得していると便りが届いていた。まだ闇千代には知らせていない。

（いつまで、立花を守り切れるか……）

反大友方にとって、道雪の本拠たる立花の攻略は、再逆転の勝利を意味した。ゆえに虎視《こし》眈々《たんたん》と隙

を窺い、頻繁《ひんぱん》に国境を脅《おびや》かす。この三月には、秋月勢が八千の大軍を率いて北上してきたが、統虎は増時と共に夜襲によりこれを撃退した。敵に寝返った家臣の桜井中務《さくらいなかつかさ》も討った。

十日ほど前にも、宗像弾正《むなかただんじょう》が国境に兵を動かしたと急報が入り、統虎は牽制《けんせい》のために出撃した。侵攻を許せば、城下が焼かれる。立花家の武威は失墜《しっつい》し、大友方からさらなる離反者を出しかねない。

鬼道雪が後継と認めた統虎の勇名は、すでに轟いている。立花軍の桃形兜《ももなりかぶと》を見ると、敵は進軍を止め、睨み合いの後に撤退した。今は勝利よりも、守りだ。小競り合いでも避けたい我慢時《がまんどき》が続く。

統虎は今朝方、境目《さかいめ》を番兵に任せて兵を引き、立花への帰路にあった。いつ激戦となり、命を落とすか知れぬ。たとえ交戦に至らずとも、将兵は心を磨《す》り減らす。道雪の鍛え上げた精鋭だけに、皆おくびにも出さぬし、士気に衰えはないが、度重なる出撃と綱渡りの防衛戦に、さすがの立花軍将兵も疲労困憊していた。敵もそれを狙っている。

（誾は、どうしているか）

どれほど戦慣れしても、まだ生きてある、帰れると思うと心が解《ほど》け、統虎の心は誾千代ひとりで占められた。その白い肢体と女らしい姿態を愛おしく想い浮かべるのだ。

昨年、真里が侍女として戻り、筑後の名僧で薬師でもある誠応上人と会って以来、誾千代は明らかに変わった。

誾千代は酒もすっかり断ち、男勝りが懐かしく思えるほど女らしくなった。仁志も「あのお転婆姫が、西国一の武家の妻になりました」と満足そうに笑う。今の誾千代はまさしく完璧な武家の妻と言えた。ただ、一点を除けば、だが。

戦場から無事に生還すると、統虎は誾千代を求めた。それは、生き延びられた安堵と歓喜、死と背中合わせの不安と焦燥《しようそう》の中で、自分の生を確かめるための、めくるめく快楽の儀式でもあった。乾き切った闇千代の御陰《ほと》は男を頑なに拒《こば》み続け、無理強いすれば無情な血で赤く染まる。官能を知りえぬ女にとって、まぐわいは常に苦痛であるに違いなかった。愛妻を苦しめるだけの一方的な交合《こうごう》の試みに、統虎は強い罪悪感を覚えた。

統虎の情欲が形ばかり満たされた後、闇千代は慈母のごとく微笑みかける。統虎は赦しを請うように、白い胸にすがりつくのだ。男の欲望の生贄《いけにえ》となり、ただ凌辱《りようじよく》に耐え続ける女の痛々しい姿は、荼枳尼天のように神々《こうごう》しかった。あるいは、キリシタンたちの崇《あが》める聖母か。でもそれは、闇千代の本来の姿なのだろうか。

(闇は、何かを隠している)

やっと闇千代が姫らしくなったと喜ぶ仁志も、まるまる肥えてきた城戸も、事情を知るまい。真里に問うても、はぐらかしてしまう。

(闇のために、何かしてやれることはないか……)

「殿、宗像勢の撤退に間違いはござらぬ。ご帰還なされませ」

十兵衛が松原から現れた。撤兵開始後、北で怪しい動きがあり、念のため殿軍《でんぐん》として腹心を国境に残し、統虎も兵を止めていたのである。

「大儀。あとどれだけ、この千日手《せんにちて》を続けられるかだな」

「すべては、道雪公次第でございましょう」

「七十三の御齢に、野陣の寒さはこたえたろう。お体が心配だ」

「ご病気もさることながら、市右衛門の一件、いつまで目を瞑《つむ》っておられるおつもりか」

昨年暮れ、筑後で敵と睨み合いを続ける道雪の陣中から、駕籠かきの市助が抜け出し、立花へ戻った。母が危篤《きとく》だと、従弟の市蔵から知らされたらしい。市助は母を看取《みと》った翌夜には高良山の本陣に帰陣したものの、陣抜けは理由名目の如何《いかん》を問わず、軍律違反に当たる。

諸将は諫めたが、道雪は市助を赦さず、処断した。のみならず、当主として祖父の宇田市右衛門にまで死を賜ったのである。かねて苛烈で知られる道雪だが、家中でも余りに酷薄《こくはく》だと歎《たん》じる者もいた。

「赤子の頃から闇の世話をしてくれた老翁だ。不憫でな」

「情にほだされて法を曲げるは、道雪公の最も厭《いと》われるところ。うやむやにしては公の沽券《こけん》に関わりまするぞ。増時殿も、先だって立花に戻られし折、首尾を確かめられたではござらぬか」

市右衛門には、市助処断の件もまだ伝えていなかった。

「道雪公がお返事をくださらぬのは、お加減が相当お悪いためか」

再考を促す書状を送ったが、なしのつぶてだった。

「恐らくは。万事に公の焦りを感じまする」

十四歳の初陣以来、道雪は大友の戦神として、九州六カ国に跨《また》がる大国を作り上げた。だが、その国が今、音を立てて崩れている。まだ自分の生があるうちに、あたう限りの敵を打ち倒しておこうと思い定めたに違いない。柳川城を落とし、北上する島津軍との決戦に自ら臨《のぞ》んで勝利せんと考え、道雪は帰国しないのだ。

闇千代は道雪を深く慕っている。最愛の父を失えば、どうなるのか。大友を支える大黒柱がついに倒れた時、大友王国の大崩壊が始まる。残された紹運と統虎で国を支え切れるのか。

（死ぬなら、闇と共に死にたい）

海から吹く風はいつしか止み、夏を思わせる日差しが白砂を焼いていた。

2

何日ぶりの蒼天だろうか。梅雨の晴れ間、紫陽花《あじさい》の大葉の上で、雨粒にまといつく光が一つひとつ、宝石のように輝いていていた。

「姫さま、ミケも踊り出しそうなお日柄ですね」

真里が元気よく朝の挨拶をしても、閨千代はぼんやりと虚空《こくう》を見つめながら、膝に乗るミケの背に手を置いていた。飼い主の道雪が長らく不在でミケも退屈だったらしく、しばらくして閨千代に馴染んだ。三毛猫の雄は子を作れぬ体だと知り、閨千代も特に愛着が湧《わ》いたようだった。

「ミケに少し元気がないように思わぬか」

いや、猫より閨千代のほうが生気を欠いている。

昨夜は戦から戻った統虎と同衾《どうきん》したはずだが、また駄目だったに違いない。先月もそれとなく尋ねたが、閨千代は無言で小さく頭《かぶり》を振るだけだった。この長い苦行もいつか終わるはずだと主従は信じてきたが、その時はずっと来ない。

「仁志ノ方さまは上機嫌で組香《くみこう》をなさっていました。そろそろ終わる頃ですから、参りましょうか」

真里が促しても、主は腰を上げず、白い手で猫を撫でている。

誠応から〈虎女〉の宣告を受けたあの日、閨千代は「女になる」と決意した。真剣に頼ってくる娘に仁志も応え、化粧《けわい》の仕方から品の作り方まで、徹底して躾け直した。少しでも白粉《おしろい》にムラを見つけると、厳しい声で叱咤《しった》した。身だしなみにも細々《こまごま》とうるさい。小袖に白粉の粉飛びを見つけようものなら、頭ごなしに叱りつけた。娘への思いやりゆえだが、度を越していまいか。そんな母娘の姿はちぐはぐで、必死な思いだけが空回りしているように、真里の目には映った。

「やはり、やめたほうがよいのではないか？」

ぼそりと、闇千代が応じてきた。

最初は真里も、虎女や鶴男など嘘だと思い込んでいた。ごく普通の女に生まれた真里は、当たり前のように女に育った。それが当然だと思っていたが、世には稀に、そうでない女もいるらしい。

長らく間近に仕えてきた真里だから、わかる。

間違いない。闇千代は男の心を持つ虎女だ。そう考えれば、当たり前の女から逸脱した主の行動や言葉を最もよく理解できた。

「姫さまは、ずっと頑張ってこられました。この辺りで少し休まれませ」

女になろうと、闇千代は涙ぐましい努力を重ねてきた。化粧や装いだけではない。仁志に言われるまま、大嫌いな貝も大好物のように食べた。一度、牡蠣に当たって苦しんだが、怯《ひる》まない。「姫さまも貝を好きになられたのですね？」と尋ねると、「大嫌いに決まっているだろう」と答えが返ってきた。ザクロは何千粒食べたろう。果皮《かひ》が体に合わないらしく嘔吐《おうと》もしたが、闇千代はそれでも口に入れた。南蛮渡来の南瓜《かぼちゃ》も、手が黄色くなるほど食べた。だが、こんな迷信まがいの苦行を続けて、本当に女になれるのだろうか。

「誠応上人の話を、あの母上が信じられると思うか」

「信じていただくしかありません。せめて巫女神楽《かぐら》だけでも、止めさせてもらいましょう」

巫女神楽は女にしか踊れぬ神への祈禱《きとう》と奉納の巫女舞だ。

仁志は筥崎宮の方清に便宜を頼み、闇千代に巫女装束をまとわせ、巫女舞を学ばせた。二人のほうがよかろうと真里も練習したが、闇千代の覚えのよさと舞の美しさには舌を巻くばかりだった。筥崎宮に舞を奉納した時などは、神憑《かみが》かって見えたものだ。

本来は短気で奔放な闇千代も、母に対してだけは従順だった。それどころか昨年来、真里は闇千代の怒る姿を見たことがない。自分を厳しく律しているぶん、鬱屈《うっくつ》も溜まっているはずだ。外見はよくできた武家の妻だが、闇千代らしさは姿を消していた。

（このままでは、姫さまの心が壊れてしまう）

「母上は娘のために、いつも懸命に考えてくださっている」

「だからこそ、きっとおわかりくださるはずです」

仁志の必死さが闇千代を追い詰めている。

とにかく一度立ち止まるべきだ。娘の苦悩を知り、その過酷《かこく》な運命に、仁志も一緒に立ち向かってほしかった。

「娘が紛《まが》い物の体に、男の心まで持っていると知れば、母上のご心痛が増えるだけであろう」

真里はぐっと唇を嚙んだ。やはり闇千代は、自分の心がまだ男のままだと認めている。

二六時中、女であろうとしていれば女になれると、主従は信じた。だが、闇千代が変われたのは、酒を完全に断ったことだけだ。自分に置き換えてみれば、心を男に変えられるだろうか。想像もつかなかった。

「はるばる誠応上人にお越しいただいたのです。迷われるなんて、姫さまらしくありませんよ」

思い悩む闇千代の背を押そうと、真里が誠応に文を送ったところ、いつでも立花へ行くと返事があったため、主を説得したのだった。

「わかった。ミケ、行って参る。真里、お前も付き合ってくれ」

闇千代が膝からそっと下ろすと、三毛猫は眠そうな声でミャーと鳴いた。

3

奥座敷の上座には、庭に咲く梔子《くちなし》の甘い香りが届いているはずなのに、仁志はまるで感じなかった。

「ほほほ、女の体を持つ男なぞと。世にさように馬鹿げた話があるものですか」

仁志は息もできぬほど面食らったが、何食わぬ顔を作って嗤《わら》いながら、誠応を睨みつけた。

闇千代も敬う評判の高僧が筑後から来たと真里に言われ、さぞやよい話を聞けるかと思えば、痩せ枯れた僧侶は身の毛もよだつ世迷言を並べ出したのである。

「真里、上人にお引き取り願うがよい」

仁志が声に強い怒気《どき》を込めると、真里が慌てて両手を突いた。

「お方さま。姫さまの御為《おんため》でございます。どうかいま少し、上人のお話をお聞きくださいまし」

真里の懇願に、浮かせていた腰を再び下ろす。

闇千代はこの一年ですっかり変わった。立派な武家の嫁となりつつあるのは、そばで真里が支えてくれるおかげでもあった。この調子で子さえ生まれれば、母も娘も、ようやく救われるのだ。

「しばしば息子は、父との対立も厭わず、母を守ろうとするものでございます。闇千代姫もそうだったのでは――」

「お生憎《あいにく》さま。闇千代は、両親を等しく敬う親孝行な娘じゃ」

誠応を遮りながら、仁志は傍らに坐《ざ》す腰巻《こしまき》姿の美姫を見やった。高貴な紫が上品な顔立ちと白い肌によく似合う。

昔から闇千代は、母を気遣ってくれる心優しい娘だった。道雪には何でも遠慮なく言うが、仁志には口答えなど、ほとんどしたことがない。母は謀叛人に離縁された肩身の狭い継室であり、他方、圧倒的な威厳と強さを持つ父を心配する必要がなかったからだろう。

母想いの娘だからこそ、仁志は何としても闇千代を普通の女の体にして、子を産ませてやりたいのだ。まぐわいこそまだできぬらしいが、母娘はこの間、涙ぐましいまでに精力を傾けた。娘も、母の努力に応えねばと、言われたことは全部やってきた。きっと、あと少しだ。

「姫は幼い頃から、女子《おなご》の好む着物や飾り物にほとんど関心を示しておられなんだはず」

静かで柔かい誠応の口調が、かえって仁志の苛立ちを誘う。

「昔は男勝りだっただけじゃ。今は違う。妙な言いがかりは止《よ》しなされ」

声を荒らげても、坊主は口元に薄い笑みを張り付けたままだった。武家の出だそうで、肝が据わっている。

「男という生き物は、しばしば他と競い合い、強くなろうといたします。武家に生まれれば、なおさらのこと。されど女の体では、いずれ男に勝てなくなります。姫はさぞ悔しい思いをなさいましたろう。心は男でも、体はどんどん女になってゆく。類い稀な美貌を持つ姫を、周りはもちろん女として扱う。幼い頃から心と体の食い違っていた姫は戸惑われ、苦しまれてきたのです」

「埒《らち》もない」

確かに縁組の時は苦労した。結婚を嫌がり、髪を下ろすとまで言った。だが、女々しい男もいるように、闇千代は負けず嫌いの女だっただけだ。今は違う。なぜ邪魔をするのだ。

「鬼道雪の血を引く、ただ一人の女城主となられ、姫は女武将として生きたいと願われたとか。結局それも叶わず、武家の妻として生きようと決意されました。されど、運命は過酷でございます。女になろうとしても初潮は遅れ、月の物が来れば苦しみ、御陰《ほと》にも不具合がございました。周りに姫の心を解する者はなく、酒に逃げるほかなかった。そんな時、拙僧は初めて姫にお会いしたのです」

闇千代はこの坊主に大事な秘密まで明かしたのか。娘を汚されたように感じて、仁志は無性に腹が立った。

「黙って聞いておれば、図に乗りおって。闇千代は立派な武家の妻じゃ。これ以上の侮辱は赦さぬ。首が繋がっておるうちに立花を去るがよい」

仁志が威厳を込めて凄《すご》んでも、誠応は怯まず、憐《あわ》れむような目つきで見返してきた。

「女であることを自らに強い続け、苦悩の末に命を絶った虎女もおりました。心を病み、正気を失った者も知っております」

武家でも時に若くして変死したとされる者が出るのはそのせいだと、誠応は見てきたように付け加えた。何でも知っているかのように語る誠応の穏やかな声が、仁志をますます苛立たせる。

「そなたの嘘話にはとても付き合い切れぬ。とくとご覧なされ。わが娘ほど女らしく、美しき女子《おなご》がどこにおる?」

傍らの闇千代を誇らしい思いで見た。この美貌なら、仁志の死後も統虎に捨てられることはない。

「その容色類《ようしょくるい》なき美しさゆえに、姫の苦しみはより一層深まったのです」

「黙れ、控えよ!」

仁志は叫びながら立ち上がった。着物の裾を、音を立てて払う。

「わが娘は正真正銘の女じゃ。心など気の持ちよう、いかようにでもなる。闇千代は心の強い女子ですから、似非坊主の教えなど必要ありませぬ。鬼道雪の娘におかしなことを吹き込んだら、承知いたしませぬぞ！」

面罵《めんば》しても、痩せ坊主は落ち着いた狐顔のままだ。

「姫はもう十分に苦しまれました。心の重荷を軽くするため、男として扱えぬにせよ、せめて――」

「男でも、女でもないなら、人間ではなかろう。わが娘が、おぞましき化け物じゃとでも申す気か！立花より疾《と》く去れ！」

仁志が金切り声を上げると、黙って聞いていた闇千代が、二人の間へそっと割って入った。

「和尚さま、この辺でよろしゅうございましょう」

まさか闇千代はこの坊主の言う世迷言を信じているのか。仁志は煮え滾《たぎ》る怒りに身を任せた。

「お前も、かような似非坊主の妄言に振り回されるとは情けない限り。統虎どのがお前を甘やかすからいけないのです。御陰《ほと》が言うことを聞かぬなら、血まみれになっても抉《こ》じ開ければよいのじゃ」

取り乱す仁志の心にもない罵詈雑言《ばりぞうごん》にも、闇千代は楚々として両手の先を突き、正対した。

何と優雅で、美しい仕草だろう。

「悪いのはすべて、わたくしでございます。さればどうか、母上。わが夫を悪しざまに仰ることだけは、お控えくださりませ。立花統虎は西国一の大将となるわたくしの夫でございます。縁組の折の約を違《たが》えず、誰よりも妻を大切にしてくださっています」

若い夫の恋が、長年の母の愛に勝るというのか。仁志の心の中に残忍な気持ちが芽生《めば》えてきた。

「面白いことを思いついた。統虎どのの愛を確かめてみようぞ」

仁志は舞扇の先で、痩せ枯れた坊主を指した。

「立花の姫の体の秘密を知った以上、生きて筑後には返せぬ。統虎どのに言うて、わが娘を惑わす似非坊主の首を刎《は》ねさせてやる」

「母上、どうぞ落ち着かれませ」

闇千代は毅然《きぜん》と仁志に対している。

「口答えは許しませぬ。わたくしは大友の戦神、戸次道雪の正室じゃ。従いなされ」

「父上はさように無体《むたい》な真似をなさいませぬ」

落ち着いた笑みさえ浮かべる娘が一瞬、息子のように見え、愕然《がくぜん》とした。仁志は粟立《あわだ》つような焦りを覚えた。

「やかましい！　その似非坊主の皺首《しわくび》、わが前に早う持って参れ！　城戸はおるか！」

廊下の向こうから城戸が慌ててすっ飛んでくると、闇千代が白い手でピシャリと制した。

「大事《だいじ》ない。おれが良いと言うまで、廊下の端に控えておれ！」

闇千代の剣幕に、城戸は壁から跳ね返った毬《まり》のように姿を消した。

仁志は自分の目と耳を疑った。

姿形《すがたかたち》こそ世にも絶佳《ぜつか》の女人《にょにん》でも、闇千代の態度、物腰、口調はまるで若武者のようだ。

「闇千代、お前、今、何と……」

「昔から母上はいつも、おれのことを大切に思うてくだされた。いつも娘によかれと、親身《しんみ》になってくださった。されど母上は、おれのことを何もわかっておられぬ」

仁志はわが子の語る言葉と男のような態度に、眩暈《めまい》にも似た絶望を覚えた。

「何じゃ、その、物言いは……」

その場にへたり込んだ仁志を、闇千代がそっと支えてくれる。

「体が女でも、自分は男なのだと知った時、長年の胸の閊《つか》えがようやく取れた気がいたしました」

万が一、闇千代が誠応の言う〈虎女〉なる化け物であったなら、この先どうなるのだ？　妖怪退治の武勇伝さえ持つ道雪は、もう娘と認めぬのではないか。勘当され、立花から追い払われよう。男の心を持った女なぞ、夫に離縁されるに決まっている。統虎に捨てられたら、どこへ行けばいい？　仁志の死後、闇千代はどうやって生きてゆくのだ？

「母上。世には、男でも、女の体を割り当てられた人間がいるのです」

何を言っているのだ。仁志は悪夢を見ているのか。

すぐそばにある娘の端整な顔を見た。

わが子ながら、何と美しき面立ちか。まるで荼枳尼天《だきにてん》のようだ。

娘を守るのは、同じ女たる母の務めだ。一刻も早く、娘が囚《とら》われている愚かしき迷妄《めいもう》から解き放ってやらねばならぬ。

「そなたは決して、その虎女なんぞではない。さようにおかしな病があってたまるものか。もういい加減にわがままはやめなされ」

仁志は必死で絶望と戦いながら、つきたての餅のように白く柔らかい娘の頬へ両の手をやった。

「こんなにも美しいのです。お前は女に決まっているでしょう？」

もし闇千代が女でないなら、女とは何なのか。男とは何なのか。なぜ、自分たちがこのような目に遭わねばならぬのだ。

涙が溢れ出てきた。いつも毅然と振る舞ってきた仁志が、娘に見せた初めての涙だろうか。

「お前は昔から男勝りの女子《おなご》でした。ただ、それだけの話です」

慰めるような顔つきで娘が頭《かぶり》を振った時、仁志の心が音を立てて軋み、悲鳴を上げた。

「母上、おれは男でござる」

頬に当てた仁志の手を、闇千代の白い両手が優しく包み込もうとした時——

「触れるな、化け物！」

闇千代を振り払って、仁志は立ち上がった。

心の中に満ち満ちた絶望のままに、やり場のない怒りに身を任せて、毒を吐き散らす。

「女のくせに男の心を持っておるなら、お前は化け物じゃ！　それでもよいのか！」

仁志は声にならぬ声を上げながら、泣き叫んだ。

「母上。わたくしはこの一年、女になろうと懸命に努めました。されど、持って生まれた心を変えることは、ついにできぬのやも知れませぬ」

仁志はかろうじて心を落ち着けてから、必死で威厳を取り繕った。

「きっと、お父上に殺められた者たちの怨霊《おんりょう》が取り憑《つ》いておるのじゃ。わたしは筥崎宮に籠《こも》って、お前のために祈りましょう。お前は女じゃ。断じて化け物ではない。心を改めるまでは会いませぬ」

仁志は手にした濃紫の舞扇を、誠応の顔めがけて投げつけた。

「似非坊主め！　わが娘に免じ、命だけは助けてやる。即刻《そっこく》、瀬高へ帰るがよい。二度と立花へ来ること、まかりならぬ」

低い声で言い捨ててから、仁志は荒々しく奥座敷を後にした。

4

「闇、無理はせずともよい」

夫の優しい口調の中に含まれている諦めを感じた。

統虎が立花城の長い軍議から戻ってきた頃には、大屋敷はすっかり寝静まっていた。

闇千代は真っ白な寝着姿《ねぎ》だが、唇には真っ赤な紅を塗り、ずっと夫を待っていた。部屋に明かりを灯《とも》していると、統虎は必ず来て、声をかけてくれる。

「敵に動きがあってな。今日は寝《やす》むとしよう」

若い統虎でも、見るからに疲れた顔をしていた。大友家が分裂しながら滅亡へと突き進む中、敵だらけの北九州で寡兵を駆使して最大の拠点を守り続けているのだ。心労は絶えまい。

だが闇千代には、奔流《ほんりゅう》のような焦りがあった。

何もかもが行き詰まっている。あの母が泣きわめく姿を初めて見た。心が痛くてならなかった。朝からこめかみに疼痛《とうつう》を感じている。月事《げつじ》の予兆だ。

「今日こそは、できると思うのです」

嘘だった。だが、妊娠さえすれば、体は変わる。体を女にできれば、きっと心も女になれる。子さえ産めば、母の泣き顔を笑顔に変えられるはずだった。

「先だっても、そう言っていたではないか」

でも、無理だった。痛みに耐えるだけの女と交わるのは、統虎にとっても苦痛だと知ってはいた。

「一度でも子ができれば、体もきっと変わると、母も申しております」

仁志を持ち出した。統虎は姑《しゅうとめ》の顔を立てる。義母が筥崎宮に籠ったことは、立花の留守を預かる統虎にとって、新たな悩みの種になっているはずだった。

「明日こそは原田と戦になるやも知れぬ。戦の前には、女子《おなご》を避ける習わしだ」

「さような験担《げんかつ》ぎなど、殿らしくありませぬ」

闇千代は品《しな》を作りながら、統虎の二の腕に豊かな胸を押し付ける。このような真似は嫌でたまらぬ。それでも、心を殺し続けてきた。

「立花へ来てから馴染みになった将兵が、何人も俺の前で死んでいった。さっきまで俺に気を使って冗談を飛ばしていた男が屍になって、もう何も言わぬ。これだけ戦をしていれば、験も担ぎたくなる。俺はずっと戦っているのだ」

疲れた口調には苛立ちが混じっていた。

統虎も追い詰められて、心にゆとりがない。だが、闇千代が女になれれば、統虎も悩みから一つ解き放たれよう。正真正銘の女となり、武家の妻として夫に尽くせる。そうすれば闇千代も救われるのだ。色々試みてきたが、すべて駄目だ。妊娠と出産が最後の頼みの綱だった。

「わたしも、戦っております」

持って生まれた運命に抗《あらが》う、自分自身との戦いだった。闇千代は男だ。統虎は好きだが、男とまぐわいたくはない。それでも統虎のために、皆のために、抱いてくれと心を殺して頼んでいるのだ。

「すまぬが、またにしてくれ。俺はもう寝《やす》みたい」

闇千代の心が屈辱で粟立った。それでも必死に抑え込む。

統虎の、仁志の、道雪の、立花のために、屈辱を耐え忍ぶのだ。自分のためでもある。

気を取り直すと、仁志に教わったように艶《なま》めかしく白い素足を露《あら》わにしながら、夫へにじり寄った。

「どうか、今宵だけ――」

夫は妻をそっと押しのけながら、立ち上がった。

「闇、後ろから鉄砲を撃たんでくれ。十兵衛の占筮《せんぜい》でも、立花は苦境が続く。今の俺は、お前と立花を敵から守るだけで、手一杯だ」

こめかみにピキリと痛みが走った。また、あの苦しみがやってくるのだ。

男の体を持つ男に、この苦しみは生涯わかるまい。

「殿は、何もわかっておられませぬ」

「女心は、男にはわからぬものだ」

部屋を出て行こうとする夫の背に、覚えず毒を吐いた。

「妻を抱けぬなら、離縁してくだされ」

統虎は振り返り、そっと腰を落とした。

「いかがしたのだ、闇？　義母上《ははうえ》なら、心配いたすな。原田の動きが落ち着き次第、俺が城戸と共に筥崎へ行ってお話をしてみる。月の物が近いのであろう。ゆっくり寝め」

子をあやすような統虎の物言いに、腹が立った。

「わたしが好き好んで抱かれるとでもお思いか！　あの痛み苦しみ、屈辱を、そなたは知るまいが！」

叫んでしまってから、後悔した。かくも優しき若者に何を言うのだ。

真剣な恋をした結果が、これだ。どれほど悲しかろう。闇千代は周りの人間を傷付けてばかりだ。

統虎は逞しい腕で、闇千代をそっと抱き締めようとした。が、やんわりと振り払う。

「すまぬな、闇。いつも綱渡りの戦いを続けておって、お前には寂しい思いをさせている」

気まずい沈黙の中を、統虎は寂しげな顔つきで立ち上がった。

「今の俺にできることは、戦に出て、お前を守ることだけだ。体をいとうてくれ」

粟立つ屈辱と救いのない絶望に塗れたまま、闇千代は一人取り残された。夜の海に沈み込む屋敷に聞こえるのは、遠くで鳴く狐の声くらいだった。

5

深更《しんこう》、真里が闇千代の部屋へ入ると、女主は呆然と油火《あぶらび》を眺めていた。

闇千代のそばにいてやってくれと統虎から頼まれたのは、これが初めてではない。統虎の憔悴した様子から、また何かあったのだと察して駆け付けた。

「姫さま、お寝みになれぬのですか」

紅を塗っているのに、寝着は乱れていない。統虎に拒まれたのだとわかった。それにしても、なんと美しい女だろう。いや、男か。

「わたしは、いったい何のために生まれてきたのであろう……」

こんな時は、そばに寄り添うくらいしか、真里にはできない。ミケと同じか。

大友家きっての名門に生を享《う》け、おそらくは統虎にも匹敵する才能に恵まれながら、闇千代は女の体を持つがゆえに、男として生きることを許されなかった。女として生きようとしても、運命は冷淡だった。可哀そうでたまらないが、誇り高き闇千代は同情を嫌う。

「仁志ノ方さまも、あんまりだと思います。わたくしから改めてお話しいたします」

御役御免になってもよい。真里はいつでも闇千代の味方だ。

「母上の悪口は申すな。自分の娘を男だと言われれば、誰だって腹が立つだろう」

いつも息子が母親を庇《かば》いだてすると、城戸もいつか愚痴をこぼしていたろうか。

「姫さま、わたくしの過ちでございました。どうかお赦しくださいませ」

仁志は〈虎女〉を頭ごなしに否定してかかった。激しい反発を買っただけで、完全に裏目に出た。

「近ごろ思うのだ。やはり男が女になるのは、無理なのではないか」

手探りで何かを確かめるような、ゆっくりとした口調だった。

真里はハッとして、闇千代の美しすぎる顔を見た。

ついに、諦めたのか。今まで誰もなしえなかった難事でも、闇千代ならきっとできると、真里は根拠もなく期待していた。

「何を仰いますか。姫さまはまだ十七、結論を出すには早すぎます。ゆっくりと参りましょう」

「いや、皆のためには、むしろ早いほうがいい」

闇千代は何を考えているのだろう。真里は怖くて尋ねられなかった。

「ともかく仁志ノ方さまが仰るように、お子ができれば、まだ望みはございます」

「これからも、ずっとあれをやるのか。嫌がる統虎に頼み込んで、屈辱に耐えながら、血塗れの御陰《ほと》を抉《こ》じ開けられたとして、本当に子ができるのか」

言葉遣いだけではない、今の闇千代は男のようだった。女であることを放棄し始めている。

「ちっ。またあれが、始まりやがる」

闇千代はこめかみに指先を当てて俯いた。一時はましになっていたのに、近ごろは吐き気がひどく、寝込む時もあった。見た目こそ完璧な美を備えた女体でも、月の障りに祟られ、苦痛に満ちた拷問のようなまぐわいしか許されない。自分の運命にじっと耐えていても、状況は何も好転しなかった。

「お可哀そうな、姫さま……」

真里は闇千代のそばへにじり寄り、すべやかな白い手の上に、自分の手を重ねた。

かける言葉が見つからない。ただ、そばに寄り添うだけでも、闇千代の壊れかけた心を、少しは支えられるのだと、信じるしかなかった。

「わたしはずっと、おそばにおりますから」

顔を上げた闇千代が、じっと真里を見つめている。亡き夫が真里を求めた時と同じ、男の目だった。

闇千代の手が、真里の肩へ伸びる。

「赦せ、真里。おれは、虎の心を持っているのだ」

女神の体を持つ男が、真里を力任せに抱き寄せる。

いきなり重ねられた女主の唇を、真里は拒まなかった。そのまま褥《しとね》へ押し倒された——。

6

灰色の梅雨空《つゆぞら》は、闇千代の心をそのまま映しているかのようだった。

篠突《しのつ》く雨が庭で音を立てて跳ねるなか、闇千代は広縁に座っている。道雪がよくミケを膝に乗せていた場所だ。筑後に出陣したまま戻らぬ道雪とは、もう一年以上も顔を合わせていなかった。

すぐ隣でまどろむミケの背を撫でてやる。近ごろ元気がないのは、ずっと道雪が不在だからだろう。闇千代も同じか。またひどい月事に悩まされた後、さっきようやく床を離れたが、気の塞ぎはそのせいだけではない。

数日前に、筑後にいる増時から、道雪が陣中で倒れたと文が届いた。軽快したそうだが、信じてよいのか。腰の激痛さえ何食わぬ顔で耐えている男が、戦陣にあって病を認めたなら、相当重いのではないか。

昨夏の出陣に際しては、この広縁で他愛もない言葉を交わしただけだった。

――闇、時々ミケの具合が優れんようでな。少し気にかけてやってくれんか。

――わたしにできるのは、せいぜい猫の世話というわけですか。

減らず口を叩くと、道雪が大口を開けて笑った。

――こやつと戯れておると、心が休まる。ミケのほうがわしの面倒を見てくれておるのじゃ。

道雪の言う通りだった。ふさふさした温かい毛並みを撫でていると、心が安らぐ。

増時は、道雪に帰国を促しても応じないため、闇千代からも戻るよう文を送ってほしいと書いていた。

父に会いたい。あの鬼瓦を見るだけで、守られている安心感があった。自分が男だったと道雪に打ち明けたら、何と言うだろう。

仁志のように取り乱しはすまい。道雪ならきっと、ありのままの闇千代を受け入れてくれるはずだ。あの太い腕で抱き締めてくれる。女になるのではなく、改めて男としてやり直せぬものか。

「姫さま、市蔵どのが来ておりますが、少し様子が変なのです」

「この雨の中を？　今年は南瓜の出来がよくないと聞いていたが。すぐに通せ」

一礼して去ってゆく真里も、あの夜以来、どこかよそよそしくなった気がする。

庭先に現れた蓑笠《みのかさ》姿の百姓を、雨のかからぬ軒下へ招く。

「姫君。特製の練貫《ねりぬき》が完成したので献上したいと祖父が申しまして、お台所へ樽《たる》を運んでおきました」

閶千代の酒浸りも断酒も、家中ではごく一部しか知らない。

「皆、喜ぼう。市右衛門に礼を言うておいてくれ」

「それが……」

市蔵が泣きそうな顔で閶千代を見た。


雨風のなか、閶千代は大屋敷を駆け出て山城を登り始めた。

本丸にいる統虎に会い、談判する。

市蔵が訴えるには、道雪に従って出陣していた従兄の駕籠かき、市助が軍律違反で首を刎ねられた。さらに市右衛門も当主として責めを負うべしと、切腹を申し付けられたという。今朝がた統虎の呼び出しに応じたそうだが、元武士のあの老人なら、すぐにも腹を切りかねない。

何と過酷な処断か。閶千代には信じられなかった。

踏ん張って道雪の輿を背負う市助の隆々とした肩と太い足を思い浮かべた。幼い頃は、閶千代を道雪の輿に乗せてくれた。道雪はついに老いて、耄碌《もうろく》したのだ。父のためにも止めねばならぬ。

山頂に着いた閶千代は、軍議の最中と知りつつ、濡れて泥だらけの姿形《なり》で構わず押し通った。これまでは道雪の命令に従い、軍議に一度も顔を出さなかった。だが今は、人の命がかかっている。

「統虎さまに申し上げたき儀《ぎ》がございます！」

止めようとする近習《きんじゅう》たちを押しのけながら、誾千代は井楼岳本城の大広間へ堂々と押し入った。

留守居《るすい》の諸将が居並ぶ中を進み、上段ノ間にいる統虎の隣に並んで座った。あくまで同格だと示すためだ。場にざわめきが広がる。

「わが父道雪より、宇田市右衛門に対し、生害《しょうがい》の申し付けがあったと耳にいたしました。即刻お取り止めを」

苦い顔をする統虎に、誾千代はたたみかけた。

「聞けば、市助の陣抜けは病母の最期《さいご》を看取るためであったとか。人の子として当たり前のことをして、なにゆえ罰せられねばなりませぬ」

「立花にいてはわからぬが、大友家全体の戦況が芳《かんば》しくないのだ。蟻《あり》の一穴《いっけつ》を塞ぐために、やむを得ぬ処断であったらしい」

「ただでさえ数少ない味方を討つなど、愚かの極みです」

「お前は戦場を知らぬ。一を許せば、それが百になり、たちまち千となる。その結果戦に敗れれば、国が滅び、万の人間が故郷を蹂躙《じゅうりん》されて苦しむのだ」

立花軍は大友家中で最も高い士気を誇った。それは、道雪の強さと家臣への思いやりだけでなく、軍律違反を許さぬ鉄の規律によって支えられてきた。その立花軍の規律が乱れた時、大友家は屋台骨から崩れる。道雪の処断に家臣たちはどよめいて軍師を見たが、増時は無愛想《ぶあいそう》に小さく頷いただけだったという。

「父上は市右衛門が酒を献上したいと汗水垂らしておったのさえ、お忘れのご様子。愚かな将によって奪われし市助の命は戻りませぬが、せめて市右衛門だけでも救わねばなりませぬ」

闇千代が強い口調で言い切った時、末座に一人の武士が現れた。

「十兵衛、もう済んだのか？」

「老いても見事、武士の面目を保たれました」

「……すまぬ、闇。すでに市右衛門は腹を切った」

しばし呆然としたが、闇千代は絶望して立ち上がった。

「なぜ止められませなんだ！　義父が間違っておれば、止めるのが子の役目ではありませぬか？」

「俺も悩んだ。すぐに公のご命に従わなんだのは、そのためだ」

「なぜわたしに諮《はか》られませぬ？」

闇千代が当主であったなら、決して死なせなかった。市右衛門を道雪から守ってやれた。

「お前に諮れば、必ず反対しよう。それではお役目を果たせまい」

「悩みを分かち合えぬなら、何の夫婦《めおと》か！」

頭痛がする。下腹も痛い。貧血で体がふらつく。山へ上がるのに、少し無理をした。

闇千代はそのまま板ノ間へ倒れ込んだ。

自分の名を呼びながら慌てて駆け寄る夫の手を、それでも乱暴に振り払った。

第八章　猫と酒

――天正十三年（一五八五）九月、筑前国・立花

1

曇り空の下では、色づく山々もすっかり生気《せいき》を欠いて映る。

城戸知正がとぼとぼ駒を進めるうち、小雨が降り出した。ふと気付くと、秋雨に白く煙《けむ》る立花山がもう目前に聳《そび》えている。

（わしは、どうすればよいのじゃ……）

悩める城戸は真っ青になって、右往左往しているだけだった。

筥崎宮へ引き籠った仁志は、しきりに誾千代の様子を尋ねてくるが、立花家の内も外も、事態は悪くなる一方だった。城戸は神前で事情を打ち明け、長い祈りを捧げてきたが、まだ聞き届けてはもらえない。悪意を持つ人間は誰もいないはずなのに、何もかもがうまく行かなかった。

男の城戸には話しにくい女の事情だろうが、誾千代は何かを隠していた。真里も一枚嚙んでいる。

市右衛門の件で衝突して以来、闇千代と統虎の不仲は、もう家中で隠しようがなかった。留守居の将兵はもちろん、筑後に出陣中の将兵にまで伝わっているだろう。この数カ月、夫婦はろくに口も利かない。拒まれ続けるうち、統虎も闇千代の部屋を訪ねなくなり、敵の動きを摑みやすい山上の本丸にいるか、出陣していた。城戸はいちおう毎日、闇千代のもとへ伺候するが、たいてい機嫌《きげん》が悪く、門前払いされるときのほうが多い。

そんな折、城戸は恐るべき秘密を知ってしまった。あろうことか、主の闇千代が百姓の市蔵と密通していたのである。

昼もあれば、夜の時もあった。市蔵は一刻《いっとき》（約二時間）ほど離れにとどまってから、去ってゆく。その間出入りするのは真里くらいだ。もともと市蔵は、闇千代の好物を頻繁に届けていたから、見過ごしていた。敵の立花侵攻に備え、家中の者たちは山城と大屋敷で二重の暮らしを送っている上、仁志が侍女を引き連れて筥崎宮へ行ってしまったから、人目も少ない。それをよいことに、市蔵が足繁《あししげ》く通っているのだ。

昔から市蔵は、身の程知らずにも女城主を慕っていた。いい齢で妻を娶っていないのも、そのせいだ。夫との不仲が続き、闇千代は市蔵を必要としたのだろう。統虎へのあてつけもあろうか。

城戸は心底悩み、みるみる痩せ細った。とにかく誰かに打ち明けて、何とかせねばと焦った。

（皆、戦で忙しい。わし以外に、誰ができるというんじゃ……）

仁志に相談しようかと考えたが、思い直した。

もともと城戸は、筥崎宮を崇敬する国人領主の問註所氏と親交があり、年に一度参詣してくる美姫に淡い恋心を抱いていた。一神官にとっては高嶺《たかね》の花だったが、夫の離反により仁志が離縁されて実家に戻った時、可哀そうな母子を守りたいと願って、戸次道雪との良縁に漕《こ》ぎつけたのだ。片想いではあれ、その結果生まれた誾千代はある意味で、城戸と仁志の娘とさえ言えた。ゆえに傅役を拝命し、一途《いちず》に尽くしてきた。

ただでさえ仁志は、娘のわがままに振り回されてきた。百姓との密通など知れば、娘に代わり、死をもって詫びるなどと言い出しかねなかった。道雪は戦で不在だ。統虎に伝えられるわけもない。真里にそれとなく尋ねても、「殿方には、おわかりいただけぬ女の事情もございます」とはぐらかした。だが、このまま事態を放置すれば、悪化する一方だろう。悪事はいずれ露見《ろけん》する道理だ。

（他に、道はない……）

さんざん悩んだ挙句、城戸は世戸口十兵衛に諮《はか》ると決めた。悪いのはあくまで市蔵だ。市蔵さえいなければ、密通も終わる。武芸者の十兵衛に頼み、亡き者にすれば、すべてが丸く収まる。市蔵はよき百姓だが、立花家のために消えてもらう。そのまま何もなかったことにするのだ――。

遠くで雷鳴が轟くと、城戸はびくりと体を震わせた。

筥崎の兵を率いた経験はあれ、人を殺めたことなど一度もなかった。手綱を持つ手が震えている。

（仁志ノ方のため、誾千代様のためじゃ……）

城戸はかじかむ手で、手綱をぎゅっと握り締めた。

2

（もう、日が傾いてきたのか）

独り、静かな母屋の奥座敷から外を見ると、庭はすっかり灰色の影で覆われていた。

人生は何事も思い通りにならぬ。だが、酒だけは閭千代の言うことを聞いてくれた。飲めば、間違いなく酔える。

閭千代は杯を口元へやりかけたが、手落とした。酔いのせいで、味もわからない。

市右衛門が死んだ日、市蔵が献上してくれた練貫《ねりぬき》に手を出してから、断っていた酒を飲むようになった。最初は真里に隠していたが、ある時見つかると開き直った。食欲が出ず、食べても戻した。夜も眠れなくなった。自分が転げ落ちて行き、皆から見放される惨めな姿を、両親と夫に見せてやりたいと思った。だが、道雪は戦に出たきり、仁志は侍女たちと筥崎宮に籠ったきりで、奥座敷には誰もいなくなった。

また逆戻りだ。堂々巡りの人生だが、閭千代にはこれが最後だという予感があった。

心がこれだけ粉々になれば、もうこれ以上は壊れまい。

廊下から聞こえてきた足音に、ろれつの回らぬ問いを投げると、長身の武者が「俺だ、閭」と低い声で応じてきた。出陣前なのであろう、栗色革《くりいろかわ》の仏胴《ほとけどう》に朱漆草摺《しゅうるしくさずり》の具足姿だ。

「誰だ？　市蔵か？」

「これは、お珍しい来客じゃ」

この前、統虎が閭千代の部屋を訪れたのは、真夏だったろうか。長らく同衾もしていなかった。戦から戻ってたまに求められても、拒んだ。別に意地などではない。

もう、女を演じることに、疲れ果てたのだ。

閭千代は統虎の眼前で、これみよがしに酒を呷《あお》った。

夫婦仲も壊れて久しい。いや、男同士の夫婦など、最初からありはしなかったのだ。今さら妻を装ってみる気力もなかった。その意味もあるまい。

「闇、高良山の陣から報せが届いた。道雪公がまた倒れられたそうだ。筥崎の義母上《ははうえ》にもお伝えしてある」

統虎が不仲の誾千代にわざわざ知らせてくるのだから、覚悟しておけという意味だろう。

幸か不幸か誾千代は今、相当酔っていて、心の動きが鈍い。自分の感情もわからなかった。分厚い鎧をまとった心に、短刀を刺されたくらいの痛みしか感じなかった。

「父上が万の命を奪い、悪事を重ね続けた罰として、こんなろくでなしの娘が生まれたわけだ。いまわの際にも、わたしを産んだことをさぞ悔まれよう」

口から出てきた毒舌に、自嘲めいて笑う。

誾千代は戦場の道雪に、市助と市右衛門の処断を糾弾《きゅうだん》する文を送りつけた。面と向かって言うのでなく、文に書くと、中身は激烈になった。怒りに任せて書き綴《つづ》るうち、増時から頼まれた手紙は結局、絶縁状《ぜつえんじょう》になった。誾千代は最愛の父も失ったのだ。

返事はないが、あれを読んだ道雪は、死を前にしてどう思ったろう。

「また、月の物が近いのか」

頭痛はするが、飲みすぎたせいだ。あの痛みとは違う。

「何でも月事《げつじ》ではない。飲みたいから、飲んでおる」

本当は酒など見るのも嫌だが、素面《しらふ》でいることに耐えられなかった。

「昔のお前は、酒を飲む大人たちを馬鹿にしていた」

「浅はかであった。あの頃は人生に成しえぬことなどないと、大きな勘違いをしていた。だが、自分にはまるで何もできぬと知った。それで、このありさまだ」

闇千代は女としても、男としても、満足に生きられなかった。

どのように生きよと言うのだ？

何のために生きているのだ？

「闇、酒なんぞに呑まれて楽しいか？」

放っておいてくれ。だいたい、統虎と夫婦《めおと》になってから、何か楽しいことがあったろうか。

思い出せぬ。女であろうとすることに、ただもう、疲れたのだ。

答えずに酒を啜《すす》る闇千代に、統虎が重ねて尋ねてきた。

「なぜ飲む？　俺の知っている闇は、酒に逃げるような女ではなかった。お前は俺に何かを隠している。何があったのだ？」

自分が実は男だったなどと打ち明けたところで、統虎は信じられまい。夫に信じさせたとて、その後どうするのだ。

「生きるとは苦しむことだ。飲めば、大嫌いな自分を忘れられて、楽になる」

「もうよせ、闇」

統虎が闇千代の手から瓶子を奪った。

「代わりに、何かくれるのか？」

統虎がひどく悲しげな顔をした。

こんな妻を娶れば、不幸になるのは当たり前だ。

可哀そうでならなかった。統虎も、自分も、周りの誰もかもが。

「真里、来てくれぬか?」

統虎が廊下に声を投げたが、来るはずはない。あの真里さえ、誾千代を見捨てたのだ。

誰だって愛想を尽かすだろう。自分さえ、そうなのだから。

「あの娘はあんまり口うるさいゆえ、三日ほど前に暇《いとま》をやった。今そばにいるのは、猫と酒だけだ」

しばらくして、廊下からしずしずと現れたのは、俯き加減の真里だった。

「俺が頼んで雇い直した。人は苦しい時こそ支え合わねばならぬ。真里、すまぬが、誾を頼む」

立ち去ろうとする統虎の背に、言葉を放り投げた。

「酒浸りの妻を見捨てて、どこへ行く?」

「戦だ。道雪公の病はもう、敵に隠せなくなった。好機とみた秋月、筑紫、原田、宗像が一斉に動き始めている。俺はお前と皆を守る。だが、万一に備えて、城へ上がってくれ」

留守居の立花軍は、城下を焼かせぬために出撃するが、いよいよ立花侵攻の危機が迫った。ゆえに女子供、年寄りは城へ上がるそうだ。

酒のせいで頭が重い。統虎が去ると、そばに立つ真里の足元だけが見えた。

「統虎に酒を取り上げられた。市右衛門の形見の酒を持ってきてくれ、真里」

「かしこまりました」

意外に落ち着いた声で応じた真里は、しばらくして台所から戻ってきた。

おもむろに顔を上げると、木桶を持っている。

「たくさんご入用《いりよう》でしょうから、桶にご用意いたしました。さあ、存分にお飲みなさいまし!」

真里はまなじりを決すると、木桶の酒を誾千代の頭からばしゃりとぶっかけた。

部屋じゅうが酒浸しになる。

「戦の折り、民は満足に酒を飲めぬというに、もったいない」

化粧《けわい》もせぬ顔を手で拭っても、雫《しずく》が髪から垂れてくる。下衣までびしょ濡れだ。

「敵が毎日のように国境を脅《おびや》かしています。こうやって姫さまが飲んだくれている間も、統虎さまは戦場へ行かれ、命のやり取りをなさるのです。わが夫も、皆を守るために命を捧げました。今の姫さまに守られる値打ちなどありますか！」

あるわけがない。自分で自分を始末したいくらいだ。

「おれは男だ。自分の身くらい、自分で守れる」

「ばかばかしい。男は、自分の身なぞ捨てて、皆を守るものです。姫さまは男じゃありません！」

真里の言葉が心を抉《えぐ》った。

その通りだ、誾千代は男としても失格だ。女の体を持つ男など、使い物にならぬ。

「だが、おれが男であることは、お前が一番よく知っているはずだ。この前は意外に喜んでいたではないか」

周りにいる誰かを傷付ける言葉しか、今の誾千代からは出てこなかった。

「あんなこと、わたしが嫌でないとでも、お思いなのですか？」

また真里が目に涙を溜めている。よく泣く女だ。女だから、泣くのだ。

涙を見ると、悪意の舌鋒《ぜっぽう》も鈍った。真里は心身共に普通の女だ。女と睦み合うのは苦痛だろう。

「すまぬ。今は酔って、ようわからぬゆえ、素面に戻ってから、きちんと謝る」

いつまで誾千代はこんなことを繰り返すのだろう。

「姫さま、また少しずつやり直して行きましょう。何度でも、何度でも、諦めずに」

いや、もう無理だ。火が水に変われぬように、やはり男は女になれはしない。男の心で生まれたなら、たとえ天から女の体を割り当てられても、ずっと男なのだ。そばにいれば、また男として真里を求め、傷付けるだろう。だから、遠ざけたのだ。

「お前はおれのそばにいないほうがいい」

「いいえ、おります。統虎さまにも、しかと頼まれましたから」

真里は毅然と応じた。

「なぜ、わたしを見捨てぬ？」

「姫さまを好きですもの。統虎さまも好きですもの」

闇千代はにわかに吐き気を覚えて、転がるように広縁へ出た。

激しく嘔吐した。ろくに何も食べていないから、出てくるのは飲んでいた酒と、黄色い胃液だけだ。

手をさすってくれる真里の手が柔らかく、温かい。

最低の自分に周りの皆が振り回されている。このままでいいはずがなかった。

3

あっという間に秋の日が落ちても、統虎は明かりを灯させなかった。

油の節約もあるが、密談には月明かりくらいがちょうどいい。

「そろそろ、道雪公亡き後の思案もしておかねばなりませぬ」

立花城本丸の御座所《ござしょ》にいるのは、統虎と十兵衛だけだ。

大所帯《おおじょたい》の立花家には様々な人間がいた。勇将、能臣が多いが、それだけではない。道雪という巨樹の下では一つになれても、大友家そのものが倒れてゆくなか、生存をかけた種々の思惑が入り乱れている。綱渡りが続く寡兵での本拠防衛に、留守居の将兵は不平を漏らしていた。これだけ続けば、無理もない。統虎でさえ、もう投げ出したくなる時があった。

「われらが恐れるべき敵は、外ではなく、内におりまする」

今、道雪が倒れたら、どうなるか。

絶対の守護神を失った時、多くの者は保身に走ろう。結果、道雪への恩義さえ忘れて、立花に背《そむ》く者まで出るのではないか。一歩間違えれば、立花家臣であっても、故郷と身内を守るために離反しかねなかった。

「軍旅《ぐんりよ》の陣にある道雪公の子飼いたちは、俺に従ってくれよう」

「どうですかな。今は平時にあらず。向背常《こうはいつね》なき乱世で、主家《しゆけ》が滅びの瀬戸際《せとぎわ》にあるのでござるぞ」

立花家は、常勝不敗を誇る戦神の圧倒的な力によって鉄の団結を誇り、一糸《いっし》乱れず統率されてきた。だが統虎は、婿入りしてまだ四年だ。道雪と共に長陣にある家臣たちとは、二年ほどの付き合いしかなかった。

「もしも誾千代姫が当主になると宣言なされば、立花家中は二つに割れましょう」

「馬鹿な。誾がさような真似をするはずがない」

「先だっての軍議でのお振る舞いを何と思し召しか。たとえ姫にそのお心がなくとも、周りが担ぎ上げれば、話は別でござる。あの男勝りの姫は才を眠らせておるだけで、本来抜群の武勇を持ち、軍略においても殿に引けは取りますまい」

「闇は、俺の妻だ」

「城戸殿から聞き出した話では、殿の婿入り前、姫は縁組を取り止め、女武将として生きたいと道雪公に談判され、髪まで切られたとか」

初めて聞く話だった。確かに闇千代は戦に出たいと、統虎に何度も訴えていた。

「今はどうも嚙み合わぬが、俺と闇は固い絆で結ばれている。これからも共に歩んでゆく」

「周りの人間の思惑は違いまする。己《おのれ》の生死が懸かっておりますゆえ」

「誰が闇を動かせるというのだ？　俺でも難儀《なんぎ》しているのだぞ」

言い終えてから統虎も気が付き、背筋が寒くなった。

十兵衛がゆっくりと頷く。

「お二人の間には、まだお子がありませぬ。仁志ノ方は保身のためにも、闇千代姫を押し立てましょう。城下を出られたのは、自在に動き、筥崎宮を確実に味方に付けるためかと」

道雪の庇護《ひご》を失い、闇千代との間に子もないまま統虎に立花家を乗っ取られては、路頭に迷うとでも恐れているのか。闇千代は母親思いの娘だ。統虎と仁志のいずれを取るか迫られた時、母を選ぶやも知れぬ。仁志が弱く、守るべき女だからだ。

「闇千代姫が動かれた時、二人の当主が現れた立花家は真っ二つに割れましょうな。周りの敵を多く味方に付けたほうが勝ち申す」

外敵を撃退するだけで手一杯で、統虎は家中を考える余裕がなかった。道雪が生きている限り何の心配もなかったが、巨柱が倒れれば、大友のみならず立花も乱れよう。

「闇と義母上《ははうえ》には、俺からよく話をする」

「桜井中務の一件然《しか》り、もしも某《それがし》が秋月なら、立花家中に手を差し込んで、いかようにも攪乱《かくらん》してみせまするぞ」

「誾は賢い女だ」

「またもや酒浸りになられ、侍女たちも寄り付かず、夫にも見捨てられ、今では不義を働く始末」

「言葉に気をつけよ、十兵衛」

統虎は声を荒らげた。

「女とは魔性《ましょう》の生き物。城戸殿の話では、夏前から市蔵と関係が続いており申す。子が欲しいと思われておるのかと」

「ふん、誾が不義を働くなぞ、ありえぬわ」

誾千代の体の秘密は、家臣の誰にも明かしていなかった。城戸も十兵衛も知らぬ。悲しき秘密のゆえに、統虎は妻の潔白を知りすぎるほど知っていた。誾千代は交われぬ体だ。まぐわいは苦痛でしかない。そんな女が密通をするはずがなかった。

「この厳しい戦の最中《さなか》、また脇田の湯に浸《つ》かりたいと仰せとか。家中では皆、呆れておりますぞ」

「そんな噂は真っ赤な嘘だ。これ以上、誾の悪口を申すな」

「某は家中の評判を申し上げておるだけ。二人の当主が争うとき、真偽は関わりありませぬ」

「お前は俺にどうせよと申すのだ？」

十兵衛は意を決したように、統虎に向かって両手を突いた。

「巨星堕《お》つ時、誾千代姫が動く前に、当主として離縁なされませ。立花の烈姫と讃えられし面影も今やなく、姫の評判は下がる一方。殿は多くの支持を得られましょう」

統虎は愕然として、十兵衛を見た。

これまで家中と城下では、誾千代のわがままな振る舞いが、時に尾鰭《おひれ》を伴って広まった。酒浸りも脇田の湯治も隠していたはずが、どこからか漏れ、不審に思っていた。悪酔いした誾千代が打擲《ちょうちゃく》するせいで、侍女たちが寄り付かなくなったと、根も葉もない噂まで立てられた。脇田の湯治でも、誾千代は古屋敷に逗留していただけなのに、自分のために御殿《ごてん》まで建てさせたと噂が流れた。いつかの立合も、夫婦喧嘩が高じた挙句、誾千代が大薙刀を振り回し、刃傷沙汰《にんじょうざた》に及んだという話に変わっていた。

「誾千代姫に謀叛の疑いありとして、筥崎宮に幽閉《ゆうへい》なされよ。その任、某が果たしまする」

平然と言い放つ腹心の精悍な表情を見た時、統虎はハッと気づいた。

ふたりの不仲の噂は、入婿してから一貫して流れている。近ごろは、誾千代の奇癖奇行《きへききこう》とわがままを責め、統虎に同情する声が不自然なほどに上がっていた。

世戸口十兵衛は、紛れもなき統虎の忠臣だが、立花家や誾千代に忠誠を尽くしてはいない。統虎のために誾千代の排除が望ましいと考えれば、容赦なく実行する男だ。妻を貶《おとし》める風説を統虎は不快に思い、十兵衛に手立てを講じるよう命じてきた。だが、十兵衛こそが一連の悪評の起点だったのではないか。

統虎を通じ、誾千代に脇田での湯治を勧めたのも、気晴らしにと練貫を最初に献上したのも、十兵衛だ。今回の密通騒ぎも、十兵衛が城戸をはめたに違いない。一事が万事、この男が裏で仕組んでいたのだと考えれば、ことごとく辻褄《つじつま》が合う。

「謀《はか》ったな、十兵衛……」

やっと声を絞り出した統虎に向かい、十兵衛はゆっくりと頷いた。

「殿を守るためなら、某は何でもするとお誓いした身。殿が離縁され、高橋家に戻されるような仕儀《しぎ》となれば、腹を切ってお詫びすると紹運公に申し上げて、太宰府を発ちました」

十兵衛は最初から、統虎が確実に立花家を手に入れるため、誾千代を排除すべく動いていたのだ。

「誾は、俺の最愛の妻だ」

「恋や愛なぞ、男の人生では若き日の流行病《はやりやまい》にすぎませぬ。誾千代姫の星は、殿の輝きを消し去るほどの力を秘めた妖星《ようせい》でござる」

誾千代を堕落《だらく》させ転落させれば、立花家は自滅し、自然に統虎のものとなる。それが十兵衛の狙いだったのだ。

「殿の最大の敵は、誾千代姫でござった。されど、今や家中の誰もが見捨て、勝負はつき申した。薦野増時が常に立花にあれば、簡単ではありませなんだが、ここまで追い詰めれば、あの軍師とて誾千代姫の助命で手を打ちましょう」

統虎は怒りに声を震わせながら、十兵衛の胸ぐらを摑んだ。

「誰がお前にさようなことを頼んだ？」

「殿と誾千代姫の宿星《しゆくせい》は弾き合い、決して共に輝けぬ運命。主が追い詰められる前に手を打つのが、高橋家軍師の務めでござる」

「星なんぞどうでもよいわ！　誾千代が可哀そうではないか！」

十兵衛は肝が据わっている。平然と応じた。

「離縁された後は、折を見て、増時殿の娘御を娶られませ。某が話をつけまする。さすれば立花家中は皆、従いましょう」

　立花を守るだけで四苦八苦の統虎を後目《しりめ》に、十兵衛は家中の工作を着々と進めていたわけか。

「大友宗家との関係では、闇千代姫が今なお立花城主にござる。加えて、道雪公より姫が賜りし吉光こそは、立花家当主の証。盗み出しても構いませぬが、貰い受けられますするか？」

「ふん、お前ほどの策士でも、完全に読み違えることがあるのだな」

　統虎は十兵衛を突き放しながら嘲笑した。

「よいか、十兵衛。たとえこの世の皆が闇を見捨てようとも、俺は闇を守り抜く。闇千代のためなら、俺はいつでも命を捨てる。たとえお前でも、闇をこれ以上苦しめるなら、容赦はせぬぞ」

　統虎が暗がりで荒々しく立ち上がると、低い声がした。

「闇千代姫の凶星と共に滅ぶおつもりか？」

「どうしても避けられぬ宿命《さだめ》なら、俺はそれで構わぬ。闇を妻として貰い受ける時から、覚悟はできておる」

　十兵衛は微動だにせず、余裕の表情を浮かべている。

「殿とて、妻の不義の場をその目でご覧になれば、お気持ちも変わるはず。某が市蔵を闇討《やみう》ちする手筈なれば、城戸殿が先刻知らせて参りました。たった今、姫は百姓の腕に抱かれておりますぞ。明日の出陣を前に、不仲の殿が今宵お成《な》りとは思いますまい。今から城を下りて、御《おん》自ら確かめられますかな？」

「無礼者めが！」

　統虎は握り締めた拳を振りかぶると、忠臣の頰を力いっぱい殴りつけた。

闇千代に対する侮辱は、相手が誰であろうと決して赦さぬ。

「お前でなくば、切り捨てておるぞ。覚えておけ、十兵衛。立花闇千代の敵はすべて、わが敵なり」

統虎は鎧の音を立てながら、踵《きびす》を返した。

「ついてこい。もしも闇が不義を働いておるなら、その場で自決させ、市蔵の首を刎ねる。その代わり、闇千代の潔白を俺が証《あか》したら、お前はこれより闇千代のために忠誠を尽くすと誓え！」

統虎主従は山城から黙々と下山し、大屋敷に着くと、すぐに離れへ入った。

月明かりを頼りに、薄暗い廊下を闇千代の寝所へ向かう。ここしばらく出向いていなかった。

途中、ほの明るい闇千代の部屋に入ると、小柄な男がおり、統虎と知るや慌てて平伏した。

「ここで何をしておる、市蔵？」

「はっ。昨今この三毛猫の具合が優れず、姫君より看病を仰せつかっておりまする。お殿様のご帰国までは決して死なせるなと、強いお達しにて」

暗がりに目を凝らすと、市蔵のそばで寝入っているミケがいた。

闇千代は道雪の飼い猫を大切に思い、市蔵を呼んでいたらしい。ミケの不調を気遣い、始終そばにいて、夜も部屋で共に寝ているという。

きっと闇千代は寂しくてならないのだ。統虎の胸が軋んだ。

「これでわかったか、十兵衛。俺は闇に挨拶をしてから、城へ戻る」

統虎は神妙な顔の十兵衛を帰し、廊下に出て奥の寝所へ向かう。途中、女の喘《あえ》ぎ声がかすかに聞こえた気がした。

襖の前で立ち止まり、引手《ひきて》に手をかけた。

「闇、いるか？　入るぞ」

部屋の中で、ひっと驚く声がした。指先に力を込め、襖を勢いよく開ける。

そこで統虎が見たのは、灯明皿《とうみょうざら》の薄明《うすあ》かりで肌も露わに睦み合う闇千代と真里の姿だった。

4

月影を浴びた茶枳尼天像が、物言わず無力な人間を見下ろしている。

闇千代は籠城にあたり、玄界灘の青浪が見える白嶽二階の一室を選び、女神像を運ばせた。

夜も更け、まだ起きているのは番兵だけだろう。

闇千代は黒漆塗りの鞘《さや》から、白銀の刀身をすらりと抜いた。

細やかな小板目肌《こいためはだ》とよく付いた沸《にえ》が、月光に妖《あや》しく煌めく。

立花城主となった際、父から賜った吉光だ。大小幾十の戦場にあって、道雪が常に腰に差していた得物《えもの》で、人の血も吸ったろう。結局、この刀を差すに相応しき女武将とはなれなかった。

今宵は珍しく素面だった。指に震えが出ないのは、死に臨む緊張のせいか。

昨夜、真里と肌を重ね合わせていた闇千代を見た統虎は、言葉を失ってその場にへたり込んだ。

着衣の乱れを直すと、絶望する統虎に向かって、闇千代は告げた。

――体は女でも、おれの心は男だ。物心が付いた時から、今までずっと。

薄暗がりで見つめ合っていると、廊下が慌ただしくなった。

――殿、一大事でござる！

城戸はともかく、十兵衛が慌てるとは珍しい。

――宝満城が落城した由！

筑紫《つくし》広門《ひろかど》の奇襲で城を焼かれ、実弟の高橋統増《むねます》が寡兵で守る高橋家の本拠が落ちたという。

統虎はよろめきながら立ち上がると、「戦に行って参る」と言い残して去った。

立花軍は高橋家救援のために出陣したが、北と東からの同時侵攻を警戒して、誾千代たちもすぐに山城へ入った。二万の兵でも籠城できるだだっ広い巨城で夜を明かし、日がまた暮れた。

（これまでわたしは、統虎を、皆を、自分をずっと欺《あざむ》いてきた……）

外の戦だけで男たちは手一杯なのに、内からも支えられず、揉め事を起こしてばかりだ。皆にこれ以上、迷惑はかけられぬ。

（そろそろ、潮時《しおどき》だ）

あられもない姿を統虎に見られた真里は、ひどく落ち込んでいた。今も侍女部屋で、独り泣いているだろう。城戸も最近はどこかよそよそしいが、それは誾千代がつれなくするせいか。

夏場から、ミケの具合がずっと優れなかった。昼夜問わず市蔵を呼んでは面倒を見させていたが、ようやく今日は元気が出てきた。夕餉の後、誾千代が可愛がろうとすると、生意気にも逃げて行った。どこへ隠れたのか、見つからない。猫にまで見捨てられたわけか。

さっきから頭痛が始まった。また月の障りの拷問だ。それでも珍しく誾千代の心は晴れ渡って、すっきりとした心持ちだった。

今朝、山上から博多湾の青浪を見ながら、誾千代は結論を出した。

自分さえいなくなれば、立花家の難事が確実に一つ消える。統虎も、仁志も、真里も、誾千代から解放される。自分ももう、苦しまなくて済む。楽になれるのだ。

闇千代は荼枳尼天像を見上げた。

ずっと祈り続けてきたのだ。最後に一つくらい願いを叶えてはくれぬものか。

遠く筑後の陣中にある道雪が危篤らしい。

心と体を間違えた、こんなちっぽけな命で足りるか知れぬが、自分の命を捧げる代わりに、道雪の命を繋いでほしい。闇千代の死を知れば、道雪も多少は悔やみ、戦を止めて帰国すまいか。親に先立つのは不孝の極みだろうが、道雪も娘が虎女だと知らぬままでいるほうが、まだしも幸せなはずだ。

いかに死ぬべきか、闇千代は様々に思案した。

最初に見つけるのは真里か、城戸だろう。

首筋を切れば確実に死ねるが、血塗れの姿を見た者には、一生心の傷が残るのではないか。

結局、手首を切って酒樽に漬《つ》けることにした。馴染みの足軽に頼み、山上の蔵で見つけた酒樽を運ばせた。この忌《い》まわしき体から血が失われてゆくうち、眠るように死ねるだろう。

立花家の女城主、役立たずの立花闇千代にできるのは、せいぜいこれくらいだ。

もしも輪廻《りんね》できるなら、次こそは心身共に男に生まれ変わりたい。

闇千代は青白い手首に、ひんやりとする刃《やいば》を当てた。乱れのない刃文《はもん》は、月影に眩しいほど輝いていた。

第九章　西国一の将

――天正十三年（一五八五）九月、筑前国・立花

1

唐原川《とうのはるがわ》の辺《ほとり》だろうか。いや、それにしては川幅が広すぎた。

真っ白な橋が水面に映っている。そうだ、誾千代が城戸に命じて架《か》けさせた立派な太鼓橋《たいこばし》だ。

市右衛門と市助が向こう岸にいる。やっぱりまだ生きていたのか。

作りたての橋の袂《たもと》に立つと、木の良い匂いがした。

白く塗らせた欄干《らんかん》に手をかけ、渡り始める。

太鼓橋の半ばまで来て、澄んだ川面《かわも》を覗き込むと、自分が映っていた。凛々《りり》しい漆黒の具足姿に惚れぼれとする。自分の若武者姿に見惚れていると、左手から濁声《だみごえ》がした。

「誾、こっちじゃ」

黒馬から下りた道雪の足元に、三毛猫がまとわりつく。

市蔵の看病のおかげで、ミケもすっかり元気になったらしい。やっと道雪が戦から戻ったのか。

「父上、おれが架けさせた橋だ。見事な白塗りだろう」

「うむ。橋は便利じゃが、敵も使いおるでな。ここを渡られてはかなわんのう。どれ」

道雪が太い腕で天を指差すと、晴天がにわかにかき曇った。雷鳴が轟き始める。

「待たれよ、父上。何をするつもりだ?」

天から稲光《いなびかり》が奔《はし》るや、雷《いかづち》が橋を打った。

闇千代は間一髪、橋の袂へ駆け戻る。

橋が真っ二つに割れ、川へ落ちていった。

「せっかくの太鼓橋を!」

「久しぶりに肩車をしてやるゆえ、機嫌を直せ、闇。お前の好きな海を見に参ろうぞ」

道雪が闇千代の頭に手をやり、撫でている。

抱き上げられて、逞しい肩の上に乗った。大きな頭に抱き着く。変だ。童に返ったのか。道雪が杖も突かず、当たり前のように歩いている……。

――闇、しっかりせよ!　戻って参れ!

遠くで、必死な呼び声がした。統虎だ。

体がぐったりとして動かない。

やっと重い瞼だけ開くと、泣き面の統虎がいた。

闇千代は暖かい褥《しとね》に寝かされている。そうか。死ねなかったのか。

「よかった、闇」

統虎は帰陣したばかりらしく、甲冑姿だ。闇千代はこんな偉丈夫になりたかった。

「すまぬ、闇。俺はお前をわかってやれなんだ」

血が足りぬせいか、まるで体が自分の物でないようだ。唇をすぐには動かせなかった。

「なんと、馬鹿な真似を……」

仁志が闇千代の手をしっかりと握り締めている。母の温かい手だ。

その隣で、城戸が顔をくしゃくしゃにしていた。体にすがりついて泣いているのは、真里らしい。

ミケがしきりに鳴くので不審に思い、真里が従《つ》いてゆくと、倒れている闇千代を見つけた。すぐに手首を縛って血を止めたが、二日の間、意識を取り戻さなかったという。

「薬師はもう手の施しようがないと言っていた。きっと、道雪公のお力であろう」

統虎が両目からぼろぼろ涙を流している。

「殿は、昔から、泣き虫だ」

途切れとぎれに掠れ声を出すと、労るような表情で統虎が頷いた。

「こたびは俺だけではない。今は立花じゅうが涙に暮れている。落ち着いて、聞くがいい」

闇千代はハッとした。ついにその時が来たのだ。

「高良山の陣中にて、道雪公が身罷《みまか》られた」

歯を食い縛った。込み上げてくるものを、必死で押さえつける。

「無理をするな、闇。男でも、泣く時は泣くのだ」

闇千代の目から、涙が溢れ出てきた。

道雪は下半身が不随になっても、皆を守るために最後まで戦い続けた。一日でも長く生きたかったろう。なのに誾千代は、若い身空で自ら人生を終えようとした。

嗚咽《おえつ》を漏らすと、統虎が誾千代の体を優しく起こし、ゴツゴツした腕で抱き締めてくれた。

「誾、お前は知るまいから、いいことを教えてやる。人は泣くと、少し楽になるのだ。辛い運命と戦うために、涙は、なくてはならぬ俺たちの武器だ」

統虎の優しい囁きに、声を上げて泣いた。誾千代は最後まで、父に文句を並べ立てただけだった。孫の顔も見せてやれなかった。自分のことに精一杯で、孝行もできなかった。

大きな手がゆっくりと背をさすってくれる。

ようやく泣き止むと、統虎がそっと寝かせてくれた。

「これからが、俺たちの正念場《しょうねんば》だ。大友を見限る者も出よう。立花家中さえ例外ではない」

高橋家の宝満城は、筑紫広門との間で和議が成立し、返還されたという。だが、筑後からの撤兵《てっぺい》により、攻勢に出ていた大友は一転して守勢に回り、戦線も筑前まで後退する。道雪亡き後、敗色濃厚な大友に味方し続ける国人衆《こくじんしゅう》がどれだけいるか。

「残された俺たちの力で皆を守るのだ。お前の力を貸してくれ」

統虎の言葉が少し嬉しかった。小さく頷く。

「まずは粥《かゆ》でも食って、元気を取り戻せ」

統虎が立ち上がると、具足が鳴った。

「俺は家臣たちを待たせておるゆえな。軍議が終わり次第、また参る」

城戸も統虎に従い、女たちだけが後に残った。

「母上、ご心配をおかけして、申し訳ございませぬ」

泣き腫らした目の仁志が、闇千代の頬をそっと撫でる。頭に目立つ白髪《しらが》に胸を掻き毟《むし》られた。

「生きていてさえくれれば、よい」

夫も娘も同時に失いかけた母が不憫でならなかった。道雪の分まで孝行せねばなるまい。

「姫さま、もう一つ悲しいお知らせが。ミケがいなくなりました」

真里と一緒に闇千代の部屋へ来た後、姿を消した。市蔵に捜すよう頼むと、唐原川の辺《ほとり》をとぼとぼ歩く三毛猫を見た百姓がいるという。

あれだけ可愛がられていたのだ。ミケは道雪と運命を共にしたのだろう。もう広縁の日だまりに、あの小さな姿はないわけか。気持ちよさそうに眠っているだけなのに、見ているだけでほっとして、心が休まったものだ。

夢の中で見た道雪とミケを思い出した。父も寂しがり屋だ。一緒に行ってくれるなら、ありがたい。道雪は最後までミケの世話になっていたわけか。

膝にミケを乗せて豪快に笑う道雪の姿を思い浮かべると、また涙が出てきた。男のくせに、今日の闇千代は泣き虫だ。

2

今年最初の木枯らしが、うつむき加減の統虎の頬を容赦なく打つ。

薩摩の島津と結んだ秋月、筑紫、宗像、原田、許斐《このみ》、杉《すぎ》、麻生《あそう》らが頻繁に国境を侵《おか》してくる。

将兵の心身消耗を狙う陽動だとわかってはいても、出陣せねばならなかった。今は立花に兵力が戻り、父の紹運も太宰府にあるから、相互に援軍を出せる。敵もまだ正面決戦は挑まず、せいぜい小競り合いだが、最大拠点である博多と立花を焼かれれば、北九州に残る大友方が一斉に離反しかねなかった。

馬上で顔を上げると、青空の下に堂々たる立花城が聳えていた。

これで何度目の出陣か数えてもいないが、戦場から戻って巨城の雄姿を見るたび、統虎は安堵しつつ誾千代を想う。

夫婦でゆっくり話したかったが、戦に邪魔をされて叶わぬまま、ひと月余りが過ぎた。道雪の葬儀を済ませ、誾千代の体もすっかり回復した。そろそろ膝を突き合わせて話す頃合いだろう。

（どうしてやるのが、誾にとって幸せなのだ……）

女の体を持つ人間が、それもあれほどに美しい女性の心が、男だなどということがありうるのか。誾千代は男勝りなだけだと思っていた。今でも信じられぬが、思い当たる節は幾らでもあった。

世には衆道《しゅどう》を好む男もいるが、統虎は違う。自分も、男と睦み合うのは嫌だ。それを誾千代に求めてきたわけか。

（だが、持って生まれた体で性が決まらぬのなら、何をもって男といい、女というのか。男とは、女とは、何なのだ）

統虎は手綱を握り締めながら、黙々と進む。虎女の話など、普通なら決して信じまい。

だが誾千代は、幼時から武芸や戦を好み、統虎と切磋琢磨《せっさたくま》してきた。今でこそ改まったが、勝負へのこだわりから、女にしては荒っぽい言葉遣いや粗雑な物腰、閨《ねや》での態度まで、誾千代の不可解な行状《ぎょうじょう》も、虎女として見れば、納得できる。

女の体を持つがゆえに、女としての人生を当たり前に強いられ、武家の妻にさせられた。幼き日の闇千代は、統虎と同じように戦場を駆け巡る未来と立身出世を夢見ていた。乱世に生まれた男としてありふれた野望を抱きながら、女ゆえに断念させられたわけか。

男女の体にさして差がない子供の頃はまだよかった。だが大人になり、それぞれの体が男と女になった時、統虎の熱烈な恋は、闇千代にとって迷惑でしかなかったろう。統虎を親しき友として信頼し、強い好意を抱きはしても、夫として愛することだけは、どうしてもできなかったのだ。

自決しそびれ、道雪の死に遭ってからの闇千代は明らかに変わった。

酒も断ち、表向き凛とした武家の妻に戻った。何も知らぬ者が見れば、一点も非の打ち所のない嫁の鑑《かがみ》にも見えるだろう。実際、何も知らぬ城戸は、闇千代が取り戻した女らしさをわが事のように自慢し、再び肥え始めていた。

だが、闇千代が虎女なら、今も女を演じているだけだ。このままでよいのか。ずっと心を殺して女を演じ続けてきたのなら、いつかまた絶望して、命を絶つのではないか。

（闇は、何をしている時が幸せなのだろう）

ふと昔、稽古場で見事な射撃の腕前を見せて、まんざらでもない顔の闇千代を思い出した。

統虎は馬上で後ろを振り返った。十兵衛が黙々と付き従っている。

「鉄砲隊の鍛錬を、闇に頼もうと思う」

目下最大の敵は薩摩の島津だ。道雪の死を受け、龍造寺を傘下《さんか》に治めた島津は、全軍による出陣の支度を着々と進めており、来年には北上を開始する。島津が万の大軍で侵攻してきた時、北九州の大友方は次々と敵に靡《なび》く。立花軍は博多で鉄砲弾薬を大量に仕入れ直し、籠城戦に備えるしかなかった。

「皆、誾の腕前は知っていよう。文句は言うまい」

戦いで女に教えを請うのを嫌がる者もいようが、鬼道雪の忘れ形見なら、話は別だ。誾千代が民の信を取り戻すにも、ちょうどいい。これまで北九州は道雪、紹運と統虎の三人が支えていた。だが、二本足で鼎《かなえ》は立たぬ。誾千代をもう一本の足とするのだ。

「ひとまずは良き思案かと」

十兵衛は短く答えた。誾千代の秘密を知らぬから不審に思っていようが、愛妻を守る統虎の固い決意は十分に伝わっている。誾千代を女武将として認め、活躍させれば、心の憂さも少しは晴れるだろうか。だが、それでも事は解決すまい。

「誾が元気を取り戻す方法はないか？　元はと申さば、こうなったのも半分はお前のせいだ」

「ささやかな策が一つ、ござる」

十兵衛が苦く笑いながら応じた。

3

天蓋《てんがい》まで晴れ渡る冬空の下、日だまりでも空気は冷たく張りつめ、立花山と城の輪郭《りんかく》がくっきりと浮かび上がっていた。

この一年ほどはミケを膝によく乗せていたせいか、誾千代は膝に物足りなさを感じる。

道雪は生前、継母《ままはは》の養孝院《ようこういん》が眠る立花山麓の梅岳寺《ばいがくじ》に足繁く墓参していたため、仁志の申し出により、道雪も同じ寺に埋葬された。喪《も》に服した仁志は、ひとまず梅岳寺境内の宿坊に身を寄せている。

「もうすぐお殿さまがお見えになるそうです」

別れの日だというのに、真里に沈んだ様子はなかった。

「お前もいてくれるか」

「いいえ、どうぞおふたりで。お殿さまは決して離縁などなさいませんけれど」

闇千代は昨夜改めて、統虎に離縁するよう求めた。心の秘密を知った以上、応じるはずだ。道雪の存命中なら遠慮もあったろうが、その必要もあるまい。潮時だった。

「殿と何か話したのか？」

「いいえ。でも、お殿さまは昔から姫さまに夢中なんですもの」

「だが、わたしは男だ」

「それが、どうしたというのですか。大好きな人がいなくなったら、悲しいし、寂しいでしょう？」

「乱世の武家は、さように簡単ではない」

「お心の秘密は限られた者しか知りませんし、これからもそうです。統虎さまがどのようなお人か、姫さまこそよくご存じのはず」

むろん知っている。だからこそ、統虎のためにも潔《いさぎよ》く身を引くべきだ。落飾して、道雪の菩提寺となった梅岳寺に入る。説得には難渋《なんじゅう》しようが、仁志と一緒に尼寺《あまでら》を建ててもよい。真里はあっさり「お伴します」と応じたが、本気にしていないわけか。

「闇、今日は今年で一番日柄《ひがら》がよいぞ」

朗らかな声は統虎だ。わざわざ大きな足音を立てて歩き、声を張り上げている。戦でない限り毎日必ず来るが、突然現れて驚かさぬように気を使っているらしい。

「増時の話を聞いたか？　傑作だな」

数日前、あの増時が血相を変えて城下を駆ける姿が目撃された。愛妻が怪我をしたと聞いたからだと後にわかったが、実は膝小僧を擦《す》りむいただけだったという。

もう一つ統虎が用意してきた他愛もない話が途切れると、誾千代は威儀《いぎ》を正して両手を突いた。

「かねてお願い申し上げております件、お考えくださいましたか」

「いや、考えたこともない。離縁などせぬゆえ」

手で小蠅《こばえ》でも追い払うように、統虎は軽く応じた。

「お前の苦しみを多少でも和らげ、共に生きてゆくにはどうすればよいか、ずっと思案していた」

そんな道はない。男同士の夫婦《めおと》などありえぬと、統虎もわかっているはずだ。崇拝していた道雪に対する気兼ねだろう。

「父との約束などお気になさいますな。殿はわたくしを女と思って妻とされたのですから、約を違《たが》えたことにはなりませぬ。こんな心と体に生まれたわたくしが、すべて悪いのです。御身《おんみ》を第一に、立花と大友のことをお考えくださいませ」

「道雪公との約束は大事だが、それゆえではない。ただ、お前を好きなだけだ。俺は生涯、お前を守り抜く」

「虎女の話を真《まこと》と思われずとも構いません。母上も本気になさっていないようですから」

「ならば、なおさら俺がお前を信じねばな」

「心も体も、夫を受け入れぬのです。さような妻を離縁せぬ愚か者が、どこにいるでしょうか？」

「ここにいる」

統虎は白い歯を見せて笑った。

「俺はお前を幸せにしてみせる。闇、俺の諦めの悪さはよう知っておろう」

「御身の幸せを失ってもですか？　わたくしはまぐわえもせず、子も産めぬ人間なのです」

「お前の笑顔が見られれば、俺は幸せだ。お前はいてくれるだけでいい。どうすれば、闇が幸せになれるか、共に考えようぞ」

虎女がどうやって幸せになれるというのだ。

「とは申せ、大友も立花も今、滅びの瀬戸際だ。ついては、立花闇千代に頼みがある。鉄砲の鍛錬を施してくれぬか？」

島津軍の襲来に備え、鉄砲隊を強化する。侍女たちも含め、立花の将兵を鍛え上げてほしいと、統虎は頼んできた。闇千代は胸の奥底に小さな灯《ひ》がともるのを感じた。何かの役に立てるのなら、恐らくは早晩滅びるのなら、まだしばらく統虎と共に歩んでもよいか。

「一からやり直そう、闇。だがその前に、改めて詫びたい」

統虎は居住まいを正すと、闇千代に向かって深々と頭を下げた。

「赦せ、闇。俺はお前を全然わかってやれなんだ。ずっと、ずっと苦しかったろう」

闇千代が虎女であると知ってもなお、統虎は妻を見捨てぬというのか。寸毫《すんごう》の迷いも見せず、共に歩もうする夫の尊い姿に、狂おしいほど胸を打たれた。統虎はずっと変わらず闇千代を信じているのに、闇千代のほうが統虎を本当に信じてはいなかったのだ。

「わたくしは西国一の将を夫としました。その妻となれるよう、わたくしなりに努めます」

統虎が前へ進み続けるなら、闇千代も運命と戦ってみよう。時を要しようとも、もしかしたら別の道が見つかるかも知れない。

主の姿が幸せそうに見えるのは縁組以来、初めてだろうか。

4

「二番組、撃て！」

闇千代の号令で、銃砲が一斉に鳴る。

立花家を取り巻く状況は絶望的なのに、凛とした闇千代の姿を見ていると、真里も元気が湧いてくる。万事、何とかなりそうな気がした。敵の立花侵攻に備え、博多を守るためだと、闇千代は島井宗室に頼み込んで、二百挺《ちょう》の鉄砲を用意させた。これだけ毎日のように嗅いでいると、真里も硝煙の匂いが好きになった。

「姫、火縄《ひなわ》を挟《はさ》む前には、何をするのでしたかな？」

城戸は呑み込みの悪い男だ。

「火蓋《ひぶた》を切って、火皿《ひざら》に口薬《くちぐすり》を込めておくのだ」

腕前こそからきしだが、真里も城戸も裏方には向いていた。

統虎が当主となり、その正室たる闇千代が仁志に代わって大屋敷の女房たちを仕切る身となった。

今日はその女たちを集めての練兵だが、闇千代は女だけの鉄砲隊を、荼枳尼天《だきにてん》にあやかって〈白狐隊〉と名付けた。今や白い手の指図《さしず》ひとつで、二百名がきびきびと動く。敵にとって、侮《あなど》れぬ戦力となるはずだ。

「体の重心を、今少し前へやったほうがよい」

闇千代が年増《としま》の侍女に手取り足取り、つるべ撃ちの仕方を教えていた。いつか脇田温泉で陰口《かげぐち》を叩いていた女も、生き残るために必死らしい。

統虎の命を受けた誾千代は、広域な立花城の至る所で射撃訓練をさせた。配置を覚えさせ、敵兵に見立てた藁人形を置いて狙わせる。実際にこの城が戦場となる恐れは十二分にあった。ゆえに、地形や視界を体に染み込ませながら練兵するわけだ。十兵衛が手伝う時もあるし、師の増時を呼び出して、教えを請う時もあった。真里は露《つゆ》ほども戦を知らないが、誾千代の指図はいちいち理に適《かな》っているように思えた。

誾千代が生き生きとしているのは、女武将のように扱われているからだろうか。でも不思議なことに、以前の男勝りは身を潜めている気がした。虎は虎でも、落ち着いた虎だ。

あの日統虎と話した後、誾千代は涙の痕を残しながら、部屋に呼んだ真里に言った。

――どうしても離縁してくださらぬらしい。ならば、わたくしが妻を続けるしかない。諦めずに、できることをすべてやる。お前も力を貸してくれ。

女の体が変えられぬ以上、心を入れ替えるほかない。諦めず、歩みさえ止めねば、いつか誾千代らしい場所へ辿り着けるのではないか。

「全員、次は立放《たちはな》しで一斉射《いっせいしゃ》だ！」

今の誾千代には、男の頼もしさと女の柔らかさが同居している。まるで別の人間に生まれ変わったかのようだ。男勝りの荒々しさはなく、むろん女のなよなよしさもない。男と女の醜い部分だけを取り去ったような両性《りょうせい》の魅力が、男女を問わず周りの皆を惹《ひ》きつけている。いざ戦いとなれば、白狐隊は誾千代のために命を懸けて戦うだろう。

北九州に滅びの暗雲が垂れ込めているのに、それでも統虎は白い歯を見せて笑う。誾千代がえくぼのできる笑顔を見せるからだ。きっと統虎も幸せであるに違いない。

闇千代の合図で、今日も立花城に銃砲が一斉に轟いた。

5

梅岳寺は立花山を借景《しやっけい》にした庭を持つが、今や巨城と化した山城は、景物《けいぶつ》として無粋《ぶすい》だろう。

道雪の卒哭忌《そっこくき》に、闇千代は瀬高来迎寺から誠応を呼んだ。戦時のため、道雪の命日から百日目の法要は、身内だけでひっそりと営む。

「まだ嫁ぐ前、薙刀で傅役に勝ちたいというわたくしに、亡き父が『強うなれる』とくれた〈当帰《とうき》〉なる煎茶《せんちゃ》です。その頃は時々飲んでいたのですが、法要によいかと思い、久しぶりに取り寄せて淹《い》れてみました。懐かしい味がいたします」

誠応は匂いを嗅ぎ、口に含んで味を確かめている。

「これは、当帰の根を湯通しして乾燥させた生薬《しょうやく》にございます。唐《から》でこの薬を巡って伝わっておる話を闇千代様はご存じですかな？」

ある仲の良い夫婦がいたが、病がちの妻は夫に迷惑をかけまいと離縁を願い、実家へ帰ってしまった。夫は国じゅうを探し回り、一つの薬草を手に入れ、妻に贈った。薬の力で妻は健康を取り戻し、無事に夫の元へ帰ることができた。その由来から、夫のもとへ「当《まさ》に帰るべし」というわけだ。

まさか道雪は、早くから闇千代の秘密に気づいていたのか。もともと誠応なる薬師がいると真里に教えたのは、増時だったはずだ……。

「されば拙僧は、城戸殿に呼ばれておりますゆえ」

気の小さい城戸は、儀式の手順を何度も確かめたがる。誠応が柔らかく苦笑しながら去ると、代わりに風折《かざおり》烏帽子がふらりと姿を見せた。

「なぜそなたまで、卒哭忌に来るのだ？　今日は身内だけだぞ」

闇千代が問いを投げると、増時はいつものとぼけた顔つきで腰を下ろした。

「道雪公は昔から、家臣は皆わが身内じゃと仰せでござった。周りの者たちに尋ねると、わしも、俺もと押しかけて参る様子。されば、身どもも行かねば大損と考えましたる次第」

「損得の話でもあるまいに、哀れ城戸が腰を抜かすであろうな。父上は耄碌されて、市助と市右衛門を死なせたというに、まだ慕う者たちがいるのか」

今さら亡父を責める気はないが、晩節《ばんせつ》を汚《けが》した道雪の非情な蛮行が残念でならなかった。

「多くはそう思い、助命を嘆願する統虎様の情を良しとしましたな。されど、あの一件は大友家を守り、統虎様に精強な立花軍を遺《のこ》すため、道雪公があえて自ら汚名を被られしもの。非常の折、市助のほうから願い出て、忠義のため公に命を捧げたのでござる。今さらながら公の真意を知り、皆かえって心酔しており申す」

当時、筑後攻めには宗麟の次子である田原親家《たわらちかいえ》が加わり、大友軍の総大将となっていた。だが、あろうことか親家は、長陣に飽《あ》いて陣を引き払ったため、全将兵に衝撃が走った。道雪の病の噂まで尾《お》鰭《ひれ》がついて広がり、ますます動揺が激しくなっていた。

立花軍といえども全員が強者《つわもの》ではない。敵の大軍に怯《おび》えて逃げ出したくなる者もいる。他家の兵ならなおさらだった。最強の立花軍が崩れれば、大友軍は戦わずして総崩れとなる。そんな中、母の危篤を知った市助は自らの命をもって、大友軍の士気を取り戻そうとした。母を看取りたいが、道雪の駕籠かきだからこそ特別には扱えぬ。市助はあえて一時の帰郷の許しを求めず、故意に軍律を破った。

道雪は陣抜《じんぬ》けした市助の意を酌んで、処断した。鬼道雪は自らの「足」を切り落としてまで、一歩も退《ひ》かぬと覚悟を示したのだった。これにより立花はもちろん、大友全軍の士気が引き締められ、その後は一人の陣抜けも出なくなったという。

「泣いて馬謖《ばしょく》を斬《き》るの逸話《いつわ》を、市助と公が演じたもの。市助は己《おの》が死後も、公の足が無くならぬよう、後継ぎを育てており申した。統虎様は何度も文を寄越され、市右衛門の処断につき翻意《ほんい》を願い出られましたが、風の便りに孫の死を知った市右衛門が城へ名乗り出たと聞いており申す」

孫が処断されて汚辱にまみれた以上、元武士として、どのみち生きながらえるつもりはなかった。道雪はあえて自裁を命じ、名誉ある死を与えたのだ。市蔵に話せば、わかってくれよう。

「そなたはわたくしの秘密を知っているのか？」

増時は面倒くさそうな顔をしたが、やがて小さく頷いた。

「道雪公のお指図なれば、畏れながら」

「なぜ父上が？　母上も隠しておられたはず」

「世に体と心の食い違う人間がいる不可思議を、道雪公はご承知でござった。公が戦場で命を救い、親しく面倒を見られた足軽に、女の心を持った男がおりましてな。誠応上人の言う鶴男でござる」

戦功を立てられぬ鶴男は裏方に回り、傷付いた将兵の手当てなど甲斐《かい》々《がい》しく働いていたという。

「なぜそんな男を戦場に出したのだ？」

「本人が望んだからでござる。恐らくは公に恋心を抱いていたのでござろう」

心は女であるがゆえ、男の中の男に惚れたわけか。

「わたくしが虎女だとご承知なら、なぜ父上は女武将にしてくださらなかったのだ？」

「鶴男の足軽は結局、戦で命を落としました。心と体の合致せぬ者にとって、戦場はあまりに過酷。されば、姫には決して戦をさせぬと思い定められたのでござろう。道雪公とて、人の親でござった」

女の心を持つ男は戦に向いていまい。男の心を持つ女も同じわけか。

「いつから、わたくしが虎女やも知れぬと？」

増時は決まり悪そうに小さく頭《かぶり》を振った。

「公はご自身の死後も、大友を守る立花の力を保ちながら、姫のためになる策を身どもに求められました。親盛様に虎女を受け入れる度量はないと見て、統虎様をお迎えすべしと献策しました次第」

「ならばそなたは、わたくしが虎女と知りながら、統虎さまの恋を利用したのか！」

闇千代の心が切なさで軋んだ。

「虎女かと疑いはしても、未《いま》だ確信には至らぬ頃。仁志ノ方の工夫にも、望みをかけておわしました。そもそも虎女なぞ世の誰が認めましょうや。鬼道雪の娘は祟りを受けた化け物じゃと言い囃されるのが関の山。子のためなら、親は身勝手にもなり申す」

可哀そうなのは統虎だ。嫁いだ時、闇千代は自分が女だと思っていた。もしも虎女だと知っていれば、固い決意で出家でもしていたろう。統虎のためにも、嫁ぎはしなかった。

「道雪公は償いとして、立花領と精強なる家臣団を引き換えに譲り渡されました。統虎様は実際、姫はもちろん、立花と大友を守り抜かれており申す」

すべてお見通しだと言わんばかりの増時が小憎らしかった。死期を悟った道雪は、家臣一人ひとりを呼んで遺言を伝えたという。

――わしほど多くの戦をやった人間は、九州にいまい。ゆえなき殺戮で手を血に染めたことは一度もないが、わしは余りに多くの人間を殺めた。わし一代で天の怒りを鎮《しず》められぬものか。

道雪は吐血《とけつ》して汚れた手で、増時の手を握った。

――天罰として惨めな死を下されるなら、闇千代まで累が及ばぬやも知れぬ。

「公は、筑後平野を望む高良山に骸《むくろ》を埋《う》めるよう遺言されました。それは、大友軍の撤退後、敵をして墳墓《ふんぼ》を馬蹄《ばてい》に辱《はずかし》めさせせんがため。加えて、姫の出生と幸せを祈られた高良大社の守護を得んとの思いもございましたろう」

結局、家臣たちは道雪の遺命《いめい》に従わず、骸を立花まで運び、ここ梅岳寺で丁重に弔《とむら》った。

「最後に一つ、闇千代姫には仁志ノ方を頼むと仰せでございました。鬼道雪の血を引く子なら、強く生きられませ、姫」

増時は風折烏帽子を直してから一礼し、去った。

そうだ。闇千代は道雪に守られているのだ。運命を恐れず、統虎と、皆と歩み続けてゆけばよい。最近はそっと見守るだけの仁志も、闇千代について真里と城戸に根掘り葉掘り尋ねるらしい。すっかり心が定まった。母と話すべき頃合いだ。

6

「桜が狂い咲きしそうなほどの日和でございますな。仁志ノ方におかれましてはご機嫌麗しゅう」

梅岳寺の宿坊へやってきた城戸は、以前にもまして肥えてきた。まるで初孫にでも恵まれたように、幸せそうな顔をしている。

「閭千代に会う前に、色々聞いておきたいと思いましてね」

仁志は昔から城戸の淡い恋心を知っていた。本人は隠しおおせているつもりらしいが、態度と物腰で一目瞭然《いちもくりょうぜん》だった。恋心ゆえに東奔西走《とうほんせいそう》し、道雪の継室《けいしつ》として再嫁《さいか》を斡旋《あっせん》してくれた。さらに、筥崎宮の神官でありながら、閭千代の傅役ともなったのだ。

「北九州は波乱の最中《さなか》なれど、幸いにしてご夫婦の仲は本日の晴天のごとく、いと睦まじゅうございまするな」

城戸は自分が幸せの絶頂にあるような顔つきだ。

ずっと難題続きだっただけに、実際嬉しくてたまらないのだろう。

だが、真里から聞いている話は違った。娘の心と体はまだ完全に食い違ったままだ。

「あれ以来、姫はすっかり武家の妻となられました。後はご懐妊《かいにん》を待つだけ。戦も大事なれど、立花家のお世継ぎを授《さず》かるべく、子授け祈願に精を出しませんと。いよいよ拙者の出番でございます」

城戸は閭千代の秘密を何も知らない。

「お前は、いつまで閭千代に仕えてくれるつもりですか?」

待ってましたとばかり、城戸は両手を突いた。

「もとより傅役のお役目は、仁志ノ方よりお指図を賜りしもの。さればこの城戸、足腰が立たなくなるまで、姫のおそばにある覚悟にござりまする」

城戸は嫡男の清種《きよたね》に家督《かとく》を譲り、楽隠居の身だ。このお人好しの初老の男は、雑事《ざつじ》には有用で、忠誠も不変だ。裏切りの相次ぐ乱世で貴重な人材だった。だが、勘違いで過度の期待を抱いて動けば、閭千代をまた追い詰めかねない。城戸の善意をこれ以上空回りさせるべきではなかろう。ならば——

「城戸、お前はこの世に、女の体を持った男がいると思いますか？」

「……畏れながら、女の体なら、その者は女ではありませぬか」

謎かけだと思ったのか、城戸は怪訝《けげん》そうに唇を尖らせている。

「わたくしも、そう思っていました。ですがごく稀に、女の体に生まれつく男もいるようです。誠応上人は〈虎女〉と呼んでいます」

話の続きを察したように、城戸の顔が青くなった。

「お前には知っておいてほしい。闇千代はその虎女なのです」

城戸はあんぐり口を開けたまま、仁志を見ていた。額に粒汗《つぶあせ》が吹き出している。どう応じたものか、考えあぐねて戸惑う様子がありありと伝わってきた。

「闇千代はずっと自分の運命と戦ってきました。改めてこれからも戦うつもりでしょう。わたくしも母として、力の限り助けるつもりです。お前も支えてやってはくれませぬか」

「か、畏まりました。この城戸知正、闇千代姫のため、なお一層尽くしまする！」

恋とは不思議な感情だ。世にはたとえ報われぬとわかっていても、生涯をかけて想い人に尽くす者がいる。統虎がそうだ。真里もそうだと、仁志は知っていた。そしてこんな城戸でも、仁志のためなら、迷わず命を捨てるだろう。

「この秘密を統虎公に知られては一大事です。闇千代を支えつつ、墓場まで持って行ってくだされ」

「はっ」と、城戸がしゃちほこ張りながら答えた。

「では、闇千代を呼びなされ」

ずっと、どうしてよいか、仁志にはわからなかった。だから、梅岳寺にとどまっていた。

道雪亡き後、立花家の当主は統虎となった。ろくに交われぬ誾千代との間に子ができようはずもない。一歩でも間違えれば、誾千代は離縁され、路頭に迷いかねなかった。思い悩むうち、今朝がた誾千代が改まって面会を求めてきた。離縁でも言い出す気か、と恐れた。

仁志の舞扇を持つ手が、汗でじっとりと湿っている。

誾千代が自決を試みて以来、仁志は変わった。たとえ虎女であろうと、娘には生きていてほしい。思い返せば、誠応上人の指摘はいちいち当たっていた。男らしく誠実で、知勇兼備の夫を持ちながら、誾千代は少しも幸せそうでなかった。夫婦《めおと》の睦事《むつごと》もろくにできぬとは、何と親不孝でわがままな娘なのかと、突き放しさえした。ずっと変わり者の困った娘だと思ってきた。だが、今までの誾千代の不可解な行動も、虎女であるなら、すべて説明がつく。

城のほうから銃声が聞こえ始めた時、誾千代が真里を伴って現れた。

仁志が好む紫の小袖をまとった娘は、ため息が出るほどの美しさだ。徹底的に躾け直した挙措《きょそ》は、女らしい美を完璧に備えている。今から思えば、仁志はどれほど誾千代を追い詰めてきたのだろう。その末の自決だったに違いない。

「道雪公亡き後、わたくしたちがいかに生きてゆくか、これからのことを話しておかねばなりませぬ」

仁志と誾千代を守ってくれた道雪はもういない。母が娘を守るのだ。

「いつか誠応上人が話していた虎女の件ですが、お前はあの話を信じているのですね?」

申し訳なさそうな顔で小さく頷いてから、娘が口を開いた。

「間違いであればと何度も願いましたが、真実は残酷です。わたくしは自分を男だと、はっきり感じております」

仁志は笑みを浮かべようとしたが、涙を堪《こら》えるだけで精一杯だった。この世に虎女がいるのは別にいい。だがなぜ、よりによって、それがわが娘なのだ。

「お前が虎女だとして、どうすれば治るのですか？」

「誠応上人も手立てをご存じなく、術《すべ》はないのやも知れませぬ」

「お前が何を言おうと、世の中はお前を男とは扱いますまい。ともあれ、これは重大な秘密です。統虎どのに生涯、隠し続けねばなりませぬ。城戸にもうまく立ち回らせましょう」

「わが夫はもう、すべてを知っています」

仁志は衝撃を受けた。事態はすでに最悪ではないか。

「それで、統虎どのは、何と……？」

恐るおそる尋ねると、闇千代が美しく微笑んだ。

「一からやり直そうと、わたくしを抱き締めてくださいました」

「男の心を持った、妻を……？」

闇千代がゆったりと頷く。真里を見ると、目に涙を溜めていた。

統虎はあの道雪が認めた若者だ。幼い頃から闇千代に恋をし、心から愛していた。あの若者は決して諦めず、闇千代を幸せにするという約束を果たすつもりだ。何と哀しき愛を背負った若者か。

「それでお前は、どうするつもりなのですか？」

「夫が信じてくれるのに、どうして妻が諦められましょうか」

闇千代は憑《つ》きが取れたような顔をしていた。

「許されるならまた、母上のご指南を仰いで、引き続き女としての嗜みを磨いて参りとう存じます」

男の心を持った娘は、母を労るように優しく微笑んだ。

白粉を嫌がる幼い闇千代を思い出した。仁志は娘の幸せを思えばこそ、男勝りゆえになおさら、他よりも一層女らしくあることを求め、強いてきた。わがままなどでは全くなかった。どれだけ苦しんだろう。それでもまだ、闇千代は諦めていない。

「お前を男に産んでやれず、済みませぬ……」

溢れ出てきた涙で、前が何も見えなくなった。

優しく抱き締めてくれる娘が、仁志には息子のようにしか思えなかった。

第十章　女身《にょしん》に甲冑をまとい
——天正十四年（一五八六）七月、筑前国・立花

1

「この戦、打って出ても勝ち目はあるまいな？」

立花統虎の問いに、薦野増時と世戸口十兵衛は同時に頷いた。

戸次道雪の陣没《じんぼつ》を受け、劣勢の挽回《ばんかい》が不可能と見た宗麟はこの春、自ら大坂《おおざか》へ出向き、羽柴《はしば》秀吉に臣下の礼を取って援軍を乞うた。

秀吉は宗麟を歓待し、大友・島津両家に停戦を命じたが、島津軍は六月中旬、上方《かみがた》勢の上陸前に九州を統一せんと大挙、北上を始めた。大友方諸将が次々と寝返るなか、父の高橋紹運は今、千にも満たぬ寡兵で太宰府の岩屋城《いわやじょう》に籠り、三万余の大軍を足止めしていた。だが、秀吉の援軍が間に合う見込みは乏しく、敵の侵攻は食い止められまい。数十倍の敵を相手に小城に籠ったとて、持ち堪《こた》えられるのはせいぜい数日が限度だった。

「俺の腹は、固まっている」

立花家が敵に降《くだ》るなどありえぬ。最後まで戦い抜き、死に花を咲かせるほか、誇りを守る術はなかった。

「当家は一丸となって敵に当たるべし。然るに士気に乱れがあるのは由々《ゆゆ》しき話だ」

いったん島津に降り、秀吉の援軍が到着した後、再び離反すべきだと訴える者もいた。

「幸い上から下まで、立花将兵の心を一つにできるお方がおわしまする」

増時の言葉に、十兵衛が同意する。

「禁じ手なれど、背に腹は代えられますまい」

統虎も同じ考えだ。了《りよう》を取って進めたかっただけだ。

「されば、誾に頼んで参る。皆を大広間に集めておいてくれ」

人をやって頼む話ではない。誾千代の目を見て話す必要があった。今は白嶽で鉄砲隊の練兵をしているはずだ。

統虎が白嶽へ急ぐうち、行く手で一斉射撃の音が聞こえた。

完全に息が揃っている。練兵の成果だ。生前の道雪は娘を女武将と認めず、遺言でも軍議への出席を禁じた。戦神の忘れ形見である誾千代が、道雪の遺光を背負いながら軍議で発言し、優れた戦略を示して、共に陣頭で戦えば、勝利を得られもしよう。だが、立花家に二人の当主が生まれ、家中が割れると、道雪は懸念したのだ。

誾千代は白具足に身を固め、白鉢巻を締めていた。道雪は望まなかったろうが、見惚れるほど凜々しい女武将の姿だった。戦う女神のようだ。

　黙って話を聞き終えた闇千代が、統虎に微笑んだ。

「かしこまりました。わたくしから、皆に説きましょう。支度をいたしますゆえ、しばしお時間をくださいませ」

　本丸へ戻った統虎が城の大広間に入ると、全家臣が勢揃いしていた。最後の軍議だと伝えてある。

　だが、闇千代が遅い。真里を伴って持ち場を去ったはずだが、何をしているのだ。また何か突飛なことを仕出かしはすまいかと一抹《いちまつ》の不安を覚えた時、緊張に震える城戸の声が聞こえた。

「御簾中《ごれんちゅう》のお成《な》りにございまする！」

　やがて井楼岳本城の大広間に、紫の唐衣を着、唇に真っ赤な紅を差した美女が凛とした姿で入ってきた。細腰の帯には、道雪より賜った吉光を差している。

　闇千代が満座《まんざ》の真ん中を進むと、静かなざわめきが広がってゆく。家臣たちの目は闇千代の姿に釘付けになっていた。さもあろう、見る者を捻《ね》じ伏せるような女当主の至高の美に、心を奪われている。

　統虎に会釈もせず、闇千代は堂々と上段《じょうだん》ノ間に並んで座った。

　その典雅《てんが》な挙措はいちいち作法に適い、見る者を圧倒していた。

　ふたりは上段ノ間に並んで座り、歴戦の鎧武者たちに向かい合った。全員、年上である。

「わが存念は、すでに申し伝えた通りだが、立花の大事を決める最後の軍議ゆえ、わが妻闇千代を呼んだ」

　男ばかりの軍議の場には咳《しわぶき》ひとつ聞こえず、皆固唾《かたず》を飲んで、女当主の深紅の唇を見つめている。

「われは立花城の城督にして、鬼道雪がひとり娘、立花闇千代なり」

　落ち着き払った女声《じょせい》が艶やかな威厳を帯びて響く。

「常勝無敗の戸次道雪に、降伏の二字はなかった。されば立花家が仮初《かりそ》めにも敵に降《くだ》ることはない」

その美と威に圧倒された家臣団はただ静まり返って、女当主の次の言葉を待っている。

誾千代はゆっくりと立ち上がった。

「にもかかわらず、わが家中に降伏を口走る愚か者がおるとか。さような不忠者は、立花の烈姫が赦さぬ」

誾千代は抜く手も見せず、キン！　と甲高い音を立てて腰の吉光を抜き放った。

「鬼道雪に代わりて、われがこの場で成敗いたそう。前へ出でよ！」

耳朶を震わせる甲高い咆哮《ほうこう》に、家臣たちは背筋を正した。

誰一人微動《びどう》だにせず、座ったままだ。

「ならば皆、立花のため、大友のため、民のために、われと共に死んでくれるのじゃな」

道雪譲りの大きな眼を見開き、座を見渡してから、誾千代は満足げに頷いた。

「全立花家臣に告ぐ。これよりはわが夫、統虎さまが立花城の城督である。立花は一つだ」

誾千代は吉光を黒漆塗りの鞘へ戻すと、上段ノ間から降り、統虎に向かって恭しく捧げた。

鬼道雪の娘が臣従《しんじゅう》する姿に、座に静かなどよめきが広がる。

これは、立花城主の座を、名目の上でも統虎へ譲り渡すとの誾千代の宣言に他ならない。

統虎が吉光を受け取ると、誾千代が美しく微笑んで、再び立ち上がった。

「皆の者、よいか。今日これより、お前たちは鬼道雪の娘ではなく、立花家唯一の当主、立花統虎さまにのみお仕えせよ」

誾千代は指図を終えると、統虎に向かって跪《ひざまず》いた。

「亡父の遺言に従い、女は軍議に出るべからず。されば、後は殿と方々にお任せいたしまする」

賢い姫だ。これで統虎のもと、立花家は一致団結して戦に臨めよう。

統虎が頷くと、誾千代が笑みを浮かべながら優雅な仕草で頷き返した。

2

「これで立花も見納《みおさ》めなのですね。しっかりと目に焼き付けておきませんと」

山麓へ下るうち、樹間《じゅかん》から大屋敷が見えてくると、後ろを歩く真里が寂しそうに漏らした。

岩屋城の紹運は籠城開始から十日余りが過ぎても、なお十中十死《じゅっちゅうじゅっし》の抵抗戦を演じていると伝わっていた。実父を敬ってやまぬ統虎の胸中を思うと、誾千代はやるせなかった。紹運がついに戦死した時、島津軍を食い止めていた最後の堰《せき》は破られ、敵の大軍がこの立花へ怒濤《どとう》のごとく侵攻してくるだろう。

今日を限りに、皆が城下を捨てて山上《さんじょう》へ上がる。すでに引っ越しを済ませた者たちもいた。籠城戦に入れば、香椎も下原も敵に焼き払われよう。

大屋敷の表門《おもてもん》をくぐる。たくさんの思い出があるこの建物とも、お別れだ。

「殿は城戸と先に下りられたはずだが、まだか」

籠城戦の備えは万全で、後は敵の襲来を待つのみだった。統虎も今宵は大屋敷で過ごす。

「姫さま、あれはミケじゃありませんか！」

遠くに見える広縁の陰で、一匹の三毛猫が夏日を避け、物憂げにあくびをしてから、手で自分の顔を撫でていた。まだ生きていて、戻ってきたのか。いや、近づいてよく見れば、背のぶちが違う。別の猫だ。おまけに子猫ではないか。それでも、きっと何か縁があるのだろう。

「よく帰ってきたな、ミケ」

　道雪が毎朝杖で歩いていた懐かしい廊下で、闇千代は子猫を抱き上げ、頬ずりした。

「こんな時だが、闇への贈り物だ。お前を喜ばせたいと思うて、ずっと探させていたが、やっとよく似た三毛猫が見つかった」

　奥座敷から現れたのは統虎だ。後ろに従う城戸は前腕を引っ掻かれたらしく、薄い傷痕がある。

「わたくしの、ために……ありがとう存じます」

「辛いことばかり続いておるゆえな。驚くなかれ、十兵衛の献策《けんさく》だぞ。恥ずかしいのか姿を見せぬが、苦労して見つけたのもあの男だ」

　意外な人物の名を聞き、闇千代は温もりを感じた。

「猫捜し……懐かしいですね」

　はにかみながら統虎が微笑む。

「言うことを聞くか知れぬが、ずっとお前のそばにいろと命じてある」

　心憎い気遣いだ。統虎の優しさが切なくてならなかった。この若者は人物と武勇と家柄に非の打ちどころがなく、誰もが羨む境涯にあったが、妻にだけは恵まれぬまま、今滅びの窮地《きゅうち》にある。

「真里。これで、籠城中も退屈はすまい」

「城戸さまに下の躾をしていただきませんと」

　真里が言うと、城戸が情けない顔をした。

「またお漏らしをされては、敵《かな》いませんな」

　城戸の言葉に、皆が笑う。

　二代目のミケは、誾千代の腕の中でいつのまにか眠っていた。その温かさに、もしも統虎の子を産めたならと夢想していると、十兵衛が廊下を慌ただしく駆けてきた。硬い顔をしている。

「殿、岩屋城が落城、紹運公も討ち死になさいました。さらに、宝満城も開城したと。早ければ、敵は明日にも立花へ攻めて参りましょう」

　統虎はその場でへたり込むように頽《くずお》れた。誾千代は城戸にミケを手渡し、すぐそばに寄り添う。

　島津軍は、母と実弟ら統虎の身内をことごとく捕らえたという。立花が徹底抗戦すれば、人質の命はない。

「わが母も、弟も、高橋家の人間だ。常に死は覚悟している」

　統虎は気丈《きじょう》に顔を上げると、家臣たちを顧みた。

「城戸、十兵衛。家臣団を集めて伝えよ。当家もここ立花で籠城し、最後の一兵まで戦うとな」

　北九州を支える巨柱がまた一本仆《たお》れた。これから、三万余の大軍が立花へ侵攻してくる。

　それでも毅然と振る舞う統虎の姿が、誾千代には夫として誇らしかった。

「これよりは、立花統虎がたった一本の主柱。わたくしがおそばでお支え致します」

「誾、礼を言う。されど皆、しばし一人にしてくれぬか」

　自室で泣きたいのだろう。存分に泣けばいい。男だって、泣く。誾千代も泣くのだから。

　統虎主従が去った後、誾千代は自室の荼枳尼天《だきにてん》に向かい、懸命に祈った。

　迫りくる死を前に、幼き頃から今までの自分の人生を、一つひとつ思い返してゆく。

　道雪と仁志から慈《いつく》しまれ、本当に可愛がられた。途中から千熊丸が登場し、統虎となり、今や誾千代の人生の過半を占めて、かけがえのない伴侶《はんりょ》となった。

あの限りない優しさに、ひたむきな愛に応えられぬのか。

せめて一夜だけでいい。統虎のために、女になれぬものか。

闇千代は白き女神へ、心からの祈りを捧げ続ける。

「姫さま！　早くお庭へ！」

廊下を走ってくる真里の声が聞こえた。

どれくらいの間祈っていたのか、われに返って振り返ると、真里が驚き顔のままやってきた。

「また何か悪い知らせか」

「いいえ、白狐がいたのです。あの尻尾《しっぽ》は、犬ではありませんでした」

急いで廊下を駆ける。だが庭では、百日紅《さるすべり》の白い小花が秋風に揺れているだけだった。

「確かに見たのですが……申し訳ございません」

「いや、本当にいたのだろう。きっと荼枳尼天が降臨されたのだ」

「姫さま……？」

「もうすぐ日も暮れる。殿の所へ行って参る。多少は落ち着かれた頃であろう」

部屋の前で声をかけたが、返事はない。

そっと戸を開くと、太宰府のある南に向かい、背筋を正して座る統虎がいた。じっと悲しみに耐える夫の姿を、闇千代は尊いと思った。

「ご心中、お察しいたします」

そばに座り、夫の手の上に白い手をそっと重ねた。

「わたくしから、お贈りしたいものがございます」

統虎が救いを求めるような眼で、誾千代を見た。

「こんな夜に、不心得《ふこころえ》とも存じます。戦の前は女色を断つが武人《ぶじん》のならいとは申せ、共に明日なき身なら、最後にもう一度だけ、わたくしを抱いてみてくださいませぬか」

統虎は笑顔を作ろうとした。が、できぬらしい。

「先ほどから、体がいつもと違うのです。もしかしたら茶枳尼天が一生に一度、悲しき宿命《さだめ》の夫婦《めおと》に憐れみをかけてくださるのやも知れませぬ」

御陰《ほと》が明らかに熱を帯びている。こんな感覚は初めてだった。

「さっき真里が白狐を見ました。今宵は、今宵だけは、わたくしも女になれる気が致します」

統虎の逞しい腕が伸び、誾千代の体を力強く抱き寄せた。

3

青く澄み渡る秋空の下、夕日が博多湾に落ち始めていた。島津軍は西麓の下原と大屋敷はもちろん、香椎宮の綾杉まで焼き払った。灰燼《かいじん》に帰した城下に、大軍が犇《ひし》めいている。

鉄砲を構えるたび、誾千代の胸は高鳴った。

この魂の高ぶりは、約束事のある稽古では得られまい。筋書きなしに命のやり取りをするからこそ感じられる、戦の醍醐味だ。

「まだ撃つな。敵陣に動きがあるまで、待て」

体は女でも、心は戸次道雪の嫡男なら、最後は戦って死ぬべきだ。道雪は娘にただ一つのことを願った。己《おのれ》のごとく人を殺めず、血を流さずとも済むように、と。だがそれでも、故郷が蹂躙される時、坐して死を待てとは言わぬはずだ。

北にいる敵の後方、荷駄《にだ》隊《たい》に動きが見えるや、闇千代は引き金を引いた。

一発の銃声を合図に、影絵《かげえ》と化した敵の大軍勢に向かい、白狐隊による一斉射撃の銃声が轟く。

鉄砲の射程圏外ぎりぎりで遠巻きに布陣する島津軍まで弾は届かないが、弾薬は無尽蔵《むじんぞう》にあり、攻め寄せれば凄まじい弾嵐《たまあらし》を見舞ってやるとの威嚇《いかく》だった。

闇千代は熱くなった銃口を下ろす。使い込んだ小筒の台木《だいぎ》はすっかりなめらかだ。身にまとう白具足は硝煙のせいで薄汚れていた。

「姫が仰っていた通り、松尾山《まつおやま》方面の敵陣で白煙が上がりましたぞ」

十時連貞の陣へやっていた城戸が、息を切らせながら戻ってきた。

「大儀《たいぎ》。いつもより早い腹ごしらえだな」

西方の敵陣を見やった。

島津軍は三万余の大軍勢で、蟻の這《は》い出る隙間もなく立花城を包囲していた。

「姫さま、そろそろ小ツブラの砦《とりで》に弾薬を運ばせてはいかがでしょう?」

傍らへ来た真里が進言してきた。

立花城の北西、白嶽を守る白狐隊の裏方は、真里の細やかな気配りに支えられている。闇千代と同じ立花の〈杏葉紋《ぎようようもん》〉入りの白鉢巻を巻いた表情も精悍だ。

「いや、もう無用だ。この戦、立花が勝った。敵は今宵、必ず兵を退《ひ》く」

きょとんとした顔の真里の可愛らしい頰を指先で突《つつ》く。

「でも、まだ敵を一兵も……」

「戦わずして勝ったのだ。父上より、おれのほうが戦上手だな」

闇千代は天を仰いで軽やかに笑った。

「では、秀吉公の援軍が？」

「早く寄越せばよいものを、やっと来おったわ」

敵に包囲された立花軍より、島津軍の物見のほうが援軍の動きを当然早く摑める。

「井楼岳の本陣へ参る。城戸、白狐隊を頼むぞ」

返事も聞かずに踵《きびす》を返した。真里が従う。

砦を出て、立花山の稜線《りようせん》を歩いてゆく。

闇千代が姿を見せると、各所の将兵がいちいち畏まって挨拶してきた。そのたび「大儀」とにこやかに労う。

島津軍の侵攻前に、立花軍は万全の籠城支度を終えていたが、立花城は広大な山城だ。手分けして固めねば、寡兵で守り抜けはしない。南面の井楼岳に本陣を敷いた統虎は、自ら陣頭で全軍の指揮を執《と》りながら、闇千代に北西の白嶽を任せたのである。

夢にまで見た女武将「立花闇千代」十八歳の初陣だった。敵味方、一滴の血も流れていないが、これも戦には変わりない。華麗に敵を撃ち払って、武名を上げたかった。悔しくないといえば嘘になる。

本当なら、白い甲冑を血と泥で染めて、戦場を駆け巡りたかった。

だが結果として、道雪の切なる願いには背かなかった。これでよかったのだろう。

松尾山の砦まで出ると、山影に入って暗くなった敵陣が見えた。

「姫さま、どうして敵が撤退すると？」

すぐ後ろを歩く侍女の愛らしい小粒な瞳が、最後の夕日を映している。

真里が好きだ。闇千代は侍女や妹代わりとしてでなく、真里をひとりの女として見ている。もし自分の体も男なら、妻としたかった。

「援軍は東から来る。三万余の大軍が撤退する時、南と西に展開する軍勢はすぐに兵を引けるが、北と東は難しい」

敵の総大将島津忠長《ただなが》は戦下手ではない。援軍が到着する前に、入り組んだ山間《さんかん》から全将兵を速やかに撤退させるはずだった。

「撤兵するなら、われらに追撃されにくい夜を選ぶ。荷駄も打ち捨ててゆくほかないが、その前に持てるだけの兵粮《ひょうろう》を兵に割り当て、あたう限り腹ごしらえをさせるはずだ」

「なるほど、北と東の砦が敵の動きを一番早く摑めるわけですね。南で下手に兵を動かせば、撤退するとわが軍に勘付《かんづ》かれますし」

「戦のやり方がわかってきたな、真里」

「姫さまの侍女ですから」

闇千代と真里は「イバノヲ」と呼ばれる石垣を過ぎ、南の本陣へ向かう。

統虎は喜ぶだろう。この勝利は、始まる前から決まっていたとも言える。勝たせてくれたのは、岩屋城で戦死した高橋紹運だ。

後に伝わった知らせによると、岩屋城では紹運以下、七百六十三名が半月余り籠城し、全員が討死にした。その後、島津軍は宝満城を落としはしたものの、しばらく動かなかった。いや、動けなかったのだ。

　島津軍は紹運による熾烈《しれつ》な籠城戦で、甚大《じんだい》な死傷者を出した。その紹運の嫡男にして、戦神の申し子たる立花統虎が大友最強の立花軍を率い、小城の岩屋城よりはるかに堅固な大要塞に籠っているのだ。どれほどの犠牲を払わねばならぬのか、容易に想像がつく。城攻めに二の足を踏むうち、秀吉の援軍が到着したわけだ。紹運が時を稼いでくれたおかげだった。

　誾千代と真里が本陣に着くと、統虎が南面の敵を見下ろしながら仁王立ちしていた。増時らもいる。

「おお、誾。白嶽の方面はどうか」

「敵は今宵、全軍で撤退いたします。されば、ただちに追撃の支度に入られませ」

　誾千代の進言に、諸将が増時と十兵衛を見た。

「ほう。ようやく援軍が来ましたな」

　十兵衛が先に言うと、増時も頷いた。

「これで勝利は立花のもの。この城に数百の兵のみを残し、打って出られませ」

「わたくしが留守をお預かりいたしましょう」

　立花軍がほぼ全軍で出撃した後、誾千代は立花城の留守居として、寡兵で籠城を継続する。

　誾千代の申し出に、統虎が増時を顧みた。

　北九州の反大友方がすべて駆逐《くちく》、討滅《とうめつ》されたわけではない。二十万とも呼号《こごう》する秀吉軍の勝利が確実であっても、戦は終わるまでわからない。今後の展開次第では、裏切りも警戒せねばならぬ。

「よき思案かと。誾千代姫なら、立派にお役目を果たされましょう」

「わかった。誾、頼み入る」

　肩に手を置く統虎に向かい、誾千代は満面の笑みを返した。

4

初霜《はつしも》もすでに崩れ、抜けるような青空が天に広がっている。

島津軍により城下が焼かれたため、立花城攻防戦の後、誾千代はひとまず仁志と共に梅岳寺の宿坊に身を寄せていた。

「和尚さまの驚かれるお顔を拝見するのが楽しみでなりません。腰を抜かされたらどうしましょう」

はち切れそうな真里の笑顔を見ていると、つい誾千代の頬もほころぶ。

今日はまもなく、瀬高来迎寺の誠応上人が立花を訪れる。道雪の眠る梅岳寺で、戦のため満足にできなかった一周忌《いっしゅうき》を執り行ってほしいと、誾千代が頼んだのである。

立花軍は追撃戦で島津方の高鳥居城《たかとりいじょう》を落とし、さらに岩屋城、宝満城をも奪還して、大勝利を収めた。統虎の母と実弟は島津軍に囚われたままで、手放しでは喜べぬものの、大友家の滅亡も回避され、北九州の乱世はひとまず終わった。立花軍も秀吉による島津攻めに加わるが、来春以降になる見込みだった。

「今宵など、城戸さまが十時さまあたりとご一緒に乱痴気騒ぎでもなさりそうですが、大事なお体ですから、姫さまは早めにお引き取りなさいませ」

城下の再建は着々と進められているが、もう戦が起こらぬのなら、まちづくりで敵の侵攻を考慮する必要も多くあるまい。統虎は増時たちと頭を捻《ひね》りながら、日がな町割りを思案していた。島津軍が撤退に際して博多を焼いたため、焦土《しょうど》と化した町の復興は急務だった。

戦の後、誾千代は不思議に月事《げつじ》が訪れず、体もふだんより熱かった。

——もしや、身籠られたのではありませんか？

思いもかけぬ真里の言葉に、闇千代は胸の高鳴りを抑《おさ》えられなかった。

たまに出血があった。食欲もなく、真里が言う悪阻《つわり》のような気持ち悪さがあった。仁志は三人の子を産んでおり、真里も二度妊娠を経験している。二人の体験に照らすなら、闇千代の体の変化は、妊娠の初期と見て間違いなさそうだった。

たった一度の交合で子ができることもある。

きっとあの奇跡の一夜は、子を産むために天から授かったのだ。神の御業《みわざ》でないなら、死を前に透《とう》徹《てつ》した気持ちが体を変えたのか。腹を痛めて母となり、赤子に乳をやれば、体はもう完全な女のはずだ。このまま心も、女に変わりはすまいか。

体に合った心になれば、女の幸せを感じられよう。いずれは正真正銘《しょうしんしょうめい》の女として統虎に愛され、男を愛することもできるはずだ。一度は諦めかけたが、きっと茶枳尼天が白狐を遣《つか》わし、闇千代の切なる願いを叶えてくれたに違いない。

まだ統虎には隠しておくつもりだったが、仁志が嬉しさのあまり城戸に話してしまい、口の軽い城戸が統虎に漏らし、結局、闇千代の懐妊はあっという間に復興中の城下で広まってしまった。

「城戸さまなどは、もう赤子《あかご》の産着《うぶぎ》を用意されたそうですよ」

「まだ半年も先の話ではないか。無事に産めるかもわからぬのに」

「姫さまは病ひとつなさいませんし、元気な赤ん坊をお産みになるに決まっております」

流産と死産を体験した真里は、必ず安産にしてみせると、博多から逃れてきた産婆《さんば》を物色《ぶっしょく》し始めた。

闇千代は茶枳尼天像に感謝しつつ祈るだけだが、仁志は筥崎宮に泊まり込んで、安産祈願に精を出している。

「姫、誠応上人がお着きにございまする！」

城戸はまるまると肥えたが、妊娠がわかって以来、まるで若返ったようにキビキビと動く。

「早速お会いしたい。お通しせよ」

梅岳寺の庭には今、純白の山茶花《さざんか》が咲いている。

日だまりを求め、闇千代が誠応を誘って宿坊の縁側に出た。

「城戸殿から仔細を聞きました。ずいぶん喜んでおわしましたな」

迎えに出た城戸が道すがら洗いざらい話したらしい。めでたい話なら、幾らでも広めてもよいと思い込んでおり、闇千代を知らぬ旅の行商人にまで自慢するそうで、悪びれる様子もなかった。

「わたくしからお報せしたかったのですが、困った傅役です」

もしこのまま虎女から脱しえたなら、同じ苦悩をもつ者たちに希望を与えられよう。誠応も喜ぶに違いなかった。だが意外にも、誠応は笑顔を見せず、黙って山茶花を見つめている。

「和尚さま、わたくしも女になれるのでしょうか」

穏やかな沈黙が流れた後、誠応の静かな答えが返ってきた。

「わかりませぬな。申し上げにくいのですが、実は赤子を生んだ虎女を知っておりまする」

「心の、ほうは？」

恐るおそる尋ねると、誠応は頭《かぶり》を振った。

「その虎女の場合は変わりませんでした。自分は赤子を産める男なのだと言っておりました」

たとえ体が完全な女になっても、心までは変えられぬのか。誠応は闇千代を挫《くじ》けさせぬよう、今まで黙っていたのだろう。

「されど人は千差万別。拙僧もその一人を知るのみです。実は拙僧の母でございましてな」

知らなかった。誠応の母は心を病んで、ついには自ら命を絶ったと聞くが、虎女だったせいなのか。

誠応は救えなかった母を思い、虎女たちを救おうと生涯をかけてきたに違いない。

「闇千代様は強い心をお持ちです。持って生まれた性を変えられる人間も、いるやも知れませぬ」

「統虎さまのためにも子を産み、母となり、女になってみせます。これからもどうぞ力になってくださいまし」

「拙僧にできることなら、何なりと」

誠応の表情から消えぬ翳りが気になった。

「和尚さま、まだ何か気がかりが？」

わずかな迷いを見せながら、誠応が慰めるように微笑んだ時、闇千代はこめかみに軽い疼痛《とうつう》を覚えた。嫌な予感がする。

「城戸殿から、懐妊なさって四カ月余りと聞きましたが、下腹《したはら》の膨らみはお感じになりまするか？」

闇千代も気にはなっていた。そろそろ隠し切れぬほど膨らみ始めるはずが、武芸で鍛えた腰回りの肉がもともと引き締まっているせいか、まだふっくらした様子はなく、見た目にはわからない。

首を横に振る闇千代に、誠応が重ねて尋ねる。

「食欲はまだ、戻りませぬか？」

人によって差はあるが、悪阻も治まって食欲が出てくる頃らしい。続く二、三の問いにも頭《かぶり》を振り続けると、誠応は困ったような顔をした。

「和尚さま、何かご存じのことがあれば、仰ってくださいまし」

誠応はしばし思案していたが、意を決したように口を開いた。

「苦界《くがい》には、色々な病があるもの。どうしても子に恵まれぬ女子《おなご》が拙僧のもとへ来ることもございます。子が欲しいと思うあまり、自らを追い詰め、ついには心を病んでしまうのです」

闇千代は誠応の狐顔をじっと見つめた。

「そんな女子が何かのきっかけで自分が身籠ったと思い込むと、体も心に合わせて、まるで懐妊したかのように変わるのです。その女子は何度も偽りの妊娠を繰り返しておりました」

「ですが、和尚さま。あれだけ悩んでいた月の物が四カ月もないのです」

「心を病むと、そのようなこともあるようです」

「では、腹の子を産めぬ、と?」

当たり前すぎる愚問《ぐもん》にも、誠応は丁寧に応じた。

「もしも身籠っておられぬのなら、望めますまい」

今まで小さな命が宿っていると思い込んでいた下腹が、途端《とたん》にしぼんでゆくような心地がした。

闇千代のこめかみに、今度は強い痛みが走った。この痛みは間違いない。奴だ。また奴がやってきたのだ。

極楽へ向かうはずの道が、地獄に通じていたような気分だった。残酷すぎる糠喜《ぬか》びだと知った時、統虎は、仁志は、皆はどんな顔をするだろう。闇千代は深い絶望を覚えた。

「……失礼、いたしまする」

誠応の前を辞して廊下へ出ると、笑顔で茶菓《ちゃか》を運んでくる真里とすれ違った。

「姫さま、どうなさったのですか？　お顔が真っ青……」

「月の物が始まった。また、あれの繰り返しだ」

「え？　でも、そんなはずは……」

「おれは男だ。何をしたって、女になど、なれるはずがない」

刺すような頭痛を覚えながら、闇千代は逃げるように立ち去った。

5

降り積もる初雪が、戦の焼け跡か造りかけの町か見分けもつかぬほどに、すべてを白く染め上げてゆく。心地よく溺れてしまいそうな白さの中で、闇千代の心が淡く澄んでくるのは、雪がつくる静けさのためか、悟りにも似た諦めのためか。

夫の腹心との密談に選んだ白嶽の一室は、以前に命を絶とうとした部屋だが、すべては遥《はる》か昔の出来事のように思われた。

「新しき立花の時代が始まる。長きにわたり、そなたはよく殿を支えてくれた。礼を申します」

両手を突く十兵衛に顔を上げさせた。入婿以来、ずっと統虎の傍らにあった忠臣だ。

「もったいなきお言葉、痛み入りまする」

「そなたを見込んで頼みがある。立花家の大事だ」

ついに、九州に太平の世が訪れようとしていた。立花家のため、統虎のため、皆のためになすべきことは何か。

「近いうちに、統虎さまと離縁する。さもなくば、そなたの主《あるじ》は一生を棒に振りかねん」

幻の妊娠で浮かれていたが、恐れていた通り、誾千代は男に戻った。女になれたのは、あの奇跡の一夜だけだった。白狐が現れるのは生涯に一度きりだろう。二度も奇跡を求めるなど虫が良すぎる。

あの籠城戦で、誾千代は無上の喜びを感じてしまった。

誾千代はやはり男だ。男でなくなれば、それはもう立花誾千代でない。虎の心を持って生まれた以上、鶴の心には変えられぬ。体を取り換えられぬのと同じように、心も変えられはしないのだ。

「百の非が誾千代にあり、一の非も立花統虎になければ、離縁したとて、家中も統虎さまを責められまい。わたしは折を見て落飾する。そなたに手を貸してほしいのだ」

「主の性格と気性に照らせば、容易ではありませぬ」

「百も承知だ。だから、そなたの知恵を借りたい」

十兵衛が怪訝そうな顔をしている。

「なにゆえにございまする？　姫とて、立花家正室の座にご不満はありますまい」

「ない。だが、統虎さまを好きだからだ」

「わかりませぬな。お二人はまだお若く、お子ができれば、さらに絆も深まりましょう」

やはり十兵衛は知らない。統虎は第一の腹心にも妻の秘密を明かさず、ずっと独りで悩み続けてきたのだ。あの優しさに応えるためにも、潔く身を引くべきだ。

「わたくしはまぐわえぬ体なのだ。つまり殿のお子を産めぬ。それでも正室の座に残したいと申すのか」

十兵衛が珍しく言葉を失い、誾千代を見ていた。

「今まで隠していたが、おれは男だ。衆道の気もない。統虎どのは好きだが、男に抱かれたくはないのだ。手を貸してくれ」

十兵衛は絶句したまま、瞠目《どうもく》している。

外では、音もなく降っていた雪がいつしか止み、冬空を覆っていた厚雲の隙間から、慰めるような光が白い世界を照らしていた。

6

「そなたたちはそれでも、戸次道雪の遺臣《いしん》か！」

長梅雨が地に届ける雨音《あまおと》も、誾千代の憤《いきどお》りに遠慮しているように、城戸知正には思えた。

白具足姿の誾千代が井楼岳本城の大広間へ乱入してきたのは、四半刻《しはんとき》ほど前だった。当主立花統虎以下、歴戦の名将を含む全家臣が、まるで師の和尚に叱られる小坊主《こぼうず》たちのように雁首《がんくび》を揃え、押し黙っていた。城戸もその一人である。

「情けなや、筑前の名門武家《ぶけ》が博多を逐《お》われ、筑後の片隅へ追いやられるとは」

誾千代の鋭い舌鋒はどこまでも容赦がなかった。

天正十五年（一五八七）六月、秀吉は立花家に対し、忠節を尽くした「御恩地《ごおんち》」として筑後国柳川の地を与えると沙汰した。筑前国は昨秋、島津軍に包囲される立花城を解放した、小早川隆景《こばやかわたかかげ》に与えられる。

「そなたたちは、父上にどうやって顔向けをする気だ？　わが父はかつて、小早川から立花城を奪い返した。今また戦わずして奪われるとは、草葉《くさば》の陰で嘆かれていようぞ」

耳を塞ぎたくなる罵詈雑言の嵐に、城戸は閉口《へいこう》していた。

「われは、鬼道雪のただ一つの忘れ形見、立花誾千代じゃ！　これは、戸次道雪の命である。立花を守り抜け！」

誾千代の訴えは、甲高い声が耳障《みみざわ》りにキンキン響くだけで、心にまで届かない。

「誾よ。道雪公は大友のためなら、立花家を差し出すおつもりであったろう。苦しき戦いの末に、大友は守られた。われらの戦いをよしとなさるはずだ」

統虎が穏やかに諭す通りだ。道雪は私《わたくし》のためでなく、民と主家のために立花を守っていた。

「もし、もう立花を守れぬと仰せなら、統虎どのは当家を出て行かれよ」

「畏れながら、わが殿がどれほど立花のために戦い続けてこられたか、姫も重々ご承知のはず」

城戸はやるせなくなって口を挟んだが、統虎が手でやんわりと遮ってきた。

「誾、言いたいことあらば、すべて言うがよい。立花はお前の故郷だ」

救いを求めるように見ても、毒舌家の増時は瞑目《めいもく》したまま押し黙っている。弟子のじゃじゃ馬姫を抑えうるとすれば増時の役回りのはずだが、蛙《かえる》の面《つら》に小便とばかり涼しい顔をしていた。

沈黙する家臣団に向かって、誾千代が叫ぶ。

「高橋統虎は、立花家当主として失格じゃ！　されば、今日この日をもって離縁する。亡き道雪公に忠義を尽くす忠臣のみ、引き続き立花に残れ。この城に立て籠り、われと共に華々《はなばな》しく散らん！」

雨が止んだせいか、大広間が異様なほど静まり返る中、統虎がぼそりと応じた。

「道雪公は決して犬死《いぬじ》になど望まれぬ。元来、戸次家の本領は山深い豊後の藤北《ふじきた》であった。公はこの筑前立花に移られて偉業を果たされた。俺もその顰《ひそみ》に倣《なら》い、筑後柳川の地で、立花家を受け継ぎたい。誾、お前も一緒に来てくれ」

統虎を遮りながら、鬧千代は家臣団の中へずいと歩を進めた。

「懦夫《だふ》どもめ！　この中に、わが立花のために戦《たたこ》うてくれる者は一人もおらぬのか？」

鬧千代が徘徊《はいかい》する野良犬のように家臣たちの中を練り歩いても、名乗り出る者はいない。

「軍師、そなたはかような仕儀に立ち至り、先祖伝来の土地を奪われて、口惜《くちお》しゅうないのか？」

「世は思うに任せぬことばかり。今に始まったことではござらん」

増時が静かに応じるや、鬧千代は荒々しく声を張り上げた。

「立花の軍師に知恵はなくとも、主家のために散る忠義と心意気くらいは、そなたたちにあるはず。われらが覚悟を示さば、秀吉とて無体な恫喝を引っ込めるやも知れぬ。われと共に戦わんと思う忠義者は、わが父の眠る梅岳寺に集え。待っておるぞ」

鬧千代が足音を立てて去ると、気まずい沈黙が場を覆った。

「俺が鬧を説いて必ず連れて参る。すまぬが、お主たちは支度ができ次第、先に柳川へ入ってくれ」

統虎に向かい、家臣たちが一斉に平伏した。

「晴れ間が出てきたようじゃな。細かな段取りを決める前に、しばし休もう」

あまりにも剣呑《けんのん》な空気に、統虎は小休止を入れた。

ふらりと外に出た風折烏帽子の後を、城戸は追いかける。青い玄界灘がよく見えた。

「軍師殿、姫はいかがなされたのじゃろう」

増時は薄い顎ひげを弄《いじ》りながら、静かに応じた。

「さすがは鬼道雪の血を引く姫君。ご立派にござる」

下山してゆく鬧千代の後ろ姿に向かって増時が軽く頭を下げた時、城戸はハッと気づいた。

父祖代々この地に住まう家臣たちの中には、柳川行きに不満を持つ者もいた。家臣たちが揃った場で、誾千代はその無念の気持ちを代弁《だいべん》しながら、あえて無茶な申し条を並べ立て、無理を悟らせたのだ。統虎もその心を知り、増時も静止せず、罵詈雑言を正面から受け止め続けた。

博多を守る立花城は、筑前の要衝だ。秀吉の命に背けぬ事情も、誾千代は熟知していた。それでも駄々《だだ》を捏《こ》ねてみせたのは、この機会を捉えて統虎に誾千代を離縁させるためもあろう。

「いかん。されば軍師殿。姫はこのまま離縁を……」

「そのおつもりらしいが、姫なしで殿は生きていけまい。されば貴殿にも動いてもらわねばならぬ」

「何でもお申し付けくだされ。拙者に何ができるのでござる？」

城戸が必死で問うと、増時が耳打ちしてきた。

「ちと手荒《てあら》だが、梅岳寺に小細工《こざいく》を仕掛け申す」

7

空に太陽は激しく燃えていても、立花山の北麓《ほくろく》、梅岳寺境内を吹く朝風は穏やかだった。

誾千代が縁側で夏空を見上げていると、真里が隣に座った。

「お殿さまが、姫さまを諦めるとは思えません」

真里はしつこく説得してくるが、今こそ離縁すべき時だ。それが互いのためだ。もちろん仁志も猛反対して金切り声を上げたが、いつまでも母を悩ませたくなかった。仁志は誾千代を説得しようと、まだ隣の宿坊に残り、しきりに真里や城戸、統虎たちを動かしてくる。

何が忙しいのか、あちこちを飛び回っている城戸によれば、統虎はすでに家臣団を引き連れ、柳川入りしていた。検地を行い、知行宛行《ちぎようあてがい》まで始めたという。

「わたくしは立花に残って、父上の菩提を弔う。おお、待っていた男が来たようだ」

寺の小坊主が十兵衛の来寺《らいじ》を告げた。宿坊の一室で向き合う。

「皆、離縁に反対でな。頼りになる味方は、そなただけじゃ」

「畏れながら、こたび某も宗旨替《しゆうしが》えをいたしました」

十兵衛が苦笑いを浮かべている。

「情けなや。それでも統虎さまの第一の腹心か」

「事《こと》、この件に関する限り、殿は一切聞く耳を持たれませぬ」

「だからこそ、そなたに頼んだのだ。得意の占筮《せんぜい》はどう出ておる？　ああ見えて殿は内心、星を気になさっている」

「そも誾千代姫の宿星《しゆくせい》は、大悲運《だいひうん》の二重星にござる」

そうなのか。誾千代は道雪の教えもあって、占筮を信じなかった。増時に半ば強引に占《うらな》わせた時は、よくも悪くもない星の巡りだと言っていたが、誤魔化《ごまか》していたのかも知れない。

「入婿の前に某が警告申し上げた通り、殿の強運はこれまで、姫の凶星によって輝きを奪われ、ゆえに最大凶の苦闘の日々が続いて参りました」

凶運に見舞われると知りながら、統虎はがむしゃらに突き進んできたわけか。

「されど、運命の理《ことわり》は畢竟、人間なんぞには解き明かせぬようでござる」

「わたくしの凶星が吉星に変わったとでも？」

十兵衛は硬い表情で頭《かぶり》を振った。

「持って生まれた星は、何人《なんぴと》も変えられませぬ。されど、夫婦《めおと》となられて五年の間に、星の配置が変わりました。占筮の理屈など無視して、立花統虎の宿星はこれより、ますます強く乱世の夜空に輝きましょう。ただしその輝きは今や、誾千代姫の星と共にあってこそ。されば――」

十兵衛が誾千代に向かって両手を突いた。

「どうか、柳川へお移りくだされ」

「埒もない。わたくしは端《はな》から占いなぞ信じぬ。殿に頼まれたのか？」

「さにあらず。誾千代様こそはまさしくわが主に相応しきお方。某の見立てが誤っておりました」

「先だって言うたはずじゃ。子も産めぬ虎女が、何の役に立つ？」

「子をなすだけが、正室のお役目ではありますまい。ただ立花家におわすだけで、結構」

「すまぬが、わたくしはもう心を決めたのだ」

素《そ》っ気《け》なく誾千代が応じた時、馬の嘶《いなな》きが聞こえた。

「着かれましたな。実は軍師殿に助けを求めておき申した。されば、御免」

ふらりと方丈へ入ってきた風折烏帽子は、相変わらずとぼけたような表情をしている。

「十兵衛が寝返りおってな。されば、そなたが頼りじゃ」

増時は小さく笑いながら、顎ひげへ手をやった。

「姫のせいで、立花家臣一同、すこぶる面倒くさい思いをしてござる。こいつは長期戦になろうと殿は仰せにて、姫が移られるまで、入れ替わり立ち替わり誰かがここへ参りますぞ。とても落ち着いて仏の道は歩めますまいな」

「先だって本丸の大広間で騒いだであろう。皆もう、わたくしには愛想が尽きたはずだ」

増時は乱れてもいない烏帽子を軽く整えた。

「人は急に馬鹿にはなれぬもの。身どもの弟子筋でも天資機敏秀才《てんしきびんしゅうさい》に渡らせられし姫が、にわかに阿《あ》呆面《ほうづら》をなさって妄言を吐かれたとて、誰も本気には致しませぬ。先だっての下手くそな芝居に、一同かえって姫に感じ入り、改めて忠誠を誓《ちこ》うておる始末。身どもに予めお諮《はか》りあれば、多少はましな演技もできましたろうに」

少し離れて控えている真里がくすりと笑った。

「ならば、改めてそなたに尋ねる。立花のために、わたくしはどうすればよい？」

「離縁は諦めて、柳川へ行かれませ」

「そなたは簡単に故郷を捨てられるのか」

増時と愛妻にとっても、立花は若き日を過ごした思い出の地であるはずだった。

「どのみち人は死にまする。故郷とて、あの世へは持っていけませぬ」

「だが、立花家の世継ぎは何とする？」

「ご両人とも、まだ若うござる。身どもなど、お二方の齢の頃はまだ洟を垂らしておりましたぞ」

増時の戯言《ざれごと》に、黙って聞いていた真里が堪《こら》えきれずに吹き出した。

「先のことは、またいずれ思案を。身どもは道雪公より姫を託されており申す。姫の減らず口が聞けぬようになると、少々寂しゅうもござる。姫も同じではありませんかな？」

山門の方から賑やかな声がしてくると、増時が立ち上がった。

「さてと、殿はあと幾度《いくたび》、柳川から立花へ通わねばならぬのか。はた迷惑な姫じゃ」

城料《じょうりょう》の宛行《あてがい》、付衆《つけしゅう》の配置、代官職の補任《ぶにん》その他新領の政で、柳川は恐ろしく多忙なのだと、増時はふてくされたように言う。長い文が何通も届いていたが、統虎自ら梅岳寺を訪ねるのは、これで三度目か。

「闇、今日は涼しゅうて、過ごしやすいのう」

やがて統虎が、白い歯を見せながら着座した。

「入部《にゅうぶ》早々、作事《さくじ》に人を駆り出すわけにも行かぬでな。ともかくお前のために、海がよう見える部屋を二ノ丸に用意させた。二階の角部屋で、すこぶる眺めが良いぞ」

柳川がまるで日本で一番素晴らしい地だと言わんばかりに、統虎は身振《みぶ》り手振《てぶ》りで語り続ける。

「実はお前がここにいても、道雪公の菩提は弔えぬ。梅岳寺は立花家の香華所《こうげしょ》として柳川へ移すゆえな。ついでに申さば、ミケも連れてゆく。道雪公譲りの兵法よ。さあ、どうする？」

城戸は増時の指図で、梅岳寺移転のために走り回っていたらしい。二代目のミケは人見知りせず、誰にでも懐く可愛らしい猫だった。

十兵衛が城戸を伴い、方丈へ慌ただしく戻ってきた。

「殿、秀吉公より、肥後出陣の命が届きましたぞ」

柳川から馬を飛ばしてきたらしく、城戸が額の汗を拭っている。

「すまぬな、闇。ちと戦に行って参る。済ませ次第また迎えに参るゆえ、考えておいてくれぬか」

あっさり告げると、統虎は立ち上がった。

肥後で一揆が起こったという。また戦だ。統虎なら勝利しようが、絶対に生還する保証はない。

「いつまで、役立たずの正室をそばに置いておくおつもりですか？」

「ずっとだ。俺はお前の心と体が整うまで、いつまでも待つ」

「そんな日が来るとは思えませせぬ」

「ならば、それでもいい」

統虎は限りない優しさを微笑みに浮かべていた。

「天真爛漫な誾は一途《いちず》で、綺麗な心を持っている。鉄砲と薙刀が得意だが、貝は苦手だ。動物は虎が好きで、白狐を探している。笑うと、えくぼができる。他にもたくさんあるが、そんなお前の全部を、俺は好きだ。お前はお前だ。それでは駄目なのか？　お前は、今のままのお前でいい」

いかなる装飾も施さぬ統虎のまっすぐな言葉に、誾千代は救いを覚えた。太陽の温もりで心のしこりが少しずつ解《ほど》けてゆくようだった。負けだ。

誾千代は統虎に向かい、恭《うやうや》しく両手を突いた。

「かしこまりました。これからもよろしゅうお願い申し上げます」

顔を上げると、皆それぞれの安堵した笑顔があった。統虎は白い歯を見せ、切れ長の目が顔から無くなっている。

「真里、支度をせよ。立花家の新領、柳川へ参る」

誾千代は勢いよく立ち上がった。

いざ共に行かん、天空の神のみがしろしめす運命の地、柳川へ。

第Ⅲ部　荼枳尼天《だきにてん》

第十一章　闇ノ舞

――天正二十年（一五九二）十月、筑後国・柳川

1

秋空を映す有明海《ありあけかい》はあくまで澄んで青く、寄せる白波が静かな無限の調べで耳を擽《くすぐ》り続けている。

渚《なぎさ》に立つ主の瓜実顔を、真里は傍らからそっと見た。二十四歳の闇千代はまさしく婉美絶麗《えんびぜつれい》、立花統虎の正室は西国一の美女よとの噂は、関白《かんぱく》秀吉まで届いているらしい。

「姫様、今宵は海茸《うみたけ》をお届けしますぞ！　今年はこれで最後ですわい」

馴染みの老漁師が舟から元気よく声をかける。豊穣《ほうじょう》の有明海は、季節を問わずありったけの海の幸を届けてくれた。

「それは楽しみじゃ。待っておるぞ」

誾千代が澄んだ声で返す。

柳の揺れる沖端川沿いを城へ戻る。城戸もこの道が好きで、毎朝散歩しているらしい。

「わたくしは柳川を大好きになりました。お殿さまが早くお戻りになればよろしいのに」

統虎は主だった家臣たちと共に異国にあった。

秀吉の命で肥前名護屋城《なごやじょう》の普請《ふしん》に当たった後、朝鮮の役《えき》へと駆り出されたのである。誾千代は留守を預かり、立花にいた時と同じように民と親しく交わった。

「姫さま、今年も瓢簞《ひょうたん》が豊作でございますよ！」

途中、農婦が畑の中から声をかけてきた。血の道の具合が優れず寝込みがちだったが、誾千代が仁志に調合してもらった生薬を飲ませたおかげで、すっかり元気になった。

もしも誾千代が男であったなら、戦のみならず、温かい政をしただろう。

長らく大友領だった筑後国も、耳川合戦の後は戦乱続きで、民は疲弊していた。道雪の城攻めにより激烈な戦場ともされた柳川の民は最初、立花家に好意を持たなかった。名護屋城の普請や異国の戦役《せんえき》にまで男たちを駆り出され、民の間には怨嗟《えんさ》の声も上がっていた。

そんな中、誾千代が取り入れたのが、南瓜《かぼちゃ》だった。ポルトガル渡来の風変わりな作物は、虫もつかず丈夫で育てやすい。長持ちする上に、色々な食べ方もできた。

春が来ると、誾千代は柳川へ移り住んだ市蔵と共に、城戸や侍女たちを使い、城内の一角を耕して種を蒔《ま》き、苗を育てる。初夏には、冬の間に川沿いの荒地を肥やして作っておいた畑に苗を植え付けた。立花家臣の子供たちと一緒に藁《わら》を畑に敷き、脇芽《わきめ》を切ってつるを伸ばし、雄しべを取って受粉させると、ひと月半ほどで大きな実ができた。

収穫した南瓜を十日ほど乾燥させた後、闇千代が城に女子供を招き、焼いて振る舞うと、皆が香ばしい甘味に頬をほころばせた。南蛮由来の甘い野菜の評判はたちまち広まり、市蔵があちこちに出向いて育て方を教えた。

南瓜をきっかけに、闇千代は戦乱で荒れた土を蘇らせるべく、民と共に歩み始めた。

領内の政を預かる薦野増時は、検地や替地《かえち》、段米《たんまい》の徴収のほか、兵粮米の調達と輸送などで手一杯だった。上方の政や名護屋城普請のため本国にいない統虎に代わり、闇千代が立花家の御簾中《ごれんちゅう》として果たしてきた役割は多大だった。

真里は女主に従って柳川城の正門へ戻り、太鼓橋を渡って、二ノ丸へ入る。欄干に金塗りの擬宝珠《ぎぼし》がある綺麗な橋を「欄干橋」と呼ぶ者もいた。

闇千代のために、海に近く日当たりのよい一室を選んだのは、統虎の心遣いだ。

「姫さま。大根の初物《はつもの》を献上したいと、市蔵が来ております」

部屋の闇千代に伝え、共に階下へ降りて縁側に出ると、浅黒い肌の百姓が軒先に跪《ひざまず》いていた。市蔵は闇千代の好物を柳川でも献上してくれる。

「いつもすまぬな、市蔵。そなたの甘い大根を食べれば、もう他の大根が食べられぬ」

闇千代が労うと、決まって市蔵は子供のように嬉しそうな顔をした。

「姫君のお力で、柳川の土が蘇ったおかげでございましょう」

新参の市蔵は野良仕事《のらしごと》を手伝い、猫の額《ひたい》ほどの土地を方々《ほうぼう》に借りて、得意の作物を育てながら、漁師たちに貝採りを教わった。立花を離れて五年、柳川の民とすっかり打ち解けている。

「そなたも、柳川でよき嫁御《よめご》をもらえ」

「はあ」と市蔵が恥ずかしそうに頭を掻いた時、城戸が庭先へ駆け込んできた。

「姫、一大事でござる！」

相変わらず騒々しいが、顔が真っ青だ。まさか——。

真里は背筋に寒気を覚えた。

「ついに、私にも来たのか」

闇千代に問われた城戸が、震え声で答える。

「御意《ぎょい》。秀吉公よりお召《め》し出《だ》しの書状が届きましてござる」

しばし思案顔《しあんがお》の闇千代が、大きく頷いて立ち上がった。

「増時に言うて、白狐隊を再び結成する。城戸、真里、手配せよ」

「姫さま、いったい何を？」

「市蔵、頼みがある。ありったけの瓢簞を集めさせよ。万とは言わぬが、千個は欲しい」

まるで意味がわからない。皆、呆気《あっけ》にとられて闇千代を見ていた。

2

秋空の下、緑の小島を並べ浮かべる青い海が眼下で煌めいていた。

城戸は闇千代に従い、肥前名護屋城にあった。〈遊撃丸《ゆうげきまる》〉と呼ばれる、海に最も近い郭《くるわ》だ。振り返れば、天下一の力を誇示するように、五層の天守が聳《そび》えている。

「あの海のはるか向こうで、皆が戦っておるのでございますな」

この春、立花統虎改め、宗虎《むねとら》は秀吉の命により、二千五百の兵を率いて釜山《ふざん》へ渡海《とかい》した。〈唐入《からい》り〉である。朝鮮では激戦が続いても、九州はいたって平穏だ。

「せっかく天下を取ったのに、わざわざ敵を増やすとは、秀吉も耄碌し始めたな。家臣に命のやり取りをさせて、自ら陣頭に立たぬとは、武士の風上にも置けぬ。立花家ではありえぬ話じゃ」

闇千代の歯に衣着《きぬき》せぬ言葉に、城戸は震え上がった。隣の真里がぎょっとした様子で囁く。

「姫さま、お言葉を慎《つつし》まれませ。いよいよ明日は関白殿下とのご面会にございます」

秀吉は出陣中の諸将の妻たちを懇《ねんご》ろに労《ねぎら》いたいと称し、遊興《ゆうきょう》に事寄《ことよ》せて順繰りに召し出した。皆、仕方なく応じている。

「美男のわが夫と違って、秀吉は猿顔《さるがお》の小男だそうな。せっかく民が得た天下静謐をぶち壊して無用の戦を始め、諸将に海を渡らせておきながら、己《おのれ》はのんびり女遊びか。大嫌いな男じゃ」

遠慮会釈なく天下人を罵《ののし》る闇千代に、城戸と真里は慌てた。

この調子で明日を迎えたら、どうなるのだ。秀吉がもたもたせずに九州へ援軍を送っていれば、義父の高橋紹運を始め多くの命が失われずに済んだと、闇千代は文句を言っていた。

「秀吉は醜男《ぶおとこ》のくせに、色好《いろごの》みと聞いた」

闇千代は統虎を基準に美醜《びしゅう》を決めるから、たいていの男が醜男に分類された。もちろん城戸もだろう。

諸将の妻には美女が多いと期待した秀吉は、一人ずつ面会して品定めをすると噂されていた。天下人となり、恐れる物は何もない。唐入りまで強行した秀吉に逆らえる者はいなかった。

「城内は、昨日の秀《ひで》ノ前《まえ》さまのご対面の噂で、持ちきりでございますよ」

真里が声をひそめた。お喋りで人当たりのよい真里は、そこかしこで諸大名の侍女などから気になる話を聞き出してくる。

噂によると、秀吉は九州で最も容姿艶麗《えんれい》な夫人として、二人の女性に目を付けていたという。闇千代の他にもう一人、鬼子嶽《きしだけ》城主波多親《はたちかし》の妻、秀ノ前である。

秀ノ前は龍造寺隆信の養女で、武家の妻として乱世の悲劇をくぐってきた女性だった。「夫の留守を預かる身ゆえ」といったん伺候を断ったものの、再度召し出しがあった。

拒否すれば、後で夫にいかなる災いが及ばぬとも限らない。抗しきれず、名護屋入りした。秀吉は一番眺めのよい最上階の奥座敷で、夫人たちと対面する。隣室は褥《しとね》が用意された寝所だとのもっぱらの噂だった。

昨日、秀吉は四半刻ばかり口もきかず、ただ秀ノ前の顔をじっと見つめ、殿中《でんちゅう》に留め置いたという。さらに酒宴の用意をさせ、舞を所望した。応じた秀ノ前が舞っていると、懐《ふところ》からコトリと短刀が落ちた。秀吉は顔色を変え、宴《うたげ》は中止されたらしい。もしも秀吉が自分に手を出せば自害すると、秀ノ前は覚悟を示したわけだ。

「見上げた心意気だが、顔を潰された秀吉が、後で波多家にどんな意趣返しをするか、知れたものではない」

闇千代の言う通りだろう。だが、秀ノ前を思いのままにできなかった秀吉は、もう一人の美女に執着するのではないか。秀ノ前は四十前後の大年増だったが、二十四歳の闇千代は姿貌美麗《しぼうびれい》、秀吉が鼻の下を伸ばすに違いなかった。

「関白殿下とて、家臣たちの心が離れるような真似はなさいますまい」

「甘いぞ、真里。無体な話だが、理不尽を通すほど、秀吉は己の力を示せるのだからな」

納得ずくで進めても、それは当然の事理であり、力を誇示できぬ。皆が内心は反対なのに無理を押し通すからこそ、誰も抗えぬ権力の強さを天下に知らしめられる。唐入りも同じだ。諸大名の妻を奪い、必要とあらば所領を召し上げる。生贄とされた大名は哀れだが、秀吉に逆らった者の末路《まつろ》を示せば、家臣たちは震え上がる。立花家の柳川十万石余を誰ぞに分け与えて、忠誠も買えるわけだ。

海を見ながら闇千代が語ると、城戸も心底怖くなってきた。

「姫、何となさいまする？　ひとまず仮病《けびょう》で時を稼ぎまするか」

「案ずるな。私とて、無策で名護屋入りしたわけではない。私も舞うとしよう」

闇千代の美しすぎる顔に片笑みが浮かぶ。

「城戸、最後の鉄砲の鍛錬をするゆえ、場所を差配せよ」

不覚にも、城戸はうろたえた。まさか、秀吉を闇討ちにでもするつもりなのか……。

召出状が届くや、闇千代は侍女の中でも撃ち方上手を特に十人選んで、鉄砲の猛稽古を始めた。瓢簞を使う変わった鍛錬で、侍女たちも驚くほど腕を上げた。肥前入りの際も、闇千代は名護屋城守備の名目で、真っ白な甲冑を身に着け、婦女子ら五十名に鉄砲を持たせて堂々と入城していた。

「私は西国一の男の妻だ。醜《みにく》い小猿なんぞに抱かれてたまるものか。部屋で、明日の段取りを話す。市蔵にも諸々申し付けてある」

闇千代はくるりと踵を返し、海に背を向けて歩き出した。

3

城戸は小姓《こしょう》の案内で、誾千代の後ろを歩く。

名護屋城本丸御殿の長廊下が、永久に続いてほしいと思った。

（本当に姫の仰せの通り、うまく行くんじゃろか……）

鬼道雪の娘だけあって、鮮やかな紫の打掛姿でも、悠然と闊歩する姿には女武将の威厳があった。

天守へ入り、階段を上り切った奥座敷には、秀吉家臣のほか全国から呼びつけられた大名たちが、ずらりと並んでいた。真里が仕入れてきた噂では、左列の筆頭にある狸顔が徳川家康で、秀吉のすぐそばにいる頭でっかちが石田三成《いしだみつなり》らしい。秀吉は皆に美貌を見せびらかした上で、自分のものにしようという魂胆《こんたん》だ。

堂々と男たちの中へ入った誾千代は、一斉に向けられた視線をものともせず進み、上座に向かって優雅に坐した。

城戸はその斜め後ろに控えたが、膝に置いた手は緊張でぷるぷる震えている。

「おお、参ったか、誾千代！」

ほどなく、男にしてはやや高めの声がして、パタパタと廊下を駆ける足音が聞こえてきた。

誾千代がピンと背筋を伸ばして平伏すると、城戸も倣った。

「西国一の将の室に会うのを楽しみにしておったぞ。面《おもて》を上げい」

身を起こすと、上段ノ間《ま》に皺くちゃの顔をした小男がいた。あれが天下人か。

「ご機嫌麗しゅう。立花誾千代にございます」

「苦しゅうない。今日は余と共に楽しもうぞ。まずは天下人の眺めじゃ」

秀吉は闇千代を親しく誘って北面《ほくめん》の露台へ出ると、欄干に手を置いた。諸将も一斉に向き直る。

「名護屋城は、まさしく九州の太平が築き上げし名城ぞ」

六年前の「九州征伐」から説き起こし、秀吉は統虎の武勇を讃えながら、唐入りの大義を語った。

口八丁手八丁《くちはっちょうてはっちょう》で話もうまいが、立花家に恩を着せつつ、豊臣の力を誇示しているようにしか、城戸には聞こえない。

「関白殿下の仁政《じんせい》に、柳川ではわが夫以下、筑後川の河口に棲《す》む鰻《うなぎ》やあ、さ、り、まで、ことごとく心酔いたしております」

輝くような笑みを浮かべながら、闇千代も秀吉を持ち上げつつ、無体な真似をするなとやんわり牽制している。

「宗虎もこれほどの室を持っておるとはの。わが豊臣の天下で、立花家はますます飛躍しようぞ」

城戸の全身から冷や汗が噴き出した。立花家の浮沈も、天下人の胸三寸《むねさんずん》だと言いたいわけだ。

「かくも厚きおもてなしを受けた上は、私からも返礼をいたしとう存じます」

「ほう、闇千代の礼か」

痩せて骨ばった頰を、秀吉がほころばせた。

「されば、わが立花家に伝わる舞を披露いたしとう存じます。わが夫も闇ノ舞じゃと気に入りの芸当にて、必ずやお気に召すものと心得ます」

「そいつは楽しみじゃな」

「鬼道雪よりこの方、立花は上から下まで武門の家にて、無粋ながら鉄砲を使った舞にございまするが、お許し賜れましょうか」

いよいよだ。城戸の全身が、緊張でぶるぶる震え出した。やはり無謀《むぼう》ではないのか。

「種子島《たねがしま》を使う舞とは、面白そうじゃの」

「されば、直ちに用意を。城戸！」

「は、はーっ」城戸は掠れ声で応じながら立ち上がると、許しを得て露台へ出た。

天守閣《てんしゆかく》の北西に建つ遊撃丸には、真里と侍女たち、それに市蔵がいる。

城戸が懐から赤塗りの瓢簞を取り出し、大きく振って合図すると、真里が手を上げて応じ、隅櫓《すみやぐら》へ入っていった。

天守では、闇千代が紫の打掛を脱ぎ去り、真っ白な具足姿になった。城戸が差し出す白鉢巻《しろはちまき》を受け取り、頭に固く締める。

やがて奥座敷に愛用の小筒と胴乱が届けられるや、闇千代はいかにも慣れた手つきで、弾込《たまこ》めを済ませた。諸将の間からは、感嘆交じりのどよめきが聞こえてくる。

「これより、関白殿下の御前《ごぜん》に現れるものを、すべて撃ち落としてご覧に入れまする」

赤と黒の小筒を手に、闇千代は秀吉に一礼すると、「御免」と窓から天守の石瓦《いしがわら》屋根へ降り立った。

五層七階の天守閣の屋根に堂々と立つ女などいようか。足を滑《すべ》らせれば、それだけで死が待っている。

意表を突く振る舞いに秀吉が唸り、諸将も驚きの顔つきだ。

闇千代は屋根の上で片膝を突き、鉄砲を構えた。

「皆、よう見える場所へ来んか」

秀吉は諸将を手招きし、自らも露台から身を乗り出している。

「用意はよいぞ、城戸。始めよ」

「はっ」と畏まった城戸が赤瓢箪で合図を送ると、やがて向かいの遊撃丸の隅櫓から、青く塗られた瓢箪が空高く放り投げられた。

たちまち闇千代の小筒が炎を噴く。銃弾は見事、空瓢箪の腹を撃ち抜いた。

諸将から一斉にざわめきが起こる。

四十間《けん》（約七十メートル）近く離れた、動く標的だ。生半可《なまはんか》な腕前でないとわかったろう。

闇千代が弾込めを終えると、城戸が赤瓢箪で隅櫓にいる真里へ、次の合図を送る。

次から次へと抛《ほう》り上げられる様々な色の瓢箪を、闇千代は着実に撃ち落としてゆく。

「男たちは出払っておりますが、立花家の女たちにとって、鉄砲は玩具代《おもちゃ》わり」

闇千代は淡々とした様子だが、城戸は袖でしきりに額の汗を拭《ぬぐ》った。

天守閣の最上階は場が凍《こお》り付いている。

当然だろう。秀吉は〈千成瓢箪《せんなりひょうたん》〉を旗印《はたじるし》としてきた。その瓢箪をその眼前で撃ち壊して見せるなど、正気を失ったとしか思えない。無理な出兵のために将兵を失い、せっかく成った瓢箪をぶち壊しているのだという露骨な諫言《かんげん》でもある。

秀吉の憮然とした顔は、明らかに怒りで満ちていた。

「関白殿下。次は少々、派手に参りまする」

市蔵が投げ上げた瓢箪は、空中で撃ち抜かれるや、轟音と共に爆発した。炎となって、燃え上がりながら落ちてゆく。中には火薬が詰めてあった。

「最後に盛大なる花火をお楽しみくださいませ。お前たち、支度はよいか！」

遊撃丸に十人の侍女たちが現れ、一列に整列した。

城戸が冷や汗で湿った手で赤瓢箪を振ると、夕空高く十一個の瓢箪が一斉に抛り上げられた。

放物線が頂点に達した時、誾千代の小筒が炎を吐いた。

同時の一斉射撃で、すべての瓢箪が瞬時に空中で炎上する。

夕暮れ近づく名護屋城で上がった盛大な花火に、秀吉の家臣たちから覚えず歓声が漏れた。

屋根から露台へ戻った誾千代は、まだ銃身の熱い小筒を城戸に渡し、秀吉に向かって片膝を突いた。

天下人と正面から睨み合う。

「わが夫は今、将兵たちと共に異国にあって、関白殿下のため、毎日命のやり取りをいたしておる真《ま》っ最中《さいちゅう》。されば、柳川では一切の宴、瀟洒《しょうしゃ》を禁じ、女たちも戦場の男たちと同じ覚悟で、日々を生きよと戒《いまし》めておりまする」

立花の女たちにはこれほどの砲手が揃っている。その気になればこの名護屋城で、いつでも秀吉を狙撃《そげき》できるとの脅しでもあった。

城戸は窒息《ちっそく》しそうなほどの緊張で、そのまま気を失ってしまいそうだった。

爆音の余韻《よいん》もすっかり去った後の苦い沈黙を、愉《たの》しげな笑いで破った者がいる。徳川家康だった。

「いやはや、関白殿下。立花殿の御簾中《ごれんちゅう》は美容儀英《びようぎえい》にして、男勝りの女傑なりとの評判、まさしく真《まこと》でございましたな。この家康、感服いたしましてござる」

ややあってから、秀吉は声を立てて笑った。

「見事じゃ、誾千代。さすがは西国一の将、立花宗虎の室よ」

名護屋城天守から見渡す限りの海を、秋の西日が橙一色に染め上げていた――。

城戸はすっかり日課となった毎朝の散歩の途中、沖端川の辺《ほとり》から柳川城を見やった。

名護屋城と同じく五層の天守だが、闇千代はあの目も眩《くら》むような高所から鉄砲を撃ったのだ。

あれから三年経った今でも、城戸は思い出すたび身も細る思いがするのだ。

あの時、同じく秀吉を拒《こば》んだ秀ノ前の夫、波多親はその翌年、軍律違反ありとされて所領没収の憂き目に遭い、徳川家康に預けられた。

だが、立花家に対する意趣返しはないようだった。きっと、気を揉んで痩せ始めた城戸に、闇千代が後に語った通りなのだろう。

秀ノ前がたった一人で「死んでみせる」と訴えたのに対し、闇千代は「殺してみせる」と啖呵《たんか》を切った。それも、独りではない。侍女たちと共に、か弱いはずの女たちによる〈闇ノ舞〉を披露し、立花家が一丸となって戦う気概《きがい》を示したのだ。

女たちでさえこれほどの腕前なら、勇将立花統虎・闇千代夫妻の立花家と事を構えるのは大損だと、秀吉も悟ったのではないか。寛容を促す家康の手前、秀吉も度量を示す必要に迫られてもいた。

幸運に恵まれたと城戸は考えたが、闇千代はその場に家康がおり、とりなしに入ると見越して、増時の了を得たと明かしたものだった。

ずんずん歩くうち、膨らんだ麻袋を背負う市蔵を見つけた。

「おお、市蔵。先だっての秋茄子は美味《びみ》であったぞ」

「これは城戸様。姫君もそう仰せになりまして、今からお持ちするところでございます」

昨日海辺で会った時は、「これから月日貝《つきひがい》をお届けに上がります」と言っていた。不覚にも以前、この善良な百姓を消そうとした自分の愚かしさに、城戸はぞっとする。

「されば、共に参ろうぞ。わしらは名護屋城の戦友じゃからな」

城戸は膝を突く市蔵を立ち上がらせ、城へ向かう。

柳川は安泰だ。誾千代は武家の妻として、日輪のごとく燦然《さんぜん》と輝いていた。

4

柳川城から見える夏の海が青く澄んでいれば、秋の貝が美味しくなると市蔵は言うのだが、本当だろうか。

「姫さま。もうすぐ仁志ノ方さまがお見えです」

仁志は娘が心配らしく、誾千代と同じ二ノ丸の少し離れた別邸に住まっている。毎朝、誾千代がご機嫌伺いに参上するが、会話はだいたい健康についてだった。

「母上はますますお元気だな」

誾千代が真里に笑いかけた時、腰巻姿の仁志が部屋へ入ってきた。

腰の打掛は、白麻地の上品な間着《あいぎ》に白鶴をあしらった紫縮緬地《むらさきちりめんぢ》だ。娘に手本を示したいのか、常に念を入れて着飾っている。

「頼んでいた八女《やめ》の茶が手に入りました。体にも良いようです。ぜひ試してみなされ」

茶を摂《と》れば肌が黒くなりにくいからと、女たちはよく飲むが、仁志が言う「体に良い」とは、「女になれる」という意味だ。仁志は藁にもすがる思いらしく、女になるための知恵を集めては、ごく些細《ささい》な話でも伝えに来る。

以前ほど必死ではないが、闇千代は今でも当帰《とうき》に貝食、荼枳尼天への朝夕の祈禱を欠かさない。月事の痛みや吐き気はすっかり収まったものの、心は男のままだ。塵《ちり》が積もって山にはなっても、海にはならぬ。やはり山と海のように、男と女は違うのだと、闇千代は思う。

「いよいよお殿さまが柳川へ帰国なさると耳にしました」

朝鮮へ渡って三年余り、統虎はようやく帰国を許され、伏見《ふしみ》で秀吉に拝謁《はいえつ》を済ませたと、報《しら》せがあった。

「文によれば、来月大坂を出られるとか。統虎さまは、かの国でも獅子奮迅のご活躍でしたから、柳川は安泰でございます」

「闇千代、今のお名前は親成《ちかしげ》どのでしょう?」

統虎はまた名を変え、今は親成と名乗っていた。確か「統虎」から数えて五つめの名だったろうか。最初の「宗虎」に変名する時は、統虎がわざわざ闇千代に確かめてきたものだ。

――俺は常に、昨日の己よりも優れた人間でありたいのだ。ついては、統虎の名を改めようと思うのだが、構わぬか?

――ご自分のお名前ですから、どうぞご随意《ずいい》に。十回でも、二十回でも変えられませ。

何事も諦めず前に進み続けている夫だ。また変名しそうな勢いだし、闇千代にとっては「統虎」の名が一番馴染みがあるから、いちいち改名に付き合っていない。

「あの名護屋城での一件も結局、大事《だいじ》なかったのですね?」

「このまま秀吉の天下が続くとも思えませぬが、古今無双《ここんむそう》の勇将、立花統虎を敵に回すほど、愚かではございますまい」

「それならよいのですが、もっと気掛かりなのは、お前です」

声を落として、仁志がにじり寄ってきた。

「正室の座を守るためにも、統虎どののお気持ちにお応えせねば。曲がりなりにも一度は子の出来かけた身です。求められた時は、よもや拒みますまいね」

言葉を選びながら、遠慮がちに尋ねてくる。誾千代は母の気遣いを申し訳なく思った。

唐入りの前、統虎に従《つ》いて大坂へ上がり、一年ほど滞在したし、柳川へ移ってからも何度か、誾千代は夫と臥所《ふしど》を共にしたが、統虎の優しさを確かめただけだった。

統虎は望みうる最高の夫であったろうが、誾千代は妻としてそれに応えられなかった。統虎はただのひと言も愚痴をこぼさないが、三十路《みそじ》近くになって、むろん子もない。

「すべては、茶枳尼天の思し召しのままに」

誾千代が無意味な言葉で応じると、仁志はひどく寂しげな顔をした。内心では、母も諦めたいのかも知れない。柳川に移って八年、誾千代も二十七歳だ。これ以上、統虎を誾千代の宿命《さだめ》に付き合わせるわけにはいかなかった。

幸い柳川の政《まつりごと》は順調だ。どのような形であれ、統虎と立花家のために区切りを付ける頃合いだろう。今度こそ髪を下ろして、父道雪と戦死者たちの菩提を弔いたいと、誾千代は思っていた。

仁志が八女の茶の淹《い》れ方について再度念押しして去った後、真里と二人の間に沈黙が淀んだ。

「来迎寺へ参る。城戸に手配させよ」

心配顔の真里が畏まって頷いた。

5

瀬高来迎寺は、柳川城から一里半（約六キロメートル）ほど東へ行った矢部川《やべがわ》沿いにある。

移封《いほう》以来、闇千代は幾度も寺を訪ね、心を病む者たちと交流してきた。自らも虎女だとは明かさぬが、同じ苦しみを持つ人間が懸命に生きようとする姿に励まされた。寺領《じりよう》の寄進《きしん》などささやかな支援をしてきたが、誠応上人との対面は久しぶりだ。

重厚な楼門をくぐる。小さな石仏群を横目に見ながら案内された昼下がりの秋庭には、仙人草が慎ましく可愛らしい白い小花を一斉に咲かせていた。薬草として育てているのだろう。

「柳川の政についてては、よき話しか聞きませぬな」

誠応は老いても変わらず矍鑠《かくしやく》として、百歳くらいまで生きられそうだった。

「立花家がよき地、よき民に恵まれたからです。海の幸も素晴らしい。海苔が終わって、そろそろあさりの季節が参ります」

「姫が実は貝をお嫌いじゃと、城戸殿が嘆いておりましたが」

誠応が悪戯《いたずら》っぽい顔で、闇千代を見ていた。

「いいえ。これだけ食せば、美味しさもわかるというものです」

「変わられましたな。実にご立派になられた」

常に穏やかな笑みを浮かべる誠応の境地に至れば、別の世界を見られる気がした。

「相変わらず、私はずっと私のままですが」

「弟子を幾人も育てておれば、ひと皮剝けた人間はすぐにわかりまする」

高僧の薫陶を受けた孤児の僧侶たちが各地に散らばり、善を広げてゆく姿は心強かった。

「心の入れ替えはできません。自分を救いようがないとわかって、むしろ救われた気がいたします。ただの諦めなのやも知れませぬが」

「あと半歩でございますな。性は変えられずとも、心の持ちようひとつで、人は変わります」

「実は途方に暮れてここへ参りました。近く殿が帰国されますが、私はいかにすべきか、日々思案いたしております」

誠応は答えず机に向かうと、白い紙を半分だけ墨で黒々と塗った。

「これは、何に見えますかな？」

謎かけか。黒は男で、白は女の意だろう。

「黒でもあり、白でもあります」

闇千代は男か、女か、いずれでもあるのか、いずれでもないのか。周りは、立花家正室としての女闇千代を望んでいる。

「和尚さま。人間の性は体でなく、心で決まるのでしょうか。もしもそうなら女とは、男とは、何なのでしょう？」

「姫は男か女か、まだその区別にこだわっておわします。性を手放し、一人の人間として生きられればよろしいのではありませぬか」

誠応は手の黒白紙《くろしろがみ》を、改めて闇千代に示した。

「これは紙でございます。黒か白かなど、どちらでもよい話」

男なのに、あるいは女だからと執着するから、人は苦しみ、悩むのだ。闇千代もずっと堂々巡りを繰り返してきた。柳川へ来る前、統虎が言ってくれた言葉を、ふと思い出した。

——お前は、今のままのお前で、いい。

ありのままを受け入れる統虎の優しさに救われた気がしたが、答えはすでに見つかっていたのだ。

ゆっくりと頷く誠応に向かい、両手を突いた。

「心の持ちようについて、仏の御教《みおし》えから魂の救いを得られましょうか」

髪を下ろせば、事が大きくなる。ひとまず在家で真剣に仏道修行に励む道もあると、誠応は諭した。

「これまで通り荼枳尼天を信じて参ります。どうぞお導きくださいませ」

もう自分のために祈りはすまい。亡き道雪を弔い、統虎の無事と民の平安を願うだけだ。

庭の仙人草が夕日を浴び、爽やかで甘美な香りを放ち始めている。毒を持つ白い花は、今までの自分にどこか少し似ている気がした。

第十二章　孤城

――慶長《けいちょう》四年（一五九九）閏《うるう》三月、筑後国・柳川

1

新緑の柳葉《やなぎば》がゆらりゆらりゆらりと沖端川沿いに揺れていた。

真里は誾千代に付き従い、柳川城の南、海に至近の宮永《みやなが》村へ向かう。豊臣秀吉の死により天下に再び大乱が兆《きざ》し、統虎は上方にいた。それでも筑後柳川には、あくまで穏やかな春風が吹いている。

干潟《ひがた》に面した柳川の海辺まで出ると、寄せては返す静かな波が耳に優しい。沖合《おきあい》には幾艘《いくそう》かの小舟がぷかりと浮かんでいた。

「昨日、市蔵どのが採ってきてくれたあさりは美味でしたね」

女主が無言で頷く。

三十路を過ぎても、誾千代の容色に衰えはない。落飾を思いとどまったのは、統虎が不在がちで、柳川の留守を預かる正室として務めを果たすためもあったろう。二度目の朝鮮の役で統虎が戦場にあ

る間も、闇千代は武家の室を立派に演じ切った。

外見は変わらずとも、仏門に深く帰依して以来、闇千代は少しずつ変わっていった気がする。女になったという意味ではない。今も闇千代の心はきっと男だろう。それでも師の誠応と談笑する姿を見ると、まるで高僧にも似た魂を持っているように、真里は感じるのだ。

「宮永館もついに完成だな」

昨年九月、秀吉逝去の報に接するや、闇千代は朝鮮の役が終わると見て、ありったけの金をはたかせ、博多の島井宗室に依頼し、値《ね》の暴落した鉄砲と弾薬を買い漁らせた。さらに異国の統虎に断りもせず、宮永に大きな屋敷を建てさせ始めたのである。

かつての立花屋敷に似て籠城もできそうな質実剛健な造りだった。

だが、二度にわたる唐入りの戦費負担で、立花家が上から下まで疲弊《ひへい》する中、闇千代の始めた宮永館の普請は、太平の世に無用の長物《ちょうぶつ》だとあちこちから謗《そし》りを受けた。男勝りの姫が酔狂を始めたせいで、民から怨嗟の声が上がっていると喧伝して回る者もいた。城戸が再考を求めても、闇千代は全く取り合わず、薦野増時も認めたために普請は着々と進められてきた。

館を取り囲む塀《へい》は高く分厚く、銃眼《じゅうがん》まで用意されている。だが、いったい誰が柳川へ攻めてくるというのだろう。真里も疑問に思っていた。

闇千代に続いて宮永館の表の櫓門をくぐると、真里は、昔の立花へ戻ったような懐かしい錯覚に襲われる。

「立派なお屋敷になりましたね。大名の方々の迎賓《げいひん》には、もってこいの館です」

帰国した統虎も、建設中の館を見て驚いた。

二ノ丸の一番いい部屋に住まう誾千代が、さらに海辺に豪奢《ごうしゃ》な離れを作るのは贅沢だと、家中の不満も一部で囁かれていた。交友の多い統虎は、恩讐《おんしゅう》を越えて友となった島津義弘や、朝鮮で窮地を救い肝胆相照らす仲となった加藤清正ら、柳川を訪れる諸大名の一行を寝泊まりさせられると言い、誾千代を擁護《ようご》していた。

母屋の二階へ上がり、向かいに建つ柳川城を見やった後、誾千代は海に面する露台に立った。

「また、月祥院《げつしょういん》たちが新しい悪口を考え出して、言いふらすでしょうね」

二十年近く連れ添ってきた夫婦《めおと》は、まだ子を授からない。男勝りの誾千代がわがままで、統虎と不仲なせいだと陰口が叩かれ、嘘だらけの流言《りゅうげん》を信じる者たちもいた。統虎が留守がちの柳川を、誾千代と増時が二人三脚で安らかにし、豊かにしてきたからこそ文句も言えるのにと、真里は腹が立って仕方がなかった。

「言わせておけばよい」

誾千代は密《ひそ》かに増時に頼み、他家《たけ》で側室に相応しい女子《おなご》を探させていたが、統虎が帰国すると、増時が裏で動き、知己《ちき》の細川忠興《ほそかわただおき》から一人の女子を紹介してもらった。昔、足利将軍家のために戦死した幕臣《ばくしん》矢島秀行《やじまひでゆき》の遺児で、八千子《やちこ》という。公家《くげ》の名門・菊亭晴季《きくていはるすえ》の孫にあたるが、楚々とした武家の娘だった。

増時が内密に誾千代の意を受けて話を進め、八千子は母の月祥院と共に柳川入りし、実弟の矢島重《しげ》成《なり》も立花家に仕え始めたが、統虎は側室に迎えようとしなかった。

「あることないこと言われっぱなしでは、まるで姫さまが悪女のようではありませんか」

誾千代は母屋から出て、端材《はざい》で作らせた逆茂木《さかもぎ》の尖りを確かめている。そういえば、立花の大屋敷にも同じ物があったろうか。

「娘を思う母の気持ちは、私にもわかる」

気位の高い月祥院は、細川家から十数人の侍女たちを引き連れ、城外の屋敷に八千子と住んでいた。娘の側室入りを闇千代が妨《さまた》げ、嫉妬深い正室に統虎が気兼ねしているのだと思い込んでいた。仮に統虎が闇千代を離縁すれば、八千子が正室ともなりうる。だから、とにかく闇千代を貶《おとし》めようと必死だった。

「例の京女《きょうおんな》の一件で、お殿さまと姫さまが取っ組み合いの喧嘩をなさったとか、噴飯ものの噂まで流れているんですよ」

過日、統虎が月祥院の屋敷に招かれた際、侍女である京女の女房曲舞《にょうぼうくせまい》を褒めたため、闇千代が激怒して統虎を責めたという話になっていた。

「いつの世も、人は妬《ねた》み嫉《そね》みで陰口を叩き、世迷言を流布《るふ》するものじゃ。捨て置け」

「されど、姫が欄干橋の真ん中で涙され、憤怒《ふんぬ》の余りお口から炎を吐いておられたと、見てきたように申す者もおりまする。もう、悔しくて……」

闇千代が愉快そうに声を立てて笑い出した。

館《やかた》の庭に植えさせた白木蓮《はくもくれん》の花びらを指先で撫でている。

「炎を吐ければ、戦で活躍できような」

「姫さまのお腹《なか》の上に茶碗を置くと、水が湯になると言うのですよ」

「火を焚かずに済めば、八女茶を淹れるのに便利でよいのだが」

噂の出所は月祥院で、その侍女たちが言いふらしているに違いないのだが、闇千代はどこ吹く風と相手にしない。真里には歯痒《はがゆ》くてならなかった。

　宮永館の見物を終えて柳川城へ戻ると、闇千代は欄干橋を渡り始めた。増時に用があるという。

　増時は三潴郡《みずまぐん》の城島《じょうじま》城主となったが、嫡男の成家《しげいえ》に所領を任せ、自らはもっぱら柳川城の留守居を務めており、今なら表御殿に伺候しているはずだった。立花姓を賜った増時は出家もして、正式な名は「立花賢賀《けんが》」のはずだが、皆は相変わらず「軍師殿」と呼ぶ。新しい名前では本人が気づかず、返事をしない時もあって、闇千代は気にせず以前の名で呼んでいた。

「わざわざ姫がお越しとは、また厄介事でなければよろしいのだが」

　風折烏帽子の増時は、腐れ縁の弟子に悪戯《いたずら》っぽく笑った。

「さすが立花軍師の見立ては正しいな。実は宮永館を非常に気に入ったゆえ、私は城を出て、移ることにした」

　いきなり切り出された闇千代の言葉に、後ろで控えていた真里は飛び上がった。

　統虎と公然と別居する気だ。正室が去った二ノ丸には、八千子と月祥院が移るに決まっていた。いや、あえて譲る気なのだ。

「殿が出立なさるや、これまた、ややこしいお話を」

「いや、統虎さまがご不在の間に、事を進めておきたいのだ」

「仲睦まじきご夫婦でお決めあればよいものを。昔から、身どもは立花家の厄介事ばかり押し付けられてかないませぬ」

「そなたは何でも何とかしてくれる。だから皆、周旋《しゅうせん》を頼むのだ」

　やむにやまれず、真里は後ろから声を出した。

「今、城を出れば、例の京女に嫉妬するあまり、姫さまが怒って城を出たように言い立てられてしまいます」

「姫のわがままもここに極まれりと、悪し様に謗られましょうな」

「むしろそれを望んでいる。統虎さまは何も悪くない。皆が私を非難すればよいのだ」

いや、姫さまだって、何も悪くなんかない。真里は言い返したかったが、増時の思案顔《しあんがお》を見て、ぐっと堪《こら》えた。

心が男だからだろう、闇千代は嫉妬を感じていない様子だった。統虎に対しても、他の女を愛し、子を作り、幸せになってほしいと明言していた。だが、闇千代が虎女だとは誰も知らぬから、世間には子のない女の強がりか、澄まし顔の痩せ我慢にしか見えまい。

「さすがは闇千代姫、ご立派にござる。存分になされませ」

増時は口元に片笑みを浮かべているが、真里は悔しくて泣きそうになった。

闇千代が海に至近の宮永を選んだのは、貝がすぐに採れるからだ。女をまだ完全には諦めていないからではないか。嫡男さえできれば、口さがない噂など一蹴《いっしゅう》できようにと、真里は唇を噛んだ。

2

海に面した宮永館には、朝夕の静けさに潮騒《しおさい》が届けられるはずが、今は戦支度を進める柳川城から慌ただしい喧騒が聞こえるのみだ。

闇千代は銃床から取り外した銃身を湯で洗い、燃えかすを丁寧に落としてゆく。昔から鉄砲の手入れには余念《よねん》がなかった。

「鉄砲も弾薬も、今は簡単に手に入らないそうですね。姫さまは太閤殿下《たいこう》ご逝去のみぎり、こんな大《おお》戦《いくさ》になると見越しておられたのですか」

「あの男は焼きが回っておったゆえ、念のために備えていただけだ」

秀吉は天下の平安を固めるのでなく、愚かしい出兵で豊臣家の力を大いに下げた。後継ぎが幼子なら、野心を抱く男たちが再び争乱を引き起こしても、おかしくはない。実際、決戦を前に、各大名が一斉に武器を求め、価格も騰貴《とうき》していた。

「先見《せんけん》の明《めい》があった姫さまは、城下で武家の妻の鑑《かがみ》だと言われていますよ」

「さしずめ、城戸か母上あたりが言い囃させているのであろう。お前もか？」

図星《ずぼし》らしく、実は真里も一役買ったと打ち明けた。闇千代は全く取り合わないが、仁志が流言にひどく怒っており、統虎に会うたび噂を一つひとつ訂正しているらしい。

「月祥院は宮永館を建てるお金で玉薬《たまぐすり》を買うべきだったなぞと、減らず口を叩いておるそうです。山積みの鉄砲をお城の蔵に入れていた時は、無駄遣《むだづか》いだと訳知り顔で文句を言っていたくせに」

真里の愚痴を聞きながら、水気を拭き取った銃身に油を塗っていると、廊下が賑やかになった。

「それにしても暑いのう、闇。今日も息災にしておったか？」

長身の統虎が、鴨居《かもい》で打たぬよう頭を下げながら入ってきた。闇千代は下座《げざ》へ移り、両手を突いて迎える。

「私はいたって元気です。昨夜も、市蔵が採ってきてくれた揚巻貝《あげまきがい》を塩焼きにして、美味しくいただきましたから」

「漁も上手らしいな。あやつも器用な男だ」

統虎は笑うが、精悍な表情には明らかに疲れが見えた。重大事があっても妻を心配させまいと無骨な笑顔を作る心遣いは、夫婦《めおと》になった昔から変わらない。

「実は上方から、徳川内府殿を討つべしとの連署状《れんしょじょう》が届いたのだ。こたびは、天下分け目の大戦《おおいくさ》となろう」

豊臣家大老の筆頭、徳川家康は上杉景勝《うえすぎかげかつ》に謀叛の疑いありとし、これを討つため奥州《おうしゅう》へ会津《あいづ》征伐に向かっていたが、大坂の五奉行がこの機を捉え、家康糾弾の連署状を諸国に発したという。

「毛利《もうり》殿が打倒徳川の盟主となる。日本が東の徳川と西の毛利に二分されるわけだ。肝心《かんじん》の豊臣が割れておってな。清正は東軍に付くゆえ、西軍に加勢するなと俺に言うてきた」

柳川の南隣、肥後北部を領する加藤清正は年長ながら、統虎の最も親しき友の一人だった。

「小早川、鍋島《なべしま》と黒田《くろだ》は？」

九州北部の雄は今、隆景の死後、小早川家を継いだ秀吉の甥秀秋《ひであき》と、肥前龍造寺家を継いだ鍋島直《なお》茂《しげ》・勝茂《かつしげ》父子、さらに豊前《ぶぜん》の黒田如水《じょすい》・長政《ながまさ》父子であった。

「小早川は西軍だが、他は未《いま》だ旗幟《きし》を鮮明にせぬ。日本中で腹の探り合いの最中《さなか》よ」

土壇場《どたんば》まで見極めが必要だが、西隣の鍋島は西軍に、東隣の黒田は東軍に味方すると見込まれていた。上方での戦も大事だが、九州での戦の帰趨《きすう》も読めぬところだ。

「徳川には何の恨みもないが、その野心に手を貸してやる義理もない。立花は豊臣と毛利の世話になった。ゆえに俺としては西軍に味方するしかない。これから家臣たちに諮《はか》るが、立花の行く末を決める大事ゆえ、闇の存念《ぞんねん》を聞きたいと思うてな」

「実は今朝早く、増時がここに参りました。東軍の徳川と違い、毛利は石田に担がれただけで、西軍をまとめ切れていないとか。立花は勝つ側に与《くみ》すべし。私も同じ考えです」

耳の早い増時は上方の情勢をいち早く摑み、徳川が勝つと見た。義理がたい統虎は西軍に味方するはずだが、闇千代からも強く反対してほしいと、手回しよく頼み込んできたわけである。

「立花が与せねば、西軍は必ず負ける。されど、立花がその力を存分に振るわば、勝ち目はある」

「逆に、立花が東軍に味方すれば、万が一にも負けはしますまい」

「然り。なれども、あの豊薩《ほうさつ》合戦の折、亡き太閤殿下が小早川の援軍を寄越さずば、俺たちは立花城で城を枕に討ち死にしておった。恩義がある」

豊臣家を守らんとする毛利と小早川を敵には回せぬと、統虎は義《ぎ》を説《と》いた。

「義のために滅びようとも、構わぬと？」

「いや、俺が戦う以上は、むろん勝つ」

仮に負けても、一度の戦で終わりはすまい。難攻不落《なんこうふらく》の大坂城を足がかりとして反攻もできよう。

黙したままの闇千代に、統虎は続けた。

「徳川は天下のためでなく、私心で動いておる。されば義は東になく、西にあるが、豊臣恩顧《おんこ》の大名は次々と離れてゆく。容易《たやす》く勝てるからと不義に味方するなら、立花の名折れであろう。俺が俺でなくなる。道雪公にも顔向けできまい」

立花の名など、この際どうでもいい。だが、西国一の英雄たる立花統虎の名は守らねばならぬ。そのために滅びるのなら、やむをえぬか。

「ならば、これ以上の反対はいたしますまい。統虎さまのご随意に」

「すまぬ。ちなみに、今の俺の名は親成だがな」

闇千代は構わず、正面から統虎を見た。

「行くからには、必ず勝たれませ」

「戦には自信がある。三成は兵を千三百出せと言うてきたが、それでは足るまい」

「されば四千、率いて行かれませ」

統虎は瞠目し、唖然とした様子で闇千代を見た。

「西国最強の立花家のみにて勝利するおつもりで、ご出陣を」

本国柳川に残す兵力はせいぜい一千。立花家の動員兵力ぎりぎりで大戦に臨む。

「増時さえ残してくだされば、私が共に柳川の留守を預かりましょう」

統虎は感嘆《かんたん》した様子で闇千代を見つめていたが、やがて頷いた。

「俺は天下に誇れる妻を持ったわ。留守中、柳川を頼んだ」

「鬼道雪のひとり娘なれば、いつなりと覚悟はできております」

統虎が白い歯を見せて大きな拳を作ると、闇千代は笑顔で自分の拳をぶつけた。

「遠き戦場にあっても、柳川には闇がいる。生きて柳川へ帰れば、お前に会える。そう考えるだけで俺は救われるのだ。吉報を待っていてくれ」

夏日の照り返しで、宮永館の庭は眩しいほどに白く輝いていた。

3

雨上がりの秋空は、海よりも青いのだろうか。

小昼休みに入り、宮永館で鳴り響いていた銃声もようやく止んだ。

硝煙の匂いが立ち込める館は、嵐の前の静けさと言うべきなのか、潮騒がはっきりと聞こえるほどに静かだ。兵力の大半を率いて出撃した立花家は、本領の柳川を守るに十分な兵力を国元に残していなかった。

真里が呼ばれて部屋に入ると、誾千代が鏡を覗きながら唇に紅を塗っていた。生まれつき色白の素顔も綺麗だが、化粧《けわい》をすると、見慣れていてもドキリとする。

「私の具足を用意させよ、お前も支度しておけ」

十日余り前、上方の統虎から報せが届いた。

立花軍は大津で勝利したものの、同じ日に美濃国《みののくに》は関ヶ原なる地で、筑前の小早川秀秋の裏切りにより、石田三成が大敗を喫した。

敗報に接した統虎は大坂城へ入り、西軍の総大将毛利輝元《てるもと》に籠城戦を提案したが、容《い》れられなかった。そのため、大坂にいた実母の宋雲院《そううんいん》らを連れ、同じく西軍に加担した島津義弘の軍勢と共に今、柳川への帰路にあるという。

「いよいよ九州でも戦になるのですか？」

真里は誾千代の女らしい体に、真っ白な甲冑を着せてゆく。

「このまま何もせず、放っておけばな」

西軍大敗の報を聞くや、誾千代はただちに動いた。

宮永館の稽古場に、白狐隊の侍女たちを呼び、鉄砲の鍛錬を始めさせた。さらに二ノ丸へ入り、月祥院と面会して戦える侍女を出すよう命じ、また、市蔵を通じて戦えそうな百姓たちを館に集めたのである。腕の立つ白狐隊の侍女たちが、鉄砲の撃ち方を一から教え込んだ。

かくて、約三百名の女や百姓たちからなる鉄砲隊が組織された。

「姫さま、これから立花家はどうなるのでしょう？」

闇千代の白鉢巻を締め直しながら、真里は尋ねる。怖くてたまらなかった。

「殿が帰国されるまでは、私が守る。その後は、共に守る」

豊前の黒田と肥後の加藤は東軍であり、筑前の小早川が東軍へ寝返った。さらには西軍だったはずの肥前の鍋島が慌てて東軍に与し、徳川への忠誠を見せるために立花を討つと約束したらしい。

つまり立花家の柳川は、絶望的な四面楚歌《しめんそか》の苦境にあった。オロオロしているだけの城戸もみるみる痩せ始めた。

「さて、城へ参るぞ」

もぬけの殻《から》に近い柳川城には、薦野増時が一千に満たぬ兵と共にいる。「言わぬことではない」と心の中でぼやきながら、増時は城の守りに腐心《ふしん》しているはずだった。

先を行く白具足の闇千代は、仁志から貰った紫の陣羽織《じんばおり》を風に翻し、二ノ丸へ至る堀上の橋を足早に歩いてゆく。武装した茶枳尼天が渡る橋の欄干には、大きな擬宝珠《ぎぼし》が黄金色に輝いていた。

「増時、ひとつ頼みがある。兵を二百ばかり貸してほしいのだ」

表御殿の一室を訪れると、こんな時でも増時はふだんと変わらず、すっとぼけたような顔つきで、闇千代に対した。

「やれやれ。ただでさえ兵が少のうて、身どもも困っておるのですがな」

「そなたも多忙であろうゆえ、半日で返す。昨日の雨で、筑後川の流れが気になるのだ」

闇千代は城から出撃するつもりなのか。真里は気が気でなかった。

「なるほど、さようで」

増時は品定めするような顔つきで、薄い顎ひげをしごいている。

「誰が殿の退路を襲うか知れぬ。立花勢が無事に川を渡れるよう、船を押さえたい」

立花軍四千が柳川を目指して撤退してくるが、雨後の筑後川は、船なしでの渡河《とか》が難しい。立ち往生する立花軍の背後を、小早川、黒田や鍋島が襲えば、進退窮《きわ》まり壊滅しかねなかった。敵が接収し、あるいは川船業者が敵に付く前に、渡し船を武力で確保しておくのだと、誾千代は説いた。

「今なお姫にぞっこんの殿なら、白髪交じりの出迎えより喜ばれましょうな。すでに筑後川へはわが手の者をやっておりますれば、下田《しもだ》の渡しに兵を留め置かれませ」

「立花の軍師はやはり抜かりがないな」

増時も同じ考えで、兵を出すつもりだったらしい。

「その間に、身どもは籠城支度を進めておきまする」

揃って城を出ると、表門のすぐ手前に二十騎、二百ばかりの足軽が整列していた。

増時が命じる。

「身どもに代わり、御簾中が指揮をなさる。下田の渡しで殿と立花将兵をお迎えせよ」

小柄な真里を馬の前に乗せ、筑後川の船着き場に急行するや、誾千代は船をすべて接収し、兵を半分残して対岸の下田へ渡った。

待つほどに、北から砂塵《さじん》が上がり始めた。だが、あれが敵だったら、どうするのだ。

真里は気が気でなかったが、〈杏葉紋《ぎょうようもん》〉の旗印を見て胸を撫で下ろした。桃形兜《ももなりかぶと》に金箔《きんぱく》を付けた立花家の将兵たちだ。

「遠路はるばる無事のご帰国、祝着至極《しゅうちゃくしごく》に存じます」

闇千代が美しく微笑みかけると、統虎は馬から飛び降りた。

「相変わらず、闇は綺麗だな。お前の顔を見るだけで、俺は元気を貰える」

言葉と裏腹に統虎は憔悴し切った顔をしていた。撤退中に世戸口十兵衛を海難で死なせたらしい。

こんな時に寄り添うのが妻の務めだ。

「敵がいつ来るか知れませぬ。さ、船へ」

小さな船だが、順々に乗り込み、手際よく渡してゆけば、半刻《はんとき》も掛かるまい。

「すまぬ、闇。敗者に与してしもうた」

肩を寄せ合う船の中で、統虎が頭を下げて闇千代に謝っている。

「常勝無敗の立花が負けたわけではありませぬ。柳川を守る戦いは、これからでございます」

「やはり闇は頼りになる。お前のような将がもっと西軍におれば、負けなんだのじゃがな」

南岸に着くと、先に下船した統虎が闇千代に手を差し伸べて、船から陸へ上げた。微笑ましい姿に、真里の胸が温かくなった。

4

出陣前の柳川城下は、具足に身を固めた将兵でごった返していた。戦だ。

「まもなく、敵が柳川へ攻めて参る」

闇千代は、宮永館に駆けつけてきた市蔵に命じた。

「そなたは急ぎ百姓たちに言うて、鋤《すき》でも鍬《くわ》でも、何ぞ武器になる得物《えもの》を持って宮永へ集まるよう、触れ回れ。その際、三尺（約一メートル）ばかりの竹の棒を墨で黒く塗って、一本ずつ持参させよ」

「畏まってございまする」

闇千代の命に市蔵は訝《いぶか》しげな顔をしたが、無駄な問いを発せず、一礼だけして駆け去った。

「御簾中のお通りじゃあ！　道を空けてくれい」

白具足姿で館を出た闇千代は、城戸に露払いをさせながら、真里を従えて本丸へ向かう。

（今度こそ、誰かを殺めるやも知れぬな）

西からは鍋島勝茂、東からは黒田如水、南からは加藤清正が柳川城へ軍勢を進めていた。皆、秀吉に恩義があった連中のはずだが、乱世に義を貫く将など数えるほどだ。

本丸の御座所へ入ると、統虎が栗色革の仏胴、朱漆草摺の具足に身を固め、増時と絵地図を睨んでいた。すでに軍議は決し、家臣団は出陣に向け、最後の支度に入っている。ぎりぎりまで段取りを示し合わせていたのだろう。

「おお、闇。もうすぐ出陣するぞ」

統虎が白い歯を見せて笑った。

安心させようと急いで作る笑顔は、いつもどこかぎこちない。圧倒的に不利な情勢下で、見通しは芳《かんば》しくないはずだった。

闇千代は絵地図を挟んで、統虎と向かい合った。図上には、碁石で敵味方の配置が示されている。

「鍋島との決戦は江上《えがみ》か、八院《はちいん》の辺りでしょうか」

「うむ。俺も、軍師もそう見た」

今も道雪の家風が生きる最強の立花家に、「降伏」の選択肢はない。

「兵はいかほど出されましょうか」

「敵の数が多いゆえ、三千五百だ」

鍋島軍五千余を迎え撃つべく、統虎は北へ出撃する。筑後に侵攻して久留米城《くるめじょう》を開城させた黒田軍五千が敵に合流するとの報せも入っており、あたう限り多くの兵で向かわざるをえない。他方、もぬけの殻の柳川城に攻め込まれれば、勝ち目はなかった。ゆえに城を増時が一千数百の兵で守る。

「今のままでは、三分七分でしょうか」

「誾も手厳しいな。皆には言わぬが、軍師は二分八分と言う。四分六分で撃退できると俺は見ておるが、甘いか」

増時は傍らで黙って顎ひげをしごいている。

幼い頃を思い出した。口論になり、むきになった誾千代が絶交を宣言した時もあった。だが今、誾千代の心は澄み渡っていた。立花城攻防戦の時のような胸の高鳴りも感じない。できることなら、戦いを避けたかった。

敵を傷付けはしても、命まで奪うまい。道雪の切なる祈りが天に届くか否かは、生涯最後となるであろうこの戦いにかかっていた。人を殺め続けた鬼の子が、人を救うために生きるのなら、亡き父の宿業《しゅくごう》も多少は償えまいか。

「殿は四千五百の兵で出られませ。代わりに白狐隊が増時と共に城を守りましょう」

統虎が悩ましげに傍らを見ると、増時もわずかに首を傾《かし》げた。道雪の遺言が気に掛かるのか。

誾千代は居住まいを正して、夫を正面から見つめた。

「わが父は、女である私を戦に出さぬよう遺言しました。されど、私は女の体を持った男でも、男の心を持った女でもありません」

長年連れ添った愛すべき伴侶に向かい、闇千代は言った。

「私は、立花闇千代です」

茶枳尼天に帰依して五年、闇千代は変わった。

かつては女になろうと必死だった。結局、男と女の間を右往左往するだけだった。だが今は違う。諦めではない。こだわりを捨てたのだ。夫が他の男であったなら解《かい》すまいが、誰よりも闇千代を知り、妻として愛してきた統虎なら、この生き方を認めてくれる。

苦悩の二十年余を経て、ようやく辿り着いた境地だ。

自分は自分だ。それでいい。今は心の底から、そう断言できる。今の自分を、好きだからだ。

「わかった。柳川の守り、立花闇千代に任せる。軍師は補佐せよ」

「やれやれ。こたびもすこぶる厄介な戦になりましょうな」

増時が風折烏帽子を直し始めると、統虎と闇千代が笑った。

統虎が白い歯を見せ、大きな拳骨を差し出してきた。闇千代は笑顔で拳骨を軽くぶつける。顔から切れ長の目が消えてしまう統虎の笑顔が好きだ。

急ぎ宮永館へ戻ると、先に返していた真里が凜々《りり》しい表情で迎え出た。すでに腹巻を着、籠手《こて》に脛《すね》当《あ》て、脛巾《はばき》を身に着けている。

「姫さま。白狐隊、いつでも出陣できます」

仁志や月祥院、八千子の侍女たちも加わり、総勢三百の女人隊である。

「もしかして、本当に戦になりますので？」

城戸が真っ青な顔で尋ねてきた。この善良な男は端《はな》から戦に向いていない。

「そうだ。今、本拠を落とされ、背後を突かれたなら、いかに西国最強の立花統虎とて、勝ち目はない。北の敵は統虎さまが打ち払われよう。心配なのは西だ」

南の加藤清正は、先に西軍の敗将、小西行長《こにしゆきなが》の本拠たる南肥後の宇土城《うとじょう》を攻めていると伝わっていた。すぐに落として、明日にも柳川まで到達しよう。

「ですが、姫。西は海でございますが……」

「船だ。今日にも、青き浪《なみ》の向こうから、鍋島軍がやってくる」

清正が来る前に、徳川への手土産とすべく、鍋島は急ぎ襲来する。陸からも、海からも。

「海から攻められたら、すぐにお城を落とされてしまいます！」

真里は金切り声を上げ、すっかりうろたえた城戸が半泣きになって問うてきた。

「姫、お城の留守兵と白狐隊だけで、守れるのでございますか？」

「無理だな。ゆえに市蔵に頼んである。そろそろ来る頃だ」

先ほどから、館の前が騒々しくなっていた。表の櫓門を出ると、百姓たちが群れを成している。女子供や老人たちの姿もあった。青壮年の男たちは統虎の本隊に従軍しており、不在だ。

「五百人ほど掻き集めました。何とか戦えそうな者たちでございます」

「苦労をかけたな、市蔵」

闇千代は櫓門へ登ると、館内の白狐隊と館前の百姓たちに向かって、声を張り上げた。

「敵は海から参る。さればこれより、皆で南浦《みなみうら》にて迎え撃つ」

号令をかけると、皆が天に向かって、めいめいの得物《えもの》を勢いよく突き上げた。

南浦には、薦野増時がすでに五百の兵を率いて布陣していた。

「鍛錬を積んだ鉄砲隊三百と偽兵《ぎへい》五百を連れてきた。喉から手が出るほど欲しいのではないか」

「姫も、気が利くではありませぬか」

増時は珍しく素直に嬉しそうな顔をした。

「そなたには昔から迷惑をかけてばかりゆえ、たまにはな」

誾千代は増時の兵を中央に、白狐隊と百姓隊を左右に展開しつつ、さらに厚みを加えた。これで、沖からはそれなりの兵力に見えるはずだ。指図を与えてから、城戸と真里を従えて本陣へ戻る。

「姫、われらは海戦など、経験がございませぬぞ」

「海戦などやらぬ。水際で迎え撃つのだ。船に乗れば水手《かこ》のぶんだけ人手に取られて、兵も減るゆえな。そなたは真里と共に左翼を固めよ」

「実は拙者、戦が大の苦手にございまして……」

老いて丸くなり始めた城戸の背に、手を置く。

「そんなことは皆知っている。虚勢《きょせい》を張っておるだけでよい。戦にはせぬ。わが指図の通りに動け」

怯《おび》え顔の城戸が真里に連れられて去ると、誾千代は傍らに立つ増時の耳もとで声を落とした。

「義理で始めてしもうたこの戦、そなたなら、終わらせ方をきちんと思案してあろうな」

「然《しか》り」と、増時はつるりとした顔で頷いた。

「上方にある愚弟《ぐてい》に申しつけ、落とし所を探らせており申す。負けずにおれば、和睦《わぼく》にて終えられる目算《もくさん》なれど、ちと厄介な御仁《ごじん》が味方におわしまする」

「わかった。私から説こう」

誇り高き立花統虎は、簡単に首を縦に振るまいが。

「助かり申す。その前に、最も大事な右翼をお任せいたしますぞ」

歩き慣れた岸辺を行きながら、西の沖合を見やると、遠くに黒い船影《ふなかげ》が幾つも現れていた。

闇千代は兵を海へ向かって浜辺に展開し、すでに配置を終えてある。

「鍋島が参るぞ。一兵も陸《おか》へ上げるな」

西から襲来する敵に一番近い右翼には、手練《てだ》れを集めてあった。闇ノ舞を共に演じてくれた十人の侍女たちに、それぞれ十人の砲手を率いさせている。

「人でなく、船の腹を狙え。偽鉄砲《にせてっぽう》の者たちは、弾込めを手伝った後、私がする合図の通り、それらしく構えておるだけでよい」

闇千代は柳川の岸辺に立つと、左右を顧みた。

「私が手本を見せるゆえ、それを合図に一斉射だ」

使い慣れた鉄砲を構えながら、白砂に膝を突く。

轟音と共に銃口が炎を噴くと、海面すれすれに飛んだ銃弾が、たちまち敵の小早船に穴を開けた。

5

「城戸さま、どうして敵は逃げるのでしょう?」

傍らの真里が呆気にとられて西の海を見ているが、城戸にもさっぱりわからない。

沖合へ吸い込まれるように船影が消えてゆく。

右翼の闇千代が一斉射撃を繰り返し、中央の増時が弓兵の一斉射をしながら魔法のように陣形を変えるうち、敵は撤退を始めたのである。

「威嚇だけで逃げ出すとは、ありがたや。とにかく助かったわい」

真里と共に颯爽と本陣へ向かう。城戸はやきもきしていただけだが、闇千代の勝利が誇らしかった。

すでに右翼から戻った闇千代が、増時と何やら話し込んでいる。

「さすがは闇千代姫！　鬼道雪の忘れ形見じゃ！　柳川城へ凱旋しましょうぞ」

城戸が興奮して話しかけても、闇千代は硬い表情のままだ。

「いや、敵は鍋島だけではない。これから次の戦だ。これほど早く動くとは、清正を甘く見ていた」

改めて城戸は慌てふためいた。

増時が南浦からの撤兵を指図した時、物見が慌ただしく戻ってきた。

――加藤勢五千、南関《なんかん》に迫っておりまする！

小西行長の宇土城を落とした加藤清正は、神速で北上していた。

「厄介な男がやって参った。いよいよ宮永館の出番だな」

闇千代は戦うつもりらしいが、城戸は不覚にもその場にへたり込んだ。全国に勇名轟く加藤清正と、どうやって戦うというのだ。勝ち目など、どこにもない。もう、降伏すべきだ。

「お、お待ちくだされ、姫。相手は虎退治で有名なあの猛将でございますぞ」

震え声を絞り出すと、闇千代は励ますように城戸の肩を叩いた。

「わが父でさえ、柳川攻めに苦労したのだ。いかに名将でも、堅守する城を簡単には落とせぬ。北で勝利した殿がとって返されるまでなら、寡兵でも守り切れる。この時のために宮永館を建てたのだ」

きょとんとしていると、増時が後を引き取った。

「宮永館と柳川城の双方に鉄砲隊を置いて掎角《きかく》の勢いを張れば、容易には落ちまい」

敵が不用意に城を囲めば、二つの拠点から挟み撃ちにされる。危地を避けるなら包囲はせず、限られた場所から攻めるしかない。それなら、寡兵でも守りやすい、という。

上方の不穏な情勢を聞いた誾千代は不測に備え、自らの別居にかこつけて、悪評も顧みずに宮永館を建てさせたのだ。城を広げるより安上がりで守りやすいと、増時は付け加えた。誾千代こそは、まさしく武家の妻の鑑と言うべきだろう。

「増時。清正が真《まこと》に統虎さまと肝胆相照らす男の中の男なら、撃退できような?」

謎めいた誾千代の問いに、城戸は啞然とするだけだが、増時は片笑みを浮かべた。

「姫のみになしうる秘策を用うれば、おそらくは」

「清正がつまらぬ男だった時は、水攻めを頼むぞ」

柳川城には敵の襲来に備え、海へ流れる堀の水門を閉め切り、矢部川の堤防を切り崩して、城周辺を水没させ、城下を守る仕組みを設けてあるという。

「承知」と増時が応じると、誾千代は浜辺にいる皆に向かって叫んだ。

「立花の勝利ぞ!　凱旋じゃ!」

先頭を進む誾千代は市蔵に命じ、百姓たちの半分を柳川城へ入れ、自らは白狐隊と共に宮永館へ入った。城戸は指図されるまま、館塀の内側に残りの百姓たちを配置し終えた。

だが、待てど暮らせど、誾千代と女たちは館から出てこない。

痺れを切らした城戸が呼びに行こうとした時、一人の美女が先頭に立って母屋から現れた。

その姿に、城戸は腰を抜かしそうになった。

二百人ばかりの女たちが小袖のうえに唐紅《からべに》や濃紫《こむらさき》など色とりどりの打掛を羽織り、めいめいの得物を手に、ぞろぞろ出てきたのである。

競い合うように着飾る仁志と月祥院、八千子の姿まで交じっていた。

「姫、そのお恰好は……。これから戦ですぞ！」

闇千代は純白の小袖に紫の唐衣を重ね着て、雅《みやび》やかで輝くばかりの艶姿《あですがた》である。

「男は強く、女は美しくあるべし。迎え撃つにあたり、女たちは皆念入りに化粧《けわい》をし、着飾った」

闇千代は鉄砲を片手に、真里と十人の侍女たちを後ろに従え、櫓門を上ってゆく。城戸も慌てて追いかけた。

「清正の大軍に、女が寡兵で逆らったとて、勝てまい。だが私は母上から教わった。女の武器は美しさだとな」

やがて南東に砂煙が上がり、大地を震わす馬蹄《ばてい》の音が響いてきた。加藤勢だ。

大軍はあっという間に宮永館を半円状に取り囲んだ。増時が言ったように、敵は警戒して柳川城との間には兵を入れなかった。

門前まで悠々《ゆうゆう》と駒を進めてきた馬上の巨漢は、加藤清正その人に違いあるまい。

清正が片手の槍を掲《かか》げると、男たちの雄々《おお》しい鯨波《げいは》が巻き起こった。

腹まで響いてくる低音に、城戸は内心震え上がった。またへたり込みそうになり、櫓の欄干で体を支えていると、傍らの真里が寄り添ってくれた。

「わが立花は、女の鬨《とき》の声《こえ》を聞かせてやれ！」

闇千代の合図で、真里や侍女たちが声を励まし、甲高い女声で城外の軍勢へ応じた。

立花誾千代は櫓の上から、天下の勇将に向かい、啖呵を切った。

「ここ宮永は西国一の将、立花統虎が正室にして、鬼道雪の血を身に宿せる、この立花誾千代が預かっております。清正殿は、わが夫さえ認める男の中の男と聞きました。相手に不足はございませぬ」

誾千代が真っ赤な紅を塗った口を、大きく開いた。

「柳川城欲しくば、鉄砲玉の雨の中、宮永を押し通られよ！」

馬上の清正と櫓上《やぐらじよう》の誾千代が睨み合った。

逃げ出したくなるほどの緊張と静寂が、宮永館を覆っている。

「第一陣、青き天に向かって、一斉射じゃ！」

ただちに、凄まじい炎と大地を震わす号砲が一斉に轟く。

やがて、硝煙が海風に紛れて消え去ると、馬上の清正が天を仰いでからから笑った。

「これは、敵《かな》わぬわ」

清正は手綱を引いて馬首《ばしゆ》を返すと、配下の兵たちに野太い声で命じた。

「宮永は通れんようじゃ。別の道を参るぞ」

整然と並ぶ将兵が一斉に包囲を解き、きびきびと撤退し始める。

「おお、敵が誾千代姫を畏避《いひ》して、逃げて参りますぞ！」

城戸は泣き出しそうなほど嬉しかった。

「否。わが父、わが夫と同じく、加藤清正もまた、本物の男だったのだ」

誾千代は真っ白な手を、白狐隊に向かって差し伸べた。

「われらは敵を撃退した。天に向かって、勝利の祝砲を撃ち鳴らせ！」

宮永館に再び砲声が轟いた後、柳川の秋空に女たちの歓声が上がった。

6

冬が訪れても、それほど寒さを感じないのは、宮永が海の近くにあるせいか、それとも、今度こそ九州のすべての戦が終わったと、民が安堵しているからか。

「親しくお話ししてみたら、わたくしも色々と誤解していた所があるようでした」

真里がそばに来て座り、苦笑している。

月祥院と八千子を宮永館から送り出した後、誾千代は広縁の日だまりでミケを膝に抱いていた。鉄砲はもう、不要だろう。

「気高き母に躾けられた、よき女子《おなご》だ。いずれ殿の子を産んでくれればありがたいのだが」

口を尖らせただけで、真里は何も言わなかった。

母娘はこれまでの非礼を詫び、南浦と宮永の戦いで誾千代に守られた礼を丁重に述べた。真里もそれなりに納得したらしい。

清正が転進した後ほどなく、激戦の末に鍋島軍を撃退した統虎が柳川城へ帰還し、立花軍は籠城戦に入った。

数日後、睨み合いの続く中を、徳川との交渉のため上方に残っていた増時の実弟、丹親次《たんちかつぐ》が帰還した。丹は立花家の身上《しんじよう》を安堵する家康直筆《じきひつ》の御朱印《ごしゆいん》を携《たずさ》えていた。家康が許したのであれば、戦いを続ける意味はなかった。

統虎は誾千代にも諮《はか》ったうえ、山門郡久末《やまとぐんひさすえ》にある清正の陣へ増時を遣わした。黒田、鍋島より、親しき友である清正に立花家の未来を委ねようと考えたのである。

立花軍は開城して清正に城を明け渡し、城番《じょうばん》として清正の家臣竹本正次《たけもとまさつぐ》が入った。闇千代らは人質として本丸に留め置かれた。

「人は怖いほど変わるものですね。最近、月祥院さまの侍女たちが、姫さまのことを何と言っていると思われますか」

「貝好きの食いしん坊か？」

「いいえ、闇千代姫こそは武家の妻の鑑にして、西国一の女武将だと」

闇千代は小さく笑った。

昔なら嬉しかったろうが、今はこそばゆいだけだった。南浦と宮永の戦を通じて、月祥院とその侍女たちとも絆を作れた。今後も立花家のために尽くしてくれるはずだ。

「今日あたり、殿がお戻りであろうな」

「はい。お殿さまはまたお名前を改められたとか。確か、政高《まさたか》さま」

これからは戦よりも、政《まつりごと》の力のほうが大事だと考えたのだろう。

統虎率いる立花軍は黒田如水の指揮下に入り、島津攻めのため肥後路を南下していった。

島津家を滅ぼすのではなく、統虎が降伏勧告の使者となり、立花家と同様に生き延びるよう説得するためだった。結果として戦は回避され、これより帰還するとの報せが、肥後高瀬の陣にいる統虎から届いていた。

にわかに騒がしくなり、廊下をドタバタ駆けてくる音がする。城戸はどこにいても、相変わらずだ。また、ころりと肥えている。

「姫、殿が戻られましたぞ！」

加藤家の衛士《えじ》に了を取り、統虎を迎えに出て、共に戻る。

「闇、俺は肥後で名を尚政《なおまさ》と変えたぞ」

「さようですか。私にはもう、誰が誰だかわからぬようになりました」

闇千代が柔らかく応じると、統虎は苦笑いした。

「どんな名にしておったか、俺もだんだん忘れてきた。しばらくはこの名で参ろう」

ふたり並んで、広縁の日だまりに座る。ミケが甘え声を出して、闇千代の膝から統虎に移った。

「柳川安堵の件だが、どうも雲行きが怪しい。これから大坂へ行って、家康殿に直談判して参る」

立花統虎は九州東軍の和解勧告に従って無血開城した上、薩摩攻めの軍勢に加わり、島津の降伏を勝ち取った殊勲者《しゅくんしゃ》だ。今のところ、確たる沙汰もなく不安はあるが、立花家には身上安堵の朱印状がある。

穏やかな光の中で、ふたりにようやく真の平安が訪れたのだと、闇千代は思っていた。

終章　白狐

――慶長六年（一六〇一）七月、肥後国・腹赤

1

闇千代が耳を澄ますと、松林の向こうから静かな波音が聞こえてくる。

「青き浪の音と和やかな海風が、魂に安らぎをくれる。実によき村だ」

肥後国北部、玉名郡《たまなぐん》の腹赤《はらか》村は穏やかな海に面する鄙《ひな》びた村だ。

「美味しい海の幸もいただけますものね」

真里が闇千代に笑顔を返してくる。

「そろそろ戻るか。今日は殿がおいでになる」

立花家では、柳川を当然に安堵されると考えていたが、家康に約束を反故にされ、改易となった。

この三月には、豊臣恩顧の田中吉政《たなかよしまさ》が関ヶ原の戦いで石田三成を捕らえた功により、柳川を含む筑後一国をあてがわれた。まるで話が違うが、すでに天下の大勢は決していた。

責めを感じた加藤清正は、流浪《るろう》の身となった統虎一行に手を差し伸べてきた。統虎が扶持《ふち》を払えぬため、立花家臣団のうち二百五十人ばかりは、ひとまず加藤家に身を寄せた。統虎は肥後一国を領することになった清正の客将として、二十数名の家臣たちと共に高瀬に寓居《ぐうきょ》していた。八千子と月祥院たちもいる。他方、闇千代は海の近くがいいからと、腹赤に居を定めていた。

波の色、音、匂いを十分に堪能《たんのう》すると、岸辺から少し離れた古屋敷へ向かう。

「薦野さまの忠義を信じておりましたのに、意外に打算で動く浮薄《ふはく》なお人だったのですね」

真理が毒を込めて、愚痴をこぼしてきた。

増時は、豊前から筑前へ移封加増された黒田長政の熱心な勧誘に応じ、高禄《こうろく》で筑前へさっさと移って行った。

「家康は狸ゆえ、交渉が長引くと見たのだ。立花の家臣団がいつまでも加藤領にとどまるわけにもいくまい。高瀬で酒を飲んでおっても食い扶持は減るばかり。家康の太鼓持ちの黒田を動かせればと、あえて家中へ入り込んだのだ。四千石なら、無禄《むろく》の者たちに支援もできる。故郷の立花への思いもあろう」

腹赤へ暇乞《いとまご》いに来た増時には「さようか、達者でな」と短く応じたが、互いに心はわかっている。

「なるほど。そうならそうと仰ればいいのに、ずいぶん陰口を叩かれていますよ」

「面倒くさいのであろう。もともと他人に何を言われたとて、頓着せぬ男だ」

屋敷に近づくと、城戸が一目散に駆けてくる。

「あの慌てようは、殿が早く来られたようだな」

「姫さまのお顔を早くご覧になりたいのでしょう」

用意させていたささやかな海の幸で統虎をもてなした後、いつものようにふたり、縁側に並んで風に吹かれた。ミケがその間に収まっている。

「俺はこれから上方へ参る。長引かせる気はないが、立花再興《さいこう》までは戻らぬ覚悟だ」

闇千代は毎朝、茶枳尼天に向かい、わが身の代わりに統虎の身辺を守護し、立花家の運を開きたまえと、祈りを捧げていた。きっと通じるはずだ。

「お前はここで待っていてくれ。迎える準備ができたら、使いを送る」

統虎は優しげな眼で、闇千代を見つめていた。

明日をも知れぬ乱世で、ふたりは夫婦《めおと》になった。綱渡りの戦乱を生き延び、ようやく九州に平安が訪れても、国替《くにが》えがあり、朝鮮の役で長らく離ればなれになった。帰国してもすぐに関ヶ原の戦いが起こり、改易されて流浪の身になった。

目まぐるしく変転する運命の中で、男と女としては愛し合えなかったにせよ、闇千代と統虎は強い絆で結ばれていた。長年かけてふたりの間に育まれた深い愛情と固い信頼は、普通の男女でない間柄であったがゆえにこそ尊い、奇跡のように成立しえた夫婦愛と言ってもよいのではないか。

闇千代は威儀を正して、両手を突いた。

「いってらっしゃいませ。立花闇千代はここ腹赤で、いつまでも統虎さまをお待ちいたしております」

統虎は今までずっと闇千代を待ってくれた。だから、待つのは当たり前だ。

「お前さえ生きてあり、俺を待ってくれていれば、何も恐れはせぬ。礼を言う、闇」

闇千代がそっと身を寄せると、統虎は優しく迎え入れ、抱き締めてくれた。

夏が終わる古屋敷の庭、木の葉を揺らす風の中で、光と影が楽しげに戯れている。

2

「姫さま、市蔵どのがもぎたての秋茄子を届けてくれるそうですよ」

真里が知らせると、闇千代は嬉しそうな顔をした。女盛《おんなざか》りを迎えた主はますます美しい。いつか立花で見た白狐のように、妖艶《ようえん》で幽玄な美だ。

「母上にも食していただこう。城戸も喜ぶ」

市蔵の作る茄子は濃い紫色にムラがない。艶を放って、味も見栄《みば》えも天下一だと、真里も思う。

立花家が改易になると、市蔵も腹赤へ移ってきた。息子を戦で死なせた老夫婦を手伝いながら、すぐに村へ溶け込んだ。気さくな働き者は野良仕事も漁も得意で、村人たちから重宝《ちょうほう》された。土地を借り、荒地を開墾して田畑を作った。持ち前の人懐《ひとなつ》こさもあって、早くも頼りにされているらしい。

「市蔵どのはまだ独り身なんですよ」

理由はわかり切っていた。最初は道雪への忠義であったろうが、誠実で悲しい恋のためだ。

何も知らぬ市蔵は、闇千代を女だと思っている。決して報われぬ恋のために捧げる誠《まこと》を、何と呼べばよいのだろう。

「姫、ご覧くだされ！　茄子を籠一杯に持ってきてくれましたぞ！」

城戸が興奮しながら市蔵を伴って現れた。

「姫君、腹赤はまるで極楽のように、よき地でございますな」

日焼けして浅黒い顔は相変わらずだが、皺が増えたろうか。

「そなたには、世話になってばかりだな」

「何の。闇千代姫がいずれにあられても、この市蔵めが新鮮な野菜と魚貝を持って参りまする。姫君に召し上がっていただけるなら、それだけで幸せでございます」

「市蔵、そなたに頼みがある」

闇千代の改まった物言いに、市蔵はきょとんとしている。

「別に難しい話ではない。ゆえに約束してほしい。わが願いを必ず聞き届けると」

市蔵は真剣そのものの表情で、闇千代に平伏した。

「何なりと、お申し付けくださりませ」

「私がよき女子《おなご》を見つけてやるゆえ、嫁を娶れ」

顔を上げた市蔵は、雷に打たれたような表情をしていたが、やがてけなげに笑顔を作った。

「……畏まって、ございまする」

御前を去る市蔵を見ながら、真里はふと思いついた。

「この地で仁志ノ方さまが見つけられた侍女で、よく気のつく女子がおります。今日おいでになる時に、お尋ねしてみてはいかがでしょう?」

真里が言い終わる前に玄関が賑やかになった。

「噂をすれば影だ。母上の仰る通りにしておれば、百歳まで生きられそうじゃ」

闇千代も数えで三十四歳だ。女になろうとしていた時、あれだけ親身になり厳しかった仁志も、今ではすっかり静かになって、真里は少し寂しい気もした。

「ここも住めば都です。菜切川《なきりがわ》に真っ白な鯉がいましてね」

仁志は近くの川に住む鯉の餌付《えづ》けをしながら、新しい暮らしを楽しんでいるらしい。

「そういえば、真里。先だってお前が言っていた乳のしこりですが、その後はどんな塩梅《あんばい》なのです？」

ひと月ほど前、真里は乳房にしこりを感じて、闇千代も心配してくれた。かねて仁志は女の体に強い関心を持ち、名医と聞くと必ず話を聞いていたから、薬師《くすし》顔負けに詳しい。

「しこりがころころ動く感じでしたが、今では何ともなくなりました」

「それはよかった。乳の悪疾《あくしつ》もありますから。動かないしこりだと、危ないようです。乳房にえくぼができて、おかしな汁が出たりはしていませんね」

「いいえ。姫さまと違って、わたくしはこんなに小さいんですもの」

真里が指先で自分の胸を突《つつ》くと、皆で笑った。

「殿は今ごろ、息災でおられような」

闇千代は庭へ目をやり、上方のある東を見ていた。一年前に腹赤を出てから、文のやり取りだけで、ずっと会っていない。

統虎は黒田長政を通じ、さらには家康本人にも面謁《めんえつ》して交渉したが、結果ははかばかしくなかった。それでも上方に浪牢《ろうろう》しながら、身上《しんじょう》回復、領知《りょうち》充行《あてがい》を求め続けていた。せいぜい将軍家旗本《はたもと》としての取り立てだろうと見る向きもあるらしい。

「統虎さまは諦めずに、立花家を必ず再興なさる」

闇千代が力強く断言し、仁志が頷くそばで、真里は首を傾げた。

「今のお殿さまは、また違うお名前じゃありませんでしたっけ？」

3

深まってゆく秋の凪と光に、金一色に染まった腹赤の稲穂がそよいでいる。

「昨夜、白狐の夢を見た。生まれて初めてだと思う」

思いもかけぬ闇千代の言葉に、真里は胸を弾ませながら応じた。

「それは瑞兆《ずいちょう》でございます！」

荼枳尼天がついに闇千代の願いを叶えてくれるのではないか。初産にしては高齢だが、まだ子を産める年齢だ。以前、真里が白狐を見た日には、奇跡の交合が許された。立花家再興が成り、待望の子を授かる前兆であれと、真里は心から願った。

歌い出したくなるほど心地よい秋晴れの下を歩いて屋敷へ戻ると、闇千代のもとへミケが駆け寄ってきた。いつものように、抱き上げて縁側に座る闇千代の隣に、真里も陣取《じんど》る。

豊かではないが、幸せだと真里は思う。

長年仕えてきた主の荼枳尼天のような横顔を見つめた。

立花闇千代は女の体を持った男、虎女だ。鶴の体は変えようがなかった。虎の心もどうしても変えられなかった。いつの世も、闇千代のように心と体が食い違う人間が出るのだろう。

だが女とは、男とは何か。体で決まるのか、心で決まるのか。

自分で決めてよいのか。他人が、世の中が、決めてしまうのか。

そもそも男と女は、二つに分けられるのか。分けてよいのか。分けるべきなのか。

闇千代は絶望的な問いに挑み続けてきた。

統虎はそんな妻を丸ごと受け入れ、決して見捨てなかった。

奇《く》しき縁《えにし》で夫婦《めおと》になったふたりは誰よりも固い絆で結ばれ、運命に抗い続けた。

膝上で眠り込んだミケの背を撫でながら、誾千代が真里を見た。

「お前は私が死んだ後、どうする？」

出し抜けの問いに、真里は面食らった。

「何を不吉なことを。姫さまはまだ数えで三十四におわします」

口を尖らせ、怒ったように応じたが、誾千代は真顔のままで続けた。

「せっかく生まれたのだ。決して後追いなぞするな」

「では、落飾でもいたしましょうか」

「髪を下ろすなら、父上と立花家のために命を落とした敵味方の霊を弔ってほしい」

馬鹿げた話に、真里は少しばかり語気を強めた。

「承りました。でも、尼寺に入るのは、ずっとずっと先の話でございますよ」

「狂った乱世に生まれながら、私は誰も殺めずに済んだ。父と夫に守られていたからだ。ただそれだけでも、幸せな人生だったと言える」

「姫さま、怒りますよ。そんな話より――」

真里は話題を変えようとしたが、誾千代の優しげな顔つきを見て、ハッとした。

「このふた月近く、乳にしこりがあって痛むのだ。大きくて、動かぬしこりでな。えくぼのような窪《くぼ》みができて、脇の下も腫れて痛みがある」

母乳など出ぬのに、血の混じった汁が乳首《ちくび》から出る時もあるらしい。そういえば最近、下衣に血のような跡が付いていたろうか。

「姫さま、失礼いたします」

真里は闇千代の小袖の胸元へそっと手を入れる。温かく柔らかい下衣の上から、闇千代の大ぶりな乳房を揉んでみた。赤ん坊のこぶしぐらいの石みたいに硬い塊がある。以前、真里が感じたころころしたしこりと違って、動かない。

真里は真っ青になった。

仁志が言っていた乳の悪疾なのではないか。もしそうなら、もう……。

かつて乳房を切り取りたいとまで思い、女の体を嫌悪した闇千代が乳の死病に罹《かか》り、命まで奪われるとは、何たる皮肉なのか。

「ずっと我慢してきたが、相当痛むのだ。それほど長くはあるまい」

道雪に似て我慢強い闇千代が痛いと言うなら、もう耐《た》え難《がた》い痛みのはずだった。

「そんな、姫さま……」

真里はたちまち泣き濡れて、すぐに言葉を見つけられなかった。

闇千代は幼少から溢れんばかりの才に恵まれ、一流の武技を持ち、立花家の将たる器がありながら、結局、一度も戦らしい戦をすることなく、生涯を終える。

これで道雪の血脈は絶えるが、その願いの通り、闇千代は乱世にあって、ただの一人の命も奪わなかった。白具足は真っ白なまま、その役目を終えるのだ。天は道雪の願いを半分だけ叶えたのかも知れない。

「しばらく、お前と私だけの最後の秘密にしてくれ。殿はもちろん、周りを振り回したくないのだ。

最後の一日まで、私は精一杯生きる。動けるうちに、急ぎ幾つか済ませておきたいことがある。すまぬが、手を貸してくれぬか」

真里はどうしてよいかわからず、誾千代の胸の中で泣き喚《わめ》いた。

目を覚ましたミケが寄ってきて、主の手を甘噛みしている。白い手が優しく腰を撫でると、猫はしっぽを高く立てた。

4

冬晴れの日差しは温みを帯びていても、川が近いせいか、空気は冷たい。

難波津《なにわづ》に着いた城戸は船を下り、統虎が逗留する加藤清正の屋敷へ向かった。

清正の屋敷は大坂城のすぐ西にあり、とぼとぼ重い足取りで歩いたのに、不覚にもすぐに目的地へ着いてしまった。

「御免くださりませ。立花家臣、城戸知正と申しまする」

屋敷の門番が丁寧に応対してくれた。統虎たちは渡り廊下で繋がった別棟《べつむね》にいるという。

慶長七年（一六〇二）十月十七日、立花誾千代は静かに逝った。

その日も誾千代は、真里に助けられて丁寧に化粧《けわい》をし、唇に紅を差していた。

いつ死が訪れてもよいようにと、何日も前から化粧を怠らなかった。死期が間近だと聞かされたのは亡くなる数日前で、城戸はただオロオロしていただけだった。

毎朝、誾千代は朝餉の前に、茶枳尼天像に向かって長い黙禱《もくとう》を捧げるが、その日はいつもよりずいぶん長かった。

真里が声をかけても、返事がない。もしやと思い、慌てて駆け寄ると、すでに息絶えていた。

闇千代の遺志《いし》により、瀬高来迎寺の住職、誠応上人が駆けつけ、法要を執り行った。

腹赤に供養塔を立てて懇ろに弔った後、闇千代が可愛がっていたミケが姿を消したのに気づいた。この世の役割を終え、死に場所を見つけたのだろうと、城戸は真里と話していたものだ。

市蔵は約束に従い妻を娶って、闇千代の暮らした古屋敷を守っている。憧れの主の御霊《みたま》がとどまる腹赤で骨を埋める気らしい。

急報はすでに上方の統虎のもとへ届けられていた。

（今さら何を申し上げたところで、殿は……）

船中でもずっと思案し、何度も紙に書き直しながら、口上《こうじょう》は暗記してきた。

竹林の常緑を横目に城戸が進むうち、廊下の先に逞しい侍が立っていた。娘婿の十時連貞だ。統虎に従って上京し、そば近くに仕えていた。もう一人の傅役として、闇千代をよく知っている。

「殿はいかなるご様子じゃな、婿殿」

連貞によれば、訃報《ふほう》を聞いた統虎は昏倒《こんとう》したように頽《くずお》れ、肥後の方角を向いて号泣したという。以来、何日も泣き続け、食事もろくに喉を通らない。あれほど頑健な体なのに、病に罹ったように寝込んでしまい、顔も窶《やつ》れてきた。若い頃から仕え、戦場でも様々な労苦を共にしてきたが、統虎がこれほど意気消沈した姿は見た覚えがないと、連貞は嘆いた。

まさかこれほどの若さで闇千代が急死するとは、誰も予期していなかった。

どれだけ恋しても、妻として大切にしても、どうしても手に入らない幻の女性だったからこそ、統虎は闇千代をずっと恋し続けてきたのかも知れない。

「殿、城戸にございまする」

統虎は大の字で仰臥《ぎょうが》していたが、やおら半身を起こして向き合った。

連貞が言ったように、憔悴し切っている。生気のない顔は目の下に隈《くま》ができ、いつでも泣けると言わんばかりに目が潤《うる》んでいた。

「畏れながら、御簾中におかれましては、この秋、お胸に腫気《しゅき》を発され――」

何度も暗唱したはずの言葉が、嗚咽でたちまち続けられなくなった。

「長らく誾が世話になったな、城戸」

見かねたらしく、統虎から声を掛けてきた。

かろうじて咽《むせ》び泣きをこらえながら、城戸は顔を上げた。

「どうかお赦しくださりませ。突然のご発病にて、手の施しようもございませんでした」

「お主のせいではない。城戸知正ほど誾を知り、そばで支えてくれた忠臣はおらぬ。お主が救えなかったのなら、それが俺たち夫婦の宿命《さだめ》だったのだ」

「もったいなき、お言葉……」

労いの言葉に、城戸は大声で泣いた。

誾千代は何と立派な武士を夫としたのか。

「俺は所領も、最愛の妻も、何もかも失って、これからを生きていかねばならぬわけか」

かつて西国一の将と謳われながら、すっかり零落した主の身の上を思うと、城戸もやるせなかった。

「薬師によれば、姫は酷い痛みをご立派に耐え抜かれ、お美しいお姿で旅立たれました」

「誾らしいな」

妻の姿を思い浮かべたのであろう、統虎も嗚咽で喉を詰まらせる。

「手紙を残してくれなんだのか。俺は筆まめなほうだが、闇は少し物臭《ものぐさ》であった」

「実は亡くなる前の日に、一度文机に向かわれたのですが、書きたいことがたくさんありすぎて、書き切れぬ、殿の未練とならぬよう何も書かぬと仰せでした。代わりに、ご伝言を預かっております」

「闇は、何と言った？」

統虎は声を絞り出すと、救いを求めるような眼差しで城戸を見ていた。

城戸は二度深呼吸をして、懸命に息を落ち着けた。

「もしも、もう一度生まれ変われたなら、男でも、女でもよい、次もまた夫婦《めおと》になりたい、と」

「……俺もだ。また闇と共に、人生を歩みたい」

城戸がぼろぼろ涙を流すと、咽び泣いていた統虎も声を上げ、男泣きを始めた。

悲しみだけではあるまい。救いと安堵の涙だ。嬉しさも少しばかり混じっていようか。

「へこたれておる場合か！」

ひと声叫んだ統虎は、裸足のまま庭へ飛び降りた。

井戸の水を汲み上げ、冬の冷水を頭からかぶり続ける。

「城戸、俺は必ず復活してみせるぞ」

さんざん泣き腫らした目で、統虎が白い歯を見せながら笑っていた。

かくも過酷な運命に翻弄《ほんろう》されながら、爽やかに笑える英雄など、乱世で幾人いるだろう。これほどの男に出会い、結ばれた闇千代も、仕えられた城戸も、幸せ者だ。世人は知るまいが、このふたりほどに素晴らしい夫婦《めおと》があったろうか。

人は一人で幸せになれはしない。必ず誰かと共に幸せになるのだ。

誰と出会い、どんな絆で結ばれるか、それで幸せは決まる。

かつて、ふたりの若く麗しい男女が結ばれた。

夫がひたむきに愛した妻には、人には明かせぬ体と心の秘密があった。それでもふたりは、運命に打ち克《か》って、幸せになろうとした。

何も知らぬ者たちは、不幸せな縁組《えんぐみ》だったと言うに違いない。

だが、城戸は確信をもって、言い切れる。

――立花誾千代は、幸せだったのだ、と……。

「いかがなされましたか、殿？」

統虎が小さな声を上げ、庭向こうの竹林へ目をやっている。

「今、そこに白狐がおらなんだか？」

城戸は慌てて目を凝らしたが、見えるのは冬竹の爽やかな緑だけだ。

「きっと、瑞兆にございましょう。こんなに辛くて悲しいことばかり続いておるのですから、そうに決まっております」

渡り廊下をバタバタと駆けてくる足音がした。

「殿、本多忠勝《ほんだただかつ》様より使者が参りました！　江戸行きでござるぞ」

十時連貞が声を弾ませる。秀吉をして「東の本多忠勝、西の立花統虎」とまで言わしめた両雄は肝胆相照らす仲で、統虎の不遇を知った忠勝から、江戸出府を促す話が来たという。

「やはり俺には、誾がついている」

「今は小さな供養塔を建てたのみですが、加藤のお殿様にお願いし、腹赤に姫の菩提寺を造っていただこうと——」

「いや、無用だ」

統虎は勢いよく縁側へ跳び上がった。

「どれほど時が掛かろうとも、俺は必ず柳川を取り戻し、誾千代の菩提寺を建てる。開山は誠応上人に頼む。その時はお主を呼ぶゆえ、体をいとい、長生きせよ」

「ありがたき、お言葉」

城戸は感涙《かんるい》に咽びながら、統虎に向かって恭しく跪いた。

「江戸の地で、柳川を奪還する。俺は負けぬ。誾が守ってくれておるゆえな。連貞、参るぞ。早速清正に知らせてやろうぞ」

関ヶ原の戦いを経て、今の統虎はただの素浪人《すろうにん》にすぎぬ。だが、立花誾千代の夫は、諦めを知らぬ英雄だ。必ずやり遂げるに違いない。

城戸は、いつか再び柳川の地に戻り、統虎が建立した誾千代の菩提寺を目指し、毎朝歩いていた沖端川の川べりを歩き、出来たての山門をくぐる自分の姿を思い浮かべた。

統虎と連貞が去った後、城戸がふと庭へ目を移すと、竹林へ消えてゆく白い尾が見えた。

参考文献
『近世大名 立花家』中野等・穴井綾香（柳川市）
『立花宗茂』中野等（吉川弘文館）
『図説　立花家記』柳川市史編集委員会編（柳川市）
『博多・筑前史料豊前覚書』城戸清種著、川添昭二・福岡古文書を読む会校訂（文献出版）
『九州戦国の女たち』吉永正春（海鳥社）
『筑前戦国史　増補改訂版』吉永正春（海鳥社）
『大宰府戦国史』吉永正春（太宰府天満宮）
『筑後戦国史　新装改訂版』吉永正春（海鳥社）
『大友館と府内の研究』大友館研究会編（東京堂出版）
『大友宗麟のすべて』芥川龍男編（新人物往来社）
『大友宗麟』外山幹夫（吉川弘文館）
※その他インターネット上の資料も多数参照しました。
本作品はいわゆる歴史エンターテイメント小説であり、史実とは異なります。

また、現代の感覚に照らし、ややセンシティブな表現も含まれています。

植野かおり立花家史料館館長、柳川在住の郷土史家である吉田秀樹氏、大分市教育委員会文化財課専門官の坪根伸也氏から貴重なご教授を頂戴しましたが、文責はすべて筆者にあります。

初出　「大分合同新聞」二〇二二年九月二三日～二〇二三年四月二三日

この作品は、大分県立芸術緑丘高等学校美術科の生徒が、それぞれの専門分野を生かして挿絵を担当した
「市民参加型・紙上展覧会方式」の新聞連載小説です。
新聞掲載された挿絵は、今作の装画、扉、表紙、目次にも活用しています。
このプロジェクトは、文芸とアートの力によるまちおこしや美術教育に寄与することを目指しています。

大分合同新聞社「GINプロジェクト」特設サイト
https://www.oita-press.co.jp/gin-project

赤神諒（あかがみ・りょう）

1972年京都府生まれ。大学教員、法学博士、弁護士。2017年『大友二階崩れ』で日経小説大賞を受賞し作家デビュー。『大友の聖将』『妙麟』『立花三将伝』など「大友サーガ」をライフワークとする。2023年『はぐれ鴉』で大藪春彦賞受賞。

誾《ぎん》

2023年9月30日　初版1刷発行

著　者　赤神 諒《あかがみりょう》

発行者　三宅貴久

発行所　株式会社 光文社

〒112-8011　東京都文京区音羽1-16-6

電話　編　集　部　03-5395-8254

書籍販売部　03-5395-8116

業　務　部　03-5395-8125

URL　光　文　社　https://www.kobunsha.com/

組　版　萩原印刷

印刷所　堀内印刷

製本所　国宝社

落丁・乱丁本は業務部へご連絡くだされば、お取り替えいたします。

ISBN978-4-334-10054-4